河西走廊北151公里

杨献平◎著

成都时代出版社
CHENGDU TIMES PRESS

目　录

Contents

第二辑　花朵上的沙尘暴

第三辑　能不能在传说中找到你的名字

南太行与巴丹吉林：同一方向的沦陷（代序）

家里陆续来了好多人，挤满房屋和院子。叔叔、大爷、大娘、婶子，还有早就儿女成双的堂哥嫂们——同村的，或者住在对面村庄的。他们问我，要到哪儿去？或者反复嘱咐我说：到那儿了要好好干。十点多，大姨妈、小姨妈和两个舅舅也顶着太阳踩着残雪走进我家院子。他们说话方式有所不同。舅舅脸色沉肃，说你小子必须得好好干，要是再这样下去的话，别说找媳妇儿了，喝西北风都不知道该站在哪儿！大姨妈叹息说，平子，要听话，要有个出息！小姨妈接茬说，就是就是，要不恁家的时光可没法过了！

奶奶也来了，踮着小脚，满头白发。此前一年，即1990年腊月，爷爷在一个正午猝死，这是我平生第一次遭遇的亲人离世，还不知道如何去怜惜和哀痛，以及物伤其类般的由此及彼。我穿着肥大的军装，没有领花、帽徽。我想尽量躲着亲戚们，他们的话说了无数遍，他们对我说话的时候总是唉声叹气甚至咬牙切齿。我错了！我早知道，也在努力悔改。他们教训我或者讨厌我的原因是：中学毕业后，有一次，母亲把我狠揍一顿，我从一个熟悉的小卖部拿了一千多块钱。开始跑到山西左权县城，后又去了太原和阳泉，又转到石家庄、北京、承德，之后又去了长春、哈尔滨、郑州、西安。

这次离家出走，伤透了母亲的心。母亲步行到山西找了我三次，一边走一边哭，到亲戚家，两眼都成了红核桃。母亲给山西的亲戚们留话说：献平要是来这儿了，就对他说，只要他回家，俺和他爹不会再骂他、打他一下。而我，仍旧在外面，头发长到后背，耳屎也悬悬欲掉。去哈尔滨，是想去北大荒，听说那里有招务工的，可以挣钱。去西安，是要去新疆生产建设兵团，可在火车上就听说，那里根本不招人。

钱花光了，我不愿意挨饿（我这个想法很是无耻，娘为了找我，一天水米不进，还步行几十公里的山路）。我确实这般懦弱。趁一个黄昏，我绕道深山回家。在渐黑的夜幕中爬上房顶，循着父母的声音——他们果然还在猜测我到底去哪儿了？为什么不回来？就不知道爹娘难受吗？我趴在房顶上，眼泪哗哗而下。终于忍不住了，大声喊了一声"娘"。娘惊了一下，手中的碗掉在地上。

从此，村庄的人就都更看不起我了。人人都说我不知道钱中用，是个浪荡子，以后成不了啥好东西！虽然我没听到，但总觉得背后有一群飞溅着唾沫星子的大小嘴巴，戴着铁牙咬我。我羞愧，哪儿都不敢去，开始口吃。一年之后，那些没考上学的同学们都找了对象，有的结婚了，还不到十八岁。母亲着急，也想给我找个对象，请姑夫、小姨、舅舅、大姨，还有几位表哥嫂先后问了几家年龄相当的闺女。女方父母一听是我，头摇得都要掉地上了。还有的嘴快，说，俺闺女就是剩在家里，也不跟他！

这是最大的侮辱，而这是我自己造成的，怪不得他人，没有理由，也没有资格。乡人或者农人从来都是眼睛向上看的。做父母的，没有一个愿意让自己的女儿跟着一个没出息的人吃糠咽菜，衣不遮体。我有两个自己很喜欢的女同学，一个初一辍学在家，一个后来考上当地师范学校。我幼稚地想：她们其中一个会像王宝钏、七仙女，冲破一切世俗的阻力，像美好的梦境一样降临在我身边。辍学的那位，是姑夫去为我说媒的。回来对母亲说，不行，人家爹头甩得跟拨浪鼓似的。读师范那位，我自己在努力，写了数封情书，收到一封回信，说：从此以后咱俩不认识！

贫穷的爱情是一种糟糕的欲望，无望的爱情总是以卑贱为前提。这是法则。那时候我不理解，总想凡事都有例外，总可以从缝隙中找到光亮，哪怕再微弱。

　　母亲看着别人家的孩子们都喜气洋洋，没结婚的订了婚，没订婚的能挣到钱，马上就有别人家上门把闺女送过去。而我，尽管父母早就给我盖好了新房，打制了漂亮家具，但物质再多，也是一个人，家具再漂亮，也不能使得母亲高兴起来。

　　我自己也知道，必须要走了，如果继续在乡村，我一生似乎就这样了，不仅会光棍一根，还会使得父母也遭受白眼与煎熬。

　　1991 年 10 月底，下了一场大雪，整个南太行都白了，白得彻底，也毫无特色，没白的只是我们一家人暗淡到极点的心情。我去体检，一个月后有带兵干部来家访。接下来，通知我领衣服，再后来就是准备走。

　　就是这一天上午，冬日的南太行，我出生并长大的小村庄还被残剩的积雪围困，北风在枯了的山岗上浩荡。到中午，太阳很大，暖得人想到诗歌里的春天。现在回想起来，真觉得那天的太阳似乎要把我照穿，让我此生在任何时候都深刻记起一般。背着行囊出家门，沿着山路向下走，父亲跟在后面，母亲不停地说：到那儿好好干啊孩子，自己吃饱穿暖。要不做出个样子，俺就没活路了！我嗯嗯地答应。低着头，看着路上的沙土和卵石，倒伏和折断了的草芥。出村时，我回身看了看身后的村庄。太多时间的雨淋风吹，使得各家青石房顶颜色发暗，硕大梧桐树的枝丫把蓝得近似虚无的晴朗天空勾画得缭乱不堪。

我们家的两排房子在草木焦黄的山坡上矗立着。那是父亲母亲连续用了三个冬天，他们俩一人手抓钢钎，一人抡锤敲石，再用木头架子一块块背回来，再找人一起修建起来的。上车的时候，我看了看母亲，抓了她的手，粗糙得扎人。看了看父亲，不过四十五岁，胡子就白了，腰身像是小时候他给我做的木弓。亲戚们站在路边，看我或者说别的。我上车，离开，但没掉一滴眼泪。

那时候我还没有真正体味到人世之沧桑，没有觉得父母多么仁慈和难以割舍。因此，在亲人面前，年少有时候也是一种罪过。以至上了火车，还在为再次坐上了火车，能够长途旅行，看看外面的世界而暗自欣慰。这种浅薄的思想最后成为我自责的一个主要因由。尤其是这些年间，亲人们以各种方式死亡，再也不会教训、唠叨、恨我的时候，我才知道，当年离开家乡时候的那种漠然自私得可怕，且有着某种浅薄甚至是无耻的成分。

火车向西。黄河、郑州、西安、秦岭、天水、兰州、武威、张掖、酒泉，这些都是我向往的。不仅仅是因为它们的名字，而是名字背后的时间、往事和传奇。这些名字都是从历史教科书走进我脑海与想象的。不唯这些有名的地方，即使沙漠与大海之中，在人类的光阴之中，也都有着各种各样的神灵和人的踪迹与历史。现在，每到一处，或者在家里，一个个念头就会蹦出来：我所在的地方，从前是什么样子呢？是诸侯宫阙，还是杀人如麻的沙场？是平民百姓的蜗居，还是乱坟岗？也才懂得，不仅历史是重叠的，人也是，我们不管认识与否，在人世，在天上，在地下，都是面对面、背靠背的。

祁连山在黑夜中是洁白的，似乎超世神灵。同车厢的都睡了，我趴在满是霜气的玻璃窗上向外张望。忽然想，要是哪一天我倦了，或者行将就木，就到雪山里来。这个想法持续至今，觉得雪山才是一个人最美好的归宿。到酒泉下车，风如刮骨。坐在大轿车上，到市区之后，想起霍去病倾酒入泉与将士共饮的传说。还有"地若不爱酒，地应无酒泉"的李白，及"恨不移封向酒泉"的杜甫、"酒泉太守能剑舞"的岑参。当然，还有修筑嘉峪关的冯胜。也就是说，到达异乡之后，我仍旧沉浸在与己无关的想象中，没有想到父母，也只是渴望，就此能够容身城市，过一种与父母乃至祖上截然不同的生活。

这可能是20世纪90年代初期甚至现在偏远乡村孩子们的共同梦想，不是厌弃乡村本身，而是厌弃乡村生活；不是厌弃乡村风俗，而是厌弃乡村人心。尽管多年之后，我明白，人性善恶是普天下的，绝非一地一时。

可是，大轿车并未在酒泉市区停留，而是穿过它向北驶去。前路越来越荒凉。尘土如雾，接天连地。干枯的树木，风动的村庄。再后来是巨大的连绵戈壁。在苍灰色的天穹下，简直就是一面阔大的墓穴。车子颠簸，后来又下起了小雪。雪硬硬地打在窗玻璃上，那声音，当当当的，就像敲在骨头上一样。再向前，是村镇，黄土的房屋，尘土依旧弥漫。到纵深处，看到一片楼房，车子也戛然而止。

这是我在地理课本上得知的巴丹吉林沙漠，面积世界第四，中国第三。步入营房的那一刻，我就意识到：这将是我此生生活的第二个地方，也将是我命运分界的一道鸿沟。在寒风和乌鸦的叫喊中训练，慢慢地，我喜欢上了这里。有人，有单纯的生活，吃穿无忧，这对于一个贫苦的农村孩子而言，就是类似天堂的生活了。等到杏花开放，尘土散开，处在巴丹吉林沙漠的腹地，我觉出了一种人生的不得已。虽然，这种美好一方面有着担当和义务，另一方面则是为我个人开启了一扇可能之门。对于我，容身的集体乃至它背后的广袤与神圣，我爱到骨髓里。而作为个人，我又时常觉得个体的渺小、脆弱、无能为力。这是我时常感到悲哀的。如西蒙娜·薇依所说："在我们的周围存在着两类人，一类起着表率的作用，另一类却不能；在这群模范之中，他们或者激起我们的效仿之心，或者产生一种距离感，使我们对他们的看法混合着厌恶、怜悯和敬畏的复杂感情。"（《重负与神恩》）

与此同时，我还觉出了一种放任的美好。而这种美好是建立在可以懒惰甚至有些可耻的虚荣心之上的。衣食无忧，消磨斗志。衣食无忧，也可以使得一个原本怀有雄心壮志的农家子弟变得不知天高地厚，混迹其中，茫然不知所为。最初，我便是如此。除了正常的工作与义务外，喜欢吃好的、热衷于扎堆玩乐、大手大脚花钱等毛病卷土重来，且有些乐此不疲。等到自己身无分文时，想起母亲的话：一分钱难死英雄汉！也想起她总是把钱看得比命还重要的省俭和吝啬情景——

　　把一毛五毛一块钱卷成一卷，买油盐酱醋时数好，揣在兜里后，还用手摸几下；给我和弟弟零花钱时，摸索半天，才给五毛钱。欠别人一毛，跑五里也要送回去，不然，就天天念叨。而我在巴丹吉林沙漠从不考虑今天花钱明天怎么办，总觉得，到月底，还有几十块钱的津贴。有几次，在小卖部欠账达三百多块，相当于半年津贴费。实在没钱还，就写信给母亲。父母亲不识字，找别人念。我的理由很堂皇，不是买书了，就是请领导吃饭了。舅舅对母亲说，别听他的话！小姨妈也说，他骗人呢！可母亲不听，步行跑到十里外的邮电所，让人给我汇来五百块钱。

　　拿到钱，我没有犹豫，还账，继续在小卖部喝啤酒，吃零食，啸聚三五个同乡周末餐馆吃饭。有几次探家，临走时，母亲给我路费，说是父亲给别人盖房子、到南山扛木头挣的，还有的是上山割荆柴编苫子（铁矿煤矿打顶用）、捡酸枣卖的钱。给了我三百块，我还嫌少，站在母亲面前一脸悲苦。母亲叹息一声，又给我二百。四年，回去三次，基本上都是父母亲给的路费。现在想起来，是揪心的疼。乡人说的没错，我确实是一个忤逆之人，甚至连那两位女同学断然拒绝我的求婚之举，也是无比"英明"的。

我自己也在反思，也知道这样做不对。但是，物质太有诱惑力了，物质对一个少不更事且幼年贫苦的乡村孩子而言，更是有着核辐射一般的杀伤力。我常想：现在我还没有经济能力，花父母血汗钱也是应当的。可有时候也自责，在无人处自己扇自己耳光，痛骂自己是天下最无耻的人。可一旦看到其他人买东买西，在一起其乐无穷，就又旧疾重发，不顾一切地挥霍起来。

　　其实，我们生来一无所有，靠的是索取这一本能。父母亲卑微地养我，给予我，所希望的不过是要我独立起来，成为一个人人说好、可以自食其力的人。他们以血汗换取生存的资本，忽略物质享受给人的那种荣耀和快乐，而将它们无条件转嫁给我。这是一种卑贱的姿态与爱意。在巴丹吉林沙漠军营第三年，我忽然长大了，也明白了，更好地安身立命不是父母的一种要求，而是一个人必然的担当与责任。

　　我开始有了自制力，同乡拿酒来，我让他拿出去喝。两年时间，中午和晚上把自己关在人去楼空的办公室里，看书、写字。一个月不去一次生活区，半年不沾一滴酒。瘦到 46 公斤。回家一进门，母亲惊呼，冲上来看着我的脸说，儿怎瘦成这样了！在家二十天，天天给我煮鸡蛋。也就是在这一年，山西老舅给我介绍了他的邻居，一个姓侯的女孩子。我去他们家，她父母哥哥都对我好。每天晚上，她给我铺好被褥，我躺下，她还坐在床边看着我，和我说话，直到他哥哥也来休息。

有一次，和她一起到左权县城，住在一起，情不自禁，但最终没有做爱。我知道，乡村女子一旦有了第一次，以后再嫁就会遭受男方冷眼甚至嫌弃。一年多后，我已经知道和她不可能在一起了，如果不能成为夫妻，那就要为她以后考虑。在彼时乡村，贞操，仍旧在一定程度上掌控了女性一生的命运和幸福与否。这一点，我问心无愧，也知道，这可能是自己自小以来唯一的好品质。事实上，和她一起最后几个月，我就已经移情别恋，是一个大我四岁的女子，姓张。在江苏，我让她一起到我们家。她父亲哥嫂反对，她不管不顾，毅然和我一起向北。

到郑州，我们身上的钱只够买一个人的票。我塞到她手里。等车时，坐在郑州站广场上黑暗处，我趴在她怀里忍不住放声大哭，怎么也止不住。两人到家，第一夜在一起。我回巴丹吉林沙漠，她留下来几个月。父母和亲戚们特别喜欢她，原因是她善良、能干、解人意，会操持家务和处理乡间琐事。再四年后，我到上海读书。地位就是阶级，我再次移情别恋。母亲要和我拼命，也气得身体常不舒服。母亲打电话说：你回来种红薯，也必须得要人家！我不。有一次，母亲说她病了，马上就不行了。我赶回，母亲逼着我结婚，且定好日子，通知了亲戚。我不知如何办。逃离会气死母亲，不逃对不起现在的妻子。

我坚持不去登记结婚。第三天，就离开了家。我知道，这是我一生的污点。我必将抱着愧疚终于此生。没想到的是，我从上海回到原单位，领导就把我叫去。始乱终弃，这是什么素质，什么作为！我无言。为了来之不易的命运拐点，我也觉得，她是爱我的，不管不顾，与我一个陌生人走出家门，已经给予我足够的信任与荣耀了。我之所以再次移情别恋，一个重要原因是：她已经不再适合我，或者说，即使强行在一起，对她也是一种更彻底的伤害。因为，一个人心走了，剩下的就只是躯壳，且我这副躯壳还不一定会紧靠着她。

因为在经济上蒙受了一些损失，对她的愧疚一度减轻。现在的妻子，那时候她还小。在上海读书时，她知道了我家里情况，要与我分手。从没失眠过的我，却连续两昼夜没有睡一分钟。半夜，室友呼呼大睡，打鼾磨牙放屁。我走出去，站在楼宇之间的拱桥上，若不是有人，我都会跳下去。我检点内心，确实是很喜欢她、爱她的，而不是某种物质及其他外在的因素。我至今记得，我和妻子在午夜的大雪中拥抱，她把最厚的手套给我戴。岳父母及她的亲戚们也都坚决反对。有很多次，岳母狠劲打她，不让她和我见面。但她不管不顾，在我面前不掉一滴泪。

　　另一方面，我母亲和亲戚们也不要我和她结婚。理由很多：一、外面的人不可靠，我能挣钱了，过一些年，等我回来时，人家不跟着来，我还是光棍一根；二、这个没有原先的老实和孝顺，还不会做针线活儿，讲究吃穿；三、说话很怪，天不怕地不怕，到家里来谁也管不了她。诸如种种。我想，母亲和亲戚们根本的理由就是：让我继续和江苏的那位生活。我当时就对母亲说，娘，你放心，我看人没走眼的。这个媳妇，肯定是很孝顺的，最后也是能为您和爹养老送终的人。

　　母亲生气，骂我。我哭，把烟头按在手心。回到单位，我就和她登记结婚。母亲和弟弟去了。待了半个月，又返回。两年后，我们有了儿子。母亲特别的高兴。一个人千里迢迢来看时，一进门就奔着孩子去了，摸着她的孙子，说小脸圆丢丢的，小嘴好像苹果花，小脚水萝卜一般。母亲笑得眼泪落了满脸。

这是贫贱之中的赐予。侯（山西亲戚介绍的女孩子，后也分手）、张和妻子都是的。在我看来，她们在某些时候高尚和高贵得令人承受不起。我只是一个贫民，或者说从底层攀爬上来的一个平民。从贫贱到稍微不贫贱，这个距离艰苦漫长，而在此过程中，她们先后在我生命乃至灵魂里出现，这使我荣耀，也必将一生荣耀。有时候，妻子会突然问我想她们不。大多时候我说不想。其实偶尔也会想起来，想知道她们现在过得好不好，还在怨恨我不，我也想有机会当面向她们说一声对不起。但一声对不起又有何用？我自己都觉得虚伪不堪。

有一年回老家，与弟弟借去看老舅名义，去了一次山西。见到侯的母亲，身体还是那么好，说话还多。问我现在咋样，几个孩子了等等。丝毫没有怨言。中午还留我吃饭。我从老舅口中得知，侯后来嫁到邻村，仅三里之遥。当时，我想去看看，说声对不起，再给他们孩子买点玩具。可一想，打搅他们平静的生活，可能是更大的不安。说不定，她已经忘记我了。这样是最好的。还有张，我至今没有她的音讯，也不愿意再想起。我知道这一切都沉淀成了愧疚，如同一根铁丝，扯紧我内心最隐秘的部位。

时间如哄抢的土匪，风沙不舍昼夜，生命如火如茶。多年的沙漠生活，我的嘴边挂上了黑色的绒毛，先是软，后变硬，皮肉层层粗糙，眼神也节节沧桑。至此我明白，人生来是为了拥有，也是为了丢失。而丢失更彻底，更令人不堪承受。在沙漠，婚后的生活如层积的沙子一般展开，散落一地。最初一段时间，我坚信我不适合婚姻，或者说，我注定是单身的命。因为，婚姻太多事情了，琐碎如藤丝缠裹。幸好，妻子是会打理生活的人，自觉承担家务，而我只是上班下班。

好妻子是有母性的，好女人始终有一颗善良的心。我出身农村，又贫困，老家的事儿乱而多。弟弟婚后，因为连生两个女儿，计划生育躲不过，罚钱多，而家里又没有。妻子和我商议，帮着交吧。母亲一定要弟弟生个儿子，这是典型的宗法传统。"无子就是绝户头"，乡人认为，女儿是水，最终都会泼出去。女儿也是外人的，嫁了人就忘了爹娘。一家夫妻没有儿子，那么，他们就会遭受非议甚至无端凌辱。其实，在乡下，屈辱也来自多个方面。一家人捍卫自身尊严与利益的"防火墙"仅仅是地位、权力和钱财，当然还有娴熟的生存技巧和处世方式。

而这些，母亲和弟弟都不具备。母亲毕竟是女人，看事情、处理事情常常是只顾一点不及其余，说话也缺乏逻辑，更无说服人的口才与讨人喜欢的处世技巧。乡村人利益纷争源远流长且乐此不疲。家长里短的闲话倒在其次，乡人的矛盾主要发生在树木、林坡、水、土地和房屋等切身利益上。包产到户后，人们便将这些视为私有财产。而南太行乡村这类资源又相当匮乏。没有树木，就无法起房盖屋，给孩子们做家具嫁妆；没有土地，就相当于断了口粮；没有水，就意味着庄稼枯死，殃及人身；没有房屋，人人会笑话，且儿子也极难找到媳妇儿……这些现实利益纠结成串，牵着每个人内心最敏锐的那根神经。似乎从我幼小年代，家里不是土地被分得少了、差了，就是到旱季时候，庄稼快枯死了也抢不到水浇地；不是分到自家名下的树木被人抢锯，就是林坡被人哄抢；不是房基地批不下来，就是批下来之后与邻居发生纠纷。父亲在世时一般不参与这类事情，都是母亲一个人在争，在说。有一年，二分多地被邻居抢去，弟弟去说理，还遭到他们父子四人一阵毒打，留下后遗症，至今还脑子不很清楚。

　　找派出所，派出所说管，到最后杳无音讯；到大队讲理，大队说你们自己处理。在巴丹吉林沙漠，我每周至少往回打两次电话。每次打前，心里都像是井里的水桶一般，像是怕掉下去的晕眩感，想把心脏也狠命吐出来。虽说我也无能为力，但我是长子，必须说和做。尽管没有效果，但这是责任，也是一个家庭的尊严的一部分。我和家里每个人的关系是一损俱损、一荣俱荣的，而我远没有达到一人得道鸡犬升天的地步。我只是一个平民，只可以保自己一家三口衣食无忧，对于庞杂而汹涌的社会，我就是一只鸡蛋，它们都是犬牙交错的石头。

妻子也跟着着急。有多次，我说，我们离婚吧。妻子说，为什么？我抱着她说，我们家事情太多了，连你也一起受累。妻子说，傻瓜，这有啥，夫妻就要共患难。我不怕！我苦笑下。每次回去探家，村里找事的人风平浪静，家里消停好久。等我和妻子一走，便又卷土重来。妻子在老家待得不多，可都知道她性格乖张，有理便不饶人，处世方式也远胜于母亲。即使敌人，她也能和他们打成一片。我的性格也忽然不懦弱了，遇到麻烦事或者气人的人或事儿，会冲上去动用肢体语言。而在很多时候，我发现有些乡村的人在某种程度上非常的可怜，他们无法出去拼生活，只能在山坳里自家门前窝里斗。看到外面来的人、"上面"的人，马上献出一副笑得骨头都块块错位的脸。

这是多么悲哀的事！他们只能在茫然而单薄的生存中攀附掌握更多资源的人，梦想有朝一日得到一点施舍。这是基本的生存能力，也是利益驱动的结果。如鲁迅笔下之孔乙己、祥林嫂，而不是眉间尺、刘和珍君。有段时间，我读鲁迅，发现其中很多语词是不朽的，命中要害。"勇者愤怒，抽刃向更强者；怯者愤怒，却抽刃向更弱者。不可救药的民族中，一定有许多英雄，专向孩子们瞪眼。"（鲁迅《华盖集·杂感》）我的父亲在 2009 年 3 月 10 日去世。母亲健在，弟弟、弟媳尚年轻，我们的儿子和他们的儿女也更青葱。我的根在乡村，我从里到外都还是个农民。因此，从亲情乃至立场和思维方式上，我这一生都会与他们站在一起。

我常常因此而悲伤如雪，骨头发麻。在我眼里，他们仍旧如此卑贱，乡村的宗法乃至无师自通的潜规则与人情世故，我至今摸不着头脑。这使我惭愧至极，连自己的亲人都无法保护的人，究竟能做什么？我最大的目标是做个比较清醒的"看客"和"忍者"，尽管这个目标会耗费一生。多年以来，父母亲就是这么在农村卑微甚至贫贱地活着的，以前是祖父母乃至无数先祖，现在是弟弟一家，甚至还有他的儿女。我不知道这种轮回究竟是一种天赋之责，还是后天营养。所幸的是，在我卑贱至极的时候，父母亲没有厌弃我，我和妻子乃至儿子也没有厌弃过他们。尽管沉重、无奈和悲哀一些，但我们一家人生死相依，荣辱与共，我已经觉得很幸运了。

在巴丹吉林沙漠十多年，我就是这样过来的。一个是自身的生存，这是一个沉重的命题。儿子出生，我觉出了生命传递的美好。然而，面临的又将是一种可望可即而无尽的长途。老家亲人之卑微和屈辱的生活，好像是一把蛮不讲理的刀子，刮骨一样切割。但这种切割并不是为了疗毒，而只能增加毒性。在沙漠，妻儿是我最想偎傍的人，唯有回到家里，我才可以全身心放松。在他们身边，我始终觉得有一种缠裹的温暖，如冬日峭壁上一只暖炉，时常让我在濒临绝望的边缘感到了活着的美好。

可是我时常对着时间哀叹。看着儿子，我盼他早早长大，又怕他长大。他长大了，我老迈的样子可能就像父亲。因此我感到悲哀。觉得人就是光阴的咀嚼物，像我们通常吃的米粒和菜肴。儿子呢，刚生下时哭得多，有时候让我束手无策，但偶尔出去几天，听不到他的哭声就有些心急火燎。带他回南太行老家，对陌生的乡下事物，他兴致盎然，有时候说得头头是道。高兴时说心情好得像乌鸦，不高兴时说心情坏得像鳄鱼。忽然有一天，儿子语气沉重地对我说：老爸，人生来就是被压迫的。你说是不是？我惊诧，半天合不拢嘴。我不能说儿子说得没有道理，也不能告诉他，这就是本质，就是事实。

我们父子俩有时候也闹别扭，我说他不听。也难怪，从小我就没把自己当成他面前的横着的权威和统治者。我对儿子说，我们是朋友，是哥们儿，是伙伴。儿子笑。因为自己小时挨饿挨打长大，再不愿儿子经受那种苦和痛。

1998年，奶奶癌症，父亲守在身边，喂饭、接倒大小便、梳头，寸步不离。这一行为我深受感染，觉得父亲这一品质简直可以与传说中的任何一个孝子相提并论。这一美德我继承下来了。不仅对爹娘，即使少小时待我如亲生的大姨妈，也是如此。我回去一次，给她一次钱。她舍不得花，后来又还我。我说，我小时候就没了姥姥，你待我就像姥姥一样。这点算什么？小时候，我经常去大姨家，和几个表哥表姐一起玩，有啥好吃的，大姨都给我。

大姨妈最终笃信基督教，可没得保佑。车祸后全身大面积摔伤，唯一的女儿和外孙也当场死亡。几个月后，大姨妈在儿子儿媳的吵闹之中与世长辞。我对母亲说，为什么好人没好报呢？母亲说，好人可能从来没得好报。还举例说，1997年猝死的大舅，那也是一个好人，可惜，六十六岁那年初冬，从房顶摔下再也没起来。2008年，父亲罹患癌症，苦厄六十二年的他也走到了死亡的边缘。父亲一辈子从不损坏别人的一点东西，即使我和母亲挨别人的打，分给我家的田地、荒坡、树木被人明抢暗夺，房基地被人多占数米，母亲跟人争理，还遭人破口大骂，被人殴打，父亲也从不吭一声。

可就是这样一个人，他的生命也太过短暂了。父亲卧病期间，看着一生在地里坡上劳苦、农闲时四处给人打工挣钱养家的他，我想了好多。我想问问父亲：当年你看到我和母亲被人殴打、自家利益被邻居抢占，为什么不站出来大喝一声？哪怕是一句安慰话，也可以让母亲觉得安慰。但我一直没问，我想，父亲一定懂得了什么，比如，在以家族形成利益共同体的乡村，原始的暴力往往是解决问题的最终和最佳手段。父亲为独子，他可能知道：弱者在强者面前再多抗争都是无效的，反抗越多，打击越重，抗争越是歇斯底里，施暴者越是能够获得某种满足，不如逆来顺受，听天由命。

父亲病了半年，妻子带着儿子回去照顾了四个月，为父亲输液，陪父亲聊天，做好吃的。父亲很高兴，也很欣慰，对村人说我儿媳妇儿比亲生的女儿还要好几倍。2009年三月初十凌晨，父亲永远地沉默下去了。我和妻子乘坐火车赶回去，进门，看到父亲的左眼一直没闭。母亲、小姨妈和弟弟说，那是在等我和妻子。儿子在巴丹吉林沙漠听到爷爷死讯，拿了一个罐头瓶子，到楼下挖土，放在阳台上，又叫看护他的姥姥买了一把柏香，跪下给爷爷磕头。儿子说，他去河北老家时候，爷爷给他烧花生、核桃和栗子吃，还给他抓知了和蝴蝶。

有几次，妻子病了，我不在家，儿子给妈妈倒水拿药，还学会了煮方便面。我出差前，儿子总要抱抱我，说，爸爸，你要早点回来，在外面注意安全。七八岁的孩子，有此心，我必须要感谢上苍，感谢我刚刚逝去的父亲乃至已成骨头的爷爷奶奶。我时常想，我们一家虽然历经苦难，尽管这些苦难在人间微不足道，尽管我们时常有一些怨言、不满足，但血脉相连的每一个人都彼此包容、感恩、帮扶与和谐，这是世上最美好的事情了。连同我在人生路上遇到的那些人，尤其是对我有恩的，每一想起，我总是觉得愧疚不安，想尽量报答，包括当年那些拒绝甚至非难过我的人。给予我一粒土，我以为是黄金；给予我半杯茶，我当是汪洋大海。我也始终相信，慈悲和爱同质并重，是人类最纯洁与珍贵的一种传承，是一种方向。爱使我们越陷越深。因为，在爱之中，我觉得此生不虚，也觉得，人世如此美好，不仅我和我的亲人们，还有芸芸同类，如果生死是一种更替，那么，我们可以在此间循环往复不止，如水融水，如血溶血。

巴丹吉林的个人生活

我的边塞诗或青春的巴丹吉林

二十三年前的那个中午特别明亮。从宿舍楼向西，穿过蝉鸣与日光的篮球场，一座红砖旱厕兀然屹立。它像其他地方的同类功能建筑一样，也分男女。但平素连个女人影子都难以见到，只有暑假，才有几个家属带着孩子或者只身来队。男人多，小路被诸多的脚底磨得锃亮。厕所门口长着一丛红柳树，这种表皮泛红、总也长不高的沙生灌木，质地很硬，据说在古代可以做箭杆。

厕所臭气熏天，成吨的苍蝇充分发挥本性。如厕完毕，抬头看到光滑的水泥墙壁，除了臭气萦绕不去，竟然一丝灰尘都没有，这当然是官兵勤拂拭的结果。也不知道出于何种心理，我瞬间有了要在上面写点什么的冲动。正犹豫时，一摸裤兜，居然掏出一截白色粉笔。那时候，新兵训练结束后，我和几十个同年兵一起，被分到这个连队学习无线电和雷达技术，然后再根据个人情况，分配到各个合适的岗位去。

捏着粉笔，在弥散的臭气当中，我挥笔写道：

　　这沙漠由来已久，而我却像一个含苞的故事

　　刚刚发生，而且在起伏的沙丘

　　和孤单的杨树及其阴影里

　　一个人从远处来到，被河流敲醒

　　也肯定会被风抖动

　　这是我到这个连队之后写的第一首诗。那时刚十九
岁。此前几个月，我就像一只懵懂的兔子或者山猪，在
偏僻的南太行乡村，尚还不知道中国究竟有多广阔，也
不知道该怎么去面对山外的世界以及更多的人。

　　参军入伍，在彼时年代，对于多数农家子弟来说，
好像是读书之外的唯一出路。而当我穿过数千里山河，
置身于西北的巴丹吉林沙漠，并且第一次以个人融入到
一个庞大的集体之后，我发现自己还是那个懵懂而又倔
强，自卑却又狂妄的乡村青年。尽管军事训练和思想政
治教育频繁又深入，但我的思想行为却没有因为某些理
论与规则而变动半分，反而有所增强。

　　巴丹吉林沙漠的冬天西风刮骨，尘土飞扬。在紧张
而辛苦的军事训练当中，我依旧想有一些自己的时间。
这当然不被允许，我只好选择脚疼、感冒等时机，借以
从整齐划一的队列和集体活动中解脱出来。那是一个空

旷的夜晚，我一个人躺在容纳十几个人的大通铺上，忽然想写一首诗。这种自觉的冲动显然与少年时代有关，也肯定受到了生命和心灵的某种特殊遭遇，尔后产生的一种隐秘的宣泄与表达的欲望。翻身下地，在班长的抽屉里找到一沓稿纸，然后写下一些诗句。

几乎从那一时刻，我就觉得了诗歌内在的力量，或者说，除了好的语言、象征和隐喻之外，诗歌还有一种隐秘的、类似天启谶语或预言功能。我也知道，诗歌的起源大致与巫师的卦辞或祷告语有关，它应当是一种具有神启性质的文体。如写诗的时候，诗人本身并不清楚诗句的来源，特别是语词选择和语词组合方式，也不知道究竟是怎样的一种力量或者情绪状态，让我们把那些缥缈甚至虚无的情绪、判断、认知、思想用形象化的语言组合在一起，并且逻辑无误，意象跳跃而别致，进而形成了独特而又具有典型性的艺术品。

这种奇妙的写作状态是诗歌之外其他文体感觉不明确的。我坚信诗歌写作是一种通神的行为，有如神助、佳句天成等等，用以解释诗歌创作现象是可信和科学的。那晚，当我写下那些诗句，内心甚至灵魂里瞬间有了一种轻盈与愉悦的感觉，就像做爱或做爱之后。当然，那时候我对男女情爱一窍不通。

我把那首诗抄写在自己的政治教育笔记本上，郑重合上。

这是阿拉善高原南部边缘，它的北部是蒙古，也就是匈奴和蒙古的漠北地区。在这一带发生的历史和传奇，仅乌孙、大月氏、霍去病、卫青、李陵、路博德，以及后来的诗人王维、胡曾，探险家斯坦因、科兹洛夫等名字就足够了。如果加上居延海、土尔扈特、胡杨树、发菜、贺兰山岩画、仓央嘉措的传说，那么，关于这里的一切，都可以不用再作任何解释。王维的《使至塞上》"大漠孤烟直，长河落日圆"，《出塞作》"居延城外猎天骄，白草连天野火烧。暮云空碛时驱马，秋日平原好射雕"，无疑是产生于这一地区的最优秀边塞诗歌。

由此来看，阿拉善地区不只黄沙漫漫，兵戈战马，也是文气充沛、富有艺术气质的。

关于写诗，可以追溯到我的乡村少年时代。那时候的南太行乡村，似乎隔绝了自身之外的一切。当然，再偏僻的地方，也必须与时代同步，政策或者主流意识对于每一个人都要进行全方位的触摸与渗透。我记得，那时，改革开放，包产到户，鼓励手工业、企业和加工业，还有煤矿铁矿开发，随后是表彰万元户、革新能手、种粮大户和计划生育先进个人，这些成了人们追逐的目标。尽管，我们的南太行乡村也和大多数北方乡村一样，只有沸腾的粪堆与渐渐干涸的溪流，呼啸的风与被奇形怪状的山峰切割的流云长空，腾起无尽尘埃的日常生活充满了油盐酱醋被加热之后的各种味道，乃至邻里之间的飞短流长，但人们对于供养孩子读书，进而"学成文武艺，货与帝王家"始终保持了不竭的热情。所谓的文学艺术，对于乡村人群来说，只是在书本上被人朗读和背诵。面对它们的人只有两种，一是照本宣科，二是死记硬背。从小学到初中二年级，我窥不到未来的任何缝隙，更不知道今生何往，又会是怎样的人生状态，只是在来处和某些时候按照生命的要求与人生的某些统一动作盲目成长。

一个夏天的傍晚，我忽然写了一首诗歌。这应当是我生命和心灵的一件大事，也是灵魂当中的一道类似闪电的亮光。原因很简单，我喜欢上班上的一个女生，叫曹琴琴。她个子不高，胖，但皮肤看起来特别白，最可怕的是眼睛，大不说，还很清澈，就像我们村后旷野里那一眼水泉，看一眼都叫人甜得发晕。

我是那种想了就做的人。瞅了一个机会，就在她语文课本里夹了一张纸条。求爱是每个少年在懵懂年代正常的生理表现与心灵欲求。但十五六岁年龄，喜欢并且展开一种两性之间的感情，是被年长者和所谓的道德伦理所禁止的。在他们看来，一个小孩子，应当全心全意为自己的将来谋算和努力，通过书本教育和自我的刻苦努力，进而获得一种比较优裕的现实生活。

　　"恋爱"这个词，很多乡村人不知其为何物，甚至觉得，自己搞对象是一种有悖天理与父母之命的不道德行为。对于我个人来说，这一场恋爱压根就是一场自我的精神煎熬与持续至今的一道伤口。曹琴琴发现我的纸条后，几乎没有任何犹豫，在老师唾沫飞溅时，喊了一声"报告"，就把纸条递了上去。班主任老师大发雷霆，要传纸条的同学主动站出来。我没想到曹琴琴居然如此果决。此前，我觉得再邪恶与冷硬的一颗心，也会被炽热的火焰融化。但曹琴琴这么做，我彻底乱了方寸，在老师的厉声呵斥中面红耳赤，心跳如鼓，始终没有勇气站出来。到初三年级，大家就要分赴各个高中，我才鼓起勇气，又给曹琴琴写了一封信。但迎来的，仍旧是严厉的拒绝。

　　那是我十六岁夏末的一个傍晚，捧着曹琴琴的回信，我长时间站在渐渐被黑夜包围的巨大沟渠边上，面对茂盛的杂草和湿润的流沙，忽然想一头栽下去死了算了。正在我长吁短叹，就要轻生时，忽然传来一声咳嗽。一个黑影扛着镢头，从河沟蹒跚而来。我仓皇收起痛苦，转身迎着他，并且以正常的语调，叫了对方一声"叔"，然后快步回家。父母干了一天活儿，还在院子里忙碌。我无心吃饭，闷在房间，在极端的情绪当中，写下了平生第一首诗歌：

　　荷花开得，比十万大山的心事好看
　　倾听本该站在上面
　　安家，还需要蝌蚪和蛙鸣
　　其他的花朵必定善意，簇拥与喝彩
　　男人和女人，从小就应当用心呼应成长
　　可哪里来的洪水，杀戮是一场灾难
　　恐怕这一生，我都要被某种疼痛贯穿

　　这种无意识的文字表达在当时只是一种情绪的宣泄，但对我影响深重，也可能持续一生。

　　1992 年冬天的巴丹吉林沙漠，乌鸦汇聚在晴空之下的杨树枝丫上聒噪。我们上百人在水泥操场上训练，齐步、正步、跑步、队列转换，然后是操枪、格斗、刺杀和手榴弹投掷。很多时候，风吹来人类的垃圾，其中有许多报纸。休息时，我抓起其中一片。残破的报纸上面，沾满了灰土和其他脏东西。但我仍旧会仔细阅读，偶尔在上面看到诗歌，大都是那种格调铿锵、积极向上、饱含爱国主义和牺牲奉献精神的作品。每次阅读，我就想，这些人为什么会用分行的文字把自己的情感表达得如此富有感染力和艺术性呢？再者，一个人用文字说话，借以阐述对人生、万物和世界的态度，这是多么美好的一种行为与令人羡慕的才能！

几年前那场失败的乡村早恋事件，尽管一直使我心有隐痛，但写诗却比这种疼痛更有意味，或者说，一个人爱情的失败与长期的不甘，终究是个体性的；一个人在这个纷纷扰扰的人世，即使万千箭矢和子弹穿胸而过，十万雷霆与刀锋轮番来袭，也只是一个人的，丝毫引不起同类的同情。诗歌是众多人的。她们分散、隐蔽，看起来只属于一个人或者某群人，但人对艺术的捕捉与找寻，偶遇和邂逅的概率往往在无意中发生。更重要的是，艺术击中的是万千人心，就像高空的光束，渗入大地的水流，那种照射、蔓延、穿透、感化的力量无与伦比且具有不朽之意。

至于"杀戮是一场灾难／恐怕这一生，我都要被某种疼痛贯穿""被河流敲醒／也肯定被风抖动"这样的诗句，我当时并没有意识到什么，只觉得，无非是一种情绪化的语言。诗歌对写作者的现实人生构不成任何影响。

1994 年，我 22 岁，对于爱情的渴望锥心刺骨，一方面来自不可遏制的生理需求，另一方面，情感和心灵的深度抚慰需求。眼看诸多同乡、战友都在甜言蜜语中，举着信件读得热泪盈眶，不能自已。或者抱着稀缺的长途电话长时间脸带笑意。我感觉到了一种巨大的空，凿空的空，无奈的空与孤独的空。有时候无故对同乡发脾气，挑他们的小毛病，或讽刺，或直接苛责。事后又后悔不已，对着墙壁喃喃自语，猛然捶打自己的胸脯。有一个夜里，我又给曹琴琴写了一封信，然后在忐忑不安中等待想当然的回音。几个月后，一封信辗转到了巴丹吉林沙漠边缘的军营，却不是曹琴琴的，而是弟弟的。

弟弟初中辍学以后，出去打工。因为个子高、力气大，每次都能挣些钱回来。他知道我喜欢曹琴琴，他也认识。在信中，弟弟说，哥，你就安心当兵，能考上军校最好。另外，你喜欢的曹琴琴已经嫁人了，前不久还生了孩子。我震惊万分，脑袋轰的一声，所有的美好都

成了齑粉。拿着弟弟的信，出了宿舍，一个人走到围墙
外的戈壁滩上，面对浩瀚无际的荒凉与辽远，头顶蓝得
让人心慌的天空，然后放声痛哭。感觉胸脯中有炸药，
骨头里有熊熊火焰，内心飞溅着无数冰凌，甚至灵魂也
裂开了深渊。

一个人在天空下痛哭的滋味如刀镂刻。

古人将沙漠称为瀚海泽卤，这种表述无疑是最具有
诗意的。现在的沙漠则显得单调而又枯燥，没有一点想
象力与生机。事实上，沙漠并非寸草不生，不仅有成片
的沙枣树和红柳树丛，还有梭梭木、茇茇草、骆驼草，
甚至马莲花、唐菖蒲、芦苇，以及黄羊、红狐、白狐、
苍狼、野兔、沙鸡、驴子、绵羊等等动物。这个星球的
每一块地域，都有自己的特征与蕴藏，大地从来就是包
容的、开放的。人们总是在用自己的情绪和思维，对它
们进行冒犯式的概括与表达，这是不是一种大不敬呢？
痛苦中，我对自己说，杨献平，在这个世界上，谁也没
有义务顺从你。人都是自我的，做任何事情也肯定以对
自己的关怀为首要关怀，他人只是他们认为合适的时
候，才会予以考虑和顺从。

对于曹琴琴，最根本的原因是两家家境的差别。那
时候，曹琴琴父亲是大队支书，我父亲是一个放羊的。

曹琴琴父亲是万元户，我们家连一千块钱都拿不出来。乡村的门第观念甚于城镇。人们都在寻找一种与自己理想相匹配的生活方式，这不是人性恶，是生存需要，俗世尊严的要义所在。

不久，一个叫安平的同乡战友就着几杯酒对我说出了心事。

部队之外，是鼎新绿洲，著名的弱水河从一侧穿过，在戈壁大漠之间斗折，一直蜿蜒到额济纳，形成了同样著名的居延海。这里像其他西北地区一样，凡是有绿洲的地方，必定有人居住。

安平涨红着脸说，他看上了部队外面村子里的一个女子，名叫赵爱云。这个名字显然带有 20 世纪 70 年代的痕迹，但在安平心里，赵爱云就像是沙漠深处一朵娇艳的马兰花，再荒凉与偏僻也难以遮住她仙子一样的神采和光辉。我啧啧羡慕，也劝他说，既然喜欢了，就好好喜欢，既然是缘分就好好珍惜。安平也说，这样的女孩子简直是百里挑一，比他以前在学校暗恋的那个好十倍以上。我说，女人不可相比，喜欢了就喜欢了，散伙就散伙了，不能拿这个比那个。安平讪笑一下，把脸凑近说，下次带你去看看，出营门，不用几分钟就到了。

因为紧靠沙漠，鼎新绿洲的村庄也像其他西北地区一样，整个面目灰苍苍的，不多的树木之下，覆盖着村落和田地。周五下午，安平来电话说，明天上午咱俩去。我说，好。可刚放下电话，单位干事通知，所有人到会议室开军人大会。开会是我最烦的事情，但又不得不参加。会议在某些时候表现的是某几个人的意志，或者一个人的意志经由无数个人之后的无限放大。领导一脸沉肃，宣读一份通报说：某某某单位的五名战士，在未经允许的情况下，到机场玩耍，登上战斗机舱内，按错弹射装置被弹上几十米的高空，摔在机场硬水泥板上，三人当场死亡，两人受重伤。要求各单位切实搞好传达教育，警示所属人员，要一人不落地进行安全教育，切实抓好安全管理。

死者当中，有两个是我认识的。其中的康文学不仅和我是同乡同年兵，还是一个新兵连出来的。康文学帅气、白净，且很有修养，每次见到，都很热情，不装不作，为人也极为诚实和有分寸。我对他的好感，甚于同乡其他战友。另一个叫张展，比我们早一年来巴丹吉林沙漠当兵，家在河北遵化。他就在我们学习无线电和雷达技术的那个连队当雷达阵地的班长。虽然在一起时间很短，他却对我很照顾。时常给我说一些注意事项，教我如何和连长、指导员，乃至副连长、副指导员等领导相处。我做梦也没想到，这两个人会忽然死于非命，把自己永远留在了巴丹吉林沙漠。

开完会，我给安平打了电话。安平也说刚开会听说了。一阵沉痛。又给其他几个同乡战友电话，大家沉默，有的竟然哭出声来。坐在床上，我心情晦暗，似乎有无数的刀子在相互击打，火星烧得我心疼不已。

面对这样的厄难，作为一个战士，我无能为力，既不能私自跑去吊唁，也不可能提什么要求。我只能用心，以个人的方式，对生命的戛然而止表示悲悯与哀悼。

最亲爱的兄弟，我们从不同处来到
沙漠何等浩大。命运旗帜一样悬挂
日光之下我们口衔青草
每天目击钢铁的飞翔，鹰群在空中导演战争
而我们每一个人，总被挂在无痕的长风之中
尤其生命，猝然碎裂的时刻
我听到上帝深重的叹息，以及另一些人灵魂的刺疼
兄弟，这一刻我无法前往
有一颗心，在为你们发出带血的回声……

　　每个人都是风中的事物，不论鲜活还是苍老。风在很多时候是命运的象征，也是时间的另一个喻体。因为纪律和其他原因，我和安平都没有再去瞻仰康文学和张展的遗体。他们说，已经血肉模糊了，有一个头部都烂了。我心悸，慌乱，下意识地摸了摸自己。忽然想到，肉身如此结实，其实很脆弱，有时会被一根青草击败，也会被脚下的泥土分裂。人说到底是经不起任何外物推敲与碰撞的，尽管我们时常把自己凌驾于其他物质之上。

　　因为康文学和张展等人的突然死亡，安平和我推迟了去看赵爱云的时间。直到一个月后的一个周末，我们俩才骑着自行车，穿过长满荒草与荆棘的乡间小路，到了一个叫做茨冈的村子。这里的房屋，大都是黄土夯筑而成的，与弱水河畔的诸多烽燧、古关结构一样。用黄土并芦苇、麦秸等掺杂在黄土中，然后用木槌使劲夯砸，一层层垒高。顶部也是黄土。倘若遇到大雨或者连阴雨，都有被泡软倒塌的危险。

　　但这一带很少下雨，干燥使得灰尘轻浮，沙子愈加轻盈。以至于风可以随意处置自己领地上的任何事物。走到一个打麦场边，安平说，停下，那是叔！我懵了一下，再看，打麦场内有一个四十多岁的男人戴着一顶草帽，在用连枷捶打焦干的麦穗。从安平的殷勤动作看，那个人肯定是赵爱云的父亲。我想，既然是安平未来的岳父，作为同乡，我也得为他和赵爱云的好事尽一份力量。也不管飞扬的黑土和呛人的气味，把车子放好，跳下去，就帮着那人捶打麦穗。

这种天性，我坚持多年，也觉得是一种美德。可在当时，我发现安平并不像我一样虔诚与热烈，他只是象征性地握住了连枷的木头把儿，但很快就在赵爱云父亲的谦让声中放开了手掌。几乎与此同时，一个身材窈窕的女子从街道的另一头走过来，手里抱着一个硕大的西瓜，还提着一只水壶。安平迎上去，接过。这显然就是赵爱云。出于礼貌，赵爱云和她父亲放下手中活计，引我们去到家里。

赵爱云的家很简陋，低矮、灰暗，小小的四合院内堆满了各种农具和杂物，且散发着一种树叶沤烂了的味道。坐下来，赵爱云红着脸，给我们切西瓜吃，又找纸杯子加了白糖和茶叶，倒了开水。

从长相看，赵爱云是那种中等模样的女子，脸周正，皮肤白，眼睛不大不小，但很有神，也显得单纯。我心想，有这样的未婚妻，安平也该知足了，更应当好好去珍惜、去爱。

　　需要说明的是，那次在厕所题诗之后，我原以为因此可以得到连领导的重视，却没想到，指导员把我喊去说，那是公众场所，你写几个看不懂的句子，领导来检查的话，会影响我们连的考核成绩，并勒令我端上清水去擦掉。我照办。指导员是云南人，也是一个很好的雷达工程师，对我们每一个人都很好。他批评我，我表面上连连称是，内心里却有了轻蔑之意。这种轻蔑，似乎包含了个人之外的很多东西。

　　在沙漠的日子都是风吹土埋。1995 年暮春，天空万里无云，地面的温度不仅影响到了肉身，也使得人心也慢慢发酵。忽然间，东边黑压压一片，隐约中有一种类似天马奔腾的轰隆声，由远而近，且异常迅速。那时候，我正在院子里看刚刚吐絮的杨树林，听新归来的鸟儿表达它们对于旧地的各种看法。刚一眨眼睛，天就迅速地黑了下来，伸手不见五指。继而持续奔来一阵锐利的呼啸声，有硬物针尖一样扎在脸、胳膊和脖子上，一阵生疼，伸手一摸，似乎有黏糊糊的东西。有人喊说：沙尘暴来了！

　　整个天地之间，似乎万千猛兽在角逐与奔跑，楼房动摇，窗玻璃碎裂的声音夹杂在巨大的怒吼声中。我满心惊骇，和几个战友缩在房间里，看着一百瓦的灯泡长时间犹如萤火虫。大家谁也不说话，也看不清对方的表情。室外的狂乱和室内的压抑，形成了两种有意味的对比。那一时刻，我清晰地感觉到了末日景象，特别是人在巨大灾难中的那种恐慌与不安。大约四十分钟过后，风暴扬长而去，日光再临，一时间，整个营区静谧得好像什么都没有发生过。走到院子里，先前高低不一的杨树当中，有不少被折断，甚至被连根拔起，地上一片狼藉，似乎战后的疆场。

　　同室一位老战友说，这类情况几十年才发生一次。上次是在1979年，营区内最高的烟囱从中间折断，几台卡车在行驶当中被掀翻，附近有上千的民居倒塌或毁坏。相对于其他形式的灾难，风暴这种运行于天地之间无可琢磨的无形之物，其汇聚的威力显然超过了其他有形之物的摧毁力度。地震和洪水也是。这是人类至今难以抵抗的自然威力在不测时候的无序表现。收拾了一地杂物，擦洗了窗子，我以"沙尘暴"为题写了一首诗。

　　我们通常引以为熟悉的

　　往往无常、凶猛。如同风、水、日光

　　甚至最为亲近的人。温和、必需、明亮

　　人在其中，被围裹，觉得美好的恩惠与赐予

而最好的事物最具有杀伤力，最爱的往往最残忍

如同这骤然的沙尘暴，以狂妄之身姿

运用大地上的沙砾，将人和其他同类

决意摧毁。尽管我们爱得深沉

甚至浑然不觉，可暴力从不怜悯

从无形中诞生，杀戮之后

还要我们对它格外感恩，以至于诸多抚摸伤口的

人们

于月光下看到自己内心的刀口、血流与疼痛的

昏晕……

　　几个月后，安平的父亲和哥哥来到部队。他们来的目的，一是找关系让安平转为志愿兵，二是警告安平，不得在外地找对象。他父亲和我父亲一样，是南太行乡村的一个普通农民。只不过，他父亲做过小生意，头脑比较灵活。我父亲则是一个只会打工、放羊和种田的农民。我请他们吃饭时候，安平父亲说，在自己的地方找个媳妇，一来可靠，外地女人，只见人，看不透人家的心。二来可以多一些亲戚，在本地也是一种势力。我愕然，安平则喏喏。至此我才明白，很多时候，爱情和婚姻只是一种交易，一种基于个人安稳和充裕生活的必

要手段。家族势力在乡村至关重要。亲戚多，生活空间大，遇大事总有人能帮上忙。

乡村人的劣根性，其实是由环境造成的。特别是社会生态和生产结构，当然还有自然环境。安平果断与赵爱云断绝了关系。赵爱云有没有伤心，我不得而知。从此，我对安平这个人有了鄙夷的看法。总觉得，一个男人倘若因为家庭门第、个人困难、父母之命等外部原因弃掉爱自己和自己所爱的人，是人品不好的表现。但安平振振有词，说这是孝敬父母的一种方式，也是对自己负责。我耻笑一声，对他说，你这样的男人太多了，多得满中国都是。安平尴尬，好长时间没和我往来。1996年秋天，我探家回南太行乡村，父母和亲戚都在为我的婚事操心。山西的姥舅说，他们的邻居有一个女儿，人很好，他提了一下，那闺女和家人都愿意。

爱情很多时候都是用来辜负的，两性之间的伤害大都来自误解，包容、和解、沟通至关重要，也是唯一的途径和手段。尽管那个山西左权县的叫侯兰的女子对我很好，但我还是没和她一起。那年秋天，我都和她订了婚。三年后，我放弃。原因自己也说不清。

那些年，我完全是一个非正常的人，部队生活按部就班，老家也出现诸多问题，如田地分配不公、弱势家人在村里受到欺负、乡村两级干部的偏向、弟弟无故被同村人打成重伤、派出所民警徇私，如此等等。我知道这不仅是我们一家的问题，可能覆盖了整个乡村中国。但事到自己身上，才知道它们的凌厉和承受者的痛苦程度。如我经常在诗歌中所表达的那样，在古老的东方乡野，俯身大地的人们不仅尘土满面，且背后轮番的冷雨，一再穿透他们的内心和尊严。也如鲁迅先生所说："勇者愤怒，抽刃向更强者；怯者愤怒，却抽刃向更弱者。"他的这段话，我引用过无数次。我觉得，对于乡野上农人相互倾轧，再没有比鲁迅这句话说得更透彻和到位的了。

几乎与此同时，在夏天的巴丹吉林沙漠，我听说一个叫张高粱的同乡战友，外出时车祸而死。其父母来到，我和安平等人去看望。那种白发人送黑发人的凄惨，令人心碎。生命何其珍贵，我们却一再痛失。我夜不能寐，反复在月光里端详和抚摸自己的肉体。我想到，所谓的生命就是肉身，包括所谓的精神和高贵或卑污的灵魂。

我对自己说，你要好好看管自己的肉身，这是父母赐给你的。必须加倍珍视，并且用它来报答生养你爱你的每一个人。这一年，我 25 岁。一个青年，到这个年龄，完全应当身边有另外一个人了。在南太行乡村老家，比我小两个月的表弟不仅结了婚，而且先后有了两个儿子。据说，我暗恋过的曹琴琴也生了两个儿子。其实，这些，我从不羡慕，只是觉得痛苦。特别是曹琴琴，如果我家境稍好，或者有些出息，她完全可能成为我的老婆，给我生养两个儿子。可是我真的无能，都这个年龄了还一事无成。恨自己是一种常态，也是一种病。很多凌晨，我被自己的身体唤醒，某一处突兀而强大，直冲青天，充满了不可遏制的爆破和杀伐的力量。有时候做春梦，和面目不清、赤身裸体的女子交欢，然后被一阵疼痛的愉悦惊醒。满世界都是腥味，呛得自己发晕。

我恋爱时候，安平已经完婚，妻子果真是他们本村人。在我看来，他的妻子无论从哪个方面看，都不如赵爱云。我呢，通过报刊和书信方式，认识了江苏的张叶，恋爱也极其痛苦，四年后也分开了。我又亏负了一个女人。她像侯兰一样的好，本分、有心，对我和我的家人都很好。可我还是没有选择她。她恼怒，写了一封信，告到我们单位，说我对她始乱终弃。

那正是我人生的关键时刻。我万万没有想到，一向善良的她，居然会这样做。我写了深刻的检查，然后又单独向主要领导说明情况。虽然得到了宽恕，但还是觉得自己有负于她。事实上，和她分手之前，我写信给她讲了。她回信也同意。却不料，母亲特别喜欢她，以生病为由，让我回家，不由分说，让我和张叶只是举办了婚礼，但没有领取结婚证。最终，我还是没有和她一起。一年后，又和现在的妻子恋爱。五年后结婚。

这几个女孩子，包括曹琴琴，可能是我迄今为止生命中最重要的异性，他们在不同时期，给予了我许多肉身和精神上的安慰与激励，每想起来，心里似乎有一些针刺的疼痛。很多时候忏悔也无用，唯有祝愿，也唯有珍惜。尽管我知道，世上所有的事情都不是自己能够料定和做好的。

我分别给她们写过一些诗歌。

（一）

大地上最朴素的花朵

贫苦时候的玫瑰

我可以在白昼走近，甚至抚摸

却一再听到岩石的内部

发出水滴的音乐，和春蚕奔走的布帛

（二）

不远千里的手指

夜晚星空以下的嘴唇，爱我的人

路途中最漫长的黑夜

提着孤独的月色，在流水上点火

（三）

美人蕉停在黑夜的耳朵

风从侧面说出：你的命运显然有意为之

做这件事的，他还没有隐去名讳

在世俗中他也如此，特别对于心爱之人

此前十八年，他以为一个人

再加一个人和他们的孩子

就是全人类。那时候他头发已经稀少

脸膛在沙漠发黑

那时候他不怎么用心

可人事很奇怪：越是用情

越容易招致憎恨。人和人误解最凶猛

厌倦亦然。这一个黑夜，他不知道如何才能度过

他个人的艰难时刻

一个人转过身，再转回来

黑夜已经浸入他灵魂了

桌子以远，玻璃挡风，美人蕉孤悬于外

等等。

如今再读这些当年的诗歌，我忽然发现，有些句子当中预言的意味非常浓厚，甚至有谶语的味道。

我确信，自己的青春是被巴丹吉林沙漠开启和消耗的，包括所有的苦难和幸福、厄难与不安、疼痛和愉悦。2003 年秋天，又一个同乡战友因公牺牲。他的父母悲痛欲绝。妻子也是。唯有不懂事的儿子，在他遗像前继续玩耍。他妻子在追悼会上哭哑了嗓子，那种情景让我和许多同乡战友感到一种无助的悲凉。但一年后，他妻子再嫁，把儿子留给了公婆。有一年，我们几个战友借探家去看他儿子和父母。孩子已经长大了，提起他父亲，却是一脸茫然。

1997 年，我在一个单位从事电视编导工作。某一日，又调来一个。他是山东人，名叫庞松涛，和我同宿舍。一段时间后，关系好到了同穿一条裤子的程度。那时候，我俩都未婚。有段时间，我们常在一家餐馆吃饭，和店老板乃至所有的服务员很是熟悉。某一个黄昏，一个女子在门外喊我。一看是餐馆的服务员，以为她找我要账。正在搜肠刮肚找拖一段时间再还的各种理由，那女子却走到我面前，伸手递给我一个信封，说，麻烦你交给庞。我哦了一声，接住。

她叫苏岚岚。东北铁岭或四平人。身材特别好，人也很大方，长方脸，淡眉毛，说话声音发脆，是该餐馆中最漂亮的一位。庞看了信，又递给我。

庞是中尉军官，在其他人看来，一个乡村女孩，在饭店做服务员，倘能够与一个部队干部恋爱并结婚，那肯定是一件鱼跃龙门的好事。对于苏岚岚，我起初也这样想。但很快发现，苏岚岚真不是看上庞的军官身份，而是他的人。后来，苏岚岚又找我，托我给庞带些吃的东西，还有买给他的衣服、礼品等。庞也接受，并且和苏岚岚处得也不错。但深秋的一个早上，庞很早就出去了，中午时候回来。他说，苏岚岚回东北了。我笑笑。庞叹息，继而眼圈发红，流着眼泪说，岚岚爸爸在老家给她找了一个对象，据说是一个山庄的老板。

外单位一个叫王良的干部也和我交情甚笃。1998年冬天，他到新疆伊犁接兵返回不过一个月，一个体态娇小的女子也来到了单位。在路上遇到，王良笑着介绍说，这是他的对象小杨。次年，他们结婚。婚后，王良多次半夜跑到我的宿舍，诉说他们俩人之间的矛盾。有一次，都凌晨一点多了，王良一头扎进来说，老婆跑了！我说，你赶紧追啊！王良摊摊手，说，工资都在她手里。我当即掏出五百块，让他打车去酒泉追妻子。

那时候，我不知道婚姻到底是什么样子，两个陌生男女经过一段时间的了解之后，进而组建家庭，这种行为贯穿了整个人类的世俗生活。尽管，那时候我已经再次恋爱，但对于婚姻，却总有着一种莫名的向往和恐惧。

每个人成年之后，其实都在寻找自己的归属之地与托付之人。每个人都对自己的爱情和婚姻生活带有强烈的怀疑与不安之心。我们在安顿自己的同时，同时也在安顿另外一个人。这种安顿往往带有某些激情与美好的想象，但生活和命运从来就不是预想的那样。甚至，你越是预想得透彻明晰，越会南辕北辙、物是人非。

对此，我的同乡严秀成的婚姻让我心生惊悸。1999年，经人介绍，严秀成在河北老家与一女子恋爱。不久，女子来队，很快又心思转变，和严秀成闹别扭。严秀成找到我。我说，强扭的瓜不甜，倘若你对象确实不愿意了，你趁早。严秀成苦着脸说，开始在家时候好好的，到部队后，看我是一个志愿兵，她的长相又不差，所以……我叹息一声，也才明白，在爱情婚姻上，每一个人都会待价而沽。但不久，严秀成还是结了婚。只是，他妻子再没有来过部队。2003年，严秀成退役回家，妻子提出离婚。亲戚朋友解劝无效，严秀成只好顺从。

关于此事，已经在北京办事处工作多年的安平早就对我说，他听说，严秀成的女儿不是他的。我当时呵斥他不要胡说，大家都是老乡。安平说，信不信由你。他还告诉我，这些年来，严秀成的工资基本上都给了他妻子，每个月只留三百块自己用。严秀成离队前一年，有一次吃烧烤碰到他，我借着酒意，表达了这个意思。却没想到，严秀成对我大发雷霆，并且摆开架势，要和我打架。

2000年，我结婚，时年28岁。至此，在巴丹吉林沙漠，我终于有了可以用来交付自己的人。两年后，我们的儿子出生。做了父亲，就预示着一个人的青春就此完结。曾经的年少轻狂、胡作非为、孤独落寞、无所顾忌与我行我素，都在丈夫和父亲的冠冕之下无影无踪。可能是有些不甘心，婚姻之初，我并没有收敛单身时候的某些毛病，如喜欢和朋友们在一起喝酒、聊天、哥儿们的事情重于家庭的事情，甚至还在为此两肋插刀，不顾一切。

婚后的男人女人必然会经历一场类似脱胎换骨的转变。即，当一个男人下班回家，进而学会拒绝一些饭局酒场，乃至不重要朋友的某些高难度的请求时，就意味着，这个男人已经把自己的身心都交给了婚姻和家庭。

巴丹吉林沙漠一如既往，部队的人来了走了，流水一样。只是，从 2002 年，即我们儿子出生的那一年开始，以往整年不下雨雪的巴丹吉林沙漠也有了阴雨天气，有时候还持续十天以上，小雨淅淅沥沥，使得干燥的沙漠有了润人的湿气。很多时候，我一个人走在沙漠细雨当中，眺望无际的瀚海，思绪纷飞，忍不住写诗或者写随笔。2006 年，我在一首诗中如此写道：

我看到一只小麻雀
向着落日飞。那么弱小的一只麻雀
它为什么，要向着落日飞
又为什么被我看到，我觉得了心碎
还有悲壮和美。飞驰的车轮不断扬起灰尘
我一直在想：在人间的小麻雀

它一定在逃离

身后的大地渐渐发凉

它在用翅膀，一点点打扫渐渐隆重的黑。

　　这一首诗，如今看来，好像是对自己多年来在巴丹吉林沙漠的青春生活的注解，其中包含了一些未知的命运密码与预示。诗歌始终有不可解的一面，尽管我是它的作者，也难以说出当时为什么要写这首诗，这些诗句究竟怎么来的，这些词语当中，又包含了怎样的一些生活乃至精神灵魂的信息。

　　我也渐渐发现，自己在沙漠时期写的诗歌从气质、精神和地理上，都是与古代的边塞诗相通的。如古诗十九首中的《西北有高楼》，曹操的《冬十月》，曹植的《白马篇》，隋唐时期李白、王昌龄、王维、岑参、高适等人的边塞诗，以及当代如昌耀、林染、周涛、杨牧、章德益等人的新边塞诗。我不是说自己的诗歌堪与他们比肩，只是觉得，西北确实是一个催发悲情、豪情、真情，令人心胸阔大，爱国主义、理想主义蓬勃，铁血素质迸溅并且具有献身精神的神奇雄浑之地。每一个处身其中的军人，都能够受到诗歌的影响，更可以从中获得一种悲天悯人的力量。李白的《出塞曲（六首)》《关山月》，岑参的《酒泉太守醉后席上作》《白雪歌送武判官归京》，王维的《塞上曲》《居延城外猎天骄》是我最喜欢的。当代的昌耀的《草原新月》《一片芳草》《慈航》，林染的《西藏的雪》至今爱不释手。

很多的边塞诗歌都充满了血腥气甚至愚忠不辨，甚至还很促狭，但谁也无法跳脱时代的限制。在巴丹吉林沙漠近二十年，我发现自己也是封闭的和单纯的，以至于置身城市之后，总是因为一张桌子、一件衣服、一餐饭、一瓶酒等等可以成千上万块钱而感到疑惑震惊，也对同性恋、变性人和离婚、找小三、包二奶等等事情百思不得其解。

2008 年，庞调回了山东，原因是他妻子在当地县政府工作，离家近，不用夫妻分居。他走的时候，我格外伤感。但他走了之后，就再也没有联系过。王良前几年转业去到新疆伊犁，也没了联系。只是隐约听说，当他回到新疆时，已和他有了一个女儿的妻子也和另一个男人跑了。至于他现在做什么，在哪里，好不好，我一概不知。严秀成和妻子离婚后，又回到村里，盖了新房子，再娶没有，我也不知。2015 年夏天，早就退役的安平忽然来电话说，他在郑州包了一截高速公路的修建工程，谈合同事，希望我能去帮他看看。就在我要去的时候，从老家传来消息说，安平参与传销活动已久，他的亲戚们被拉进去的有七八个。我震惊。至此，当年和我同去巴丹吉林沙漠当兵的同乡战友，基本上都回到了地方。这些战友的不同命运，让我觉得心碎，也觉得了人世的无常和人心的无从猜测与预料。

2016年春节，我再次回到巴丹吉林沙漠边缘的老单位与鼎新绿洲。几乎每一次，我都会写诗。每一次回去，不由想起自己在那里的青春岁月，特别是现实生活中的那些蛛丝马迹和对自己心灵产生过撞击和影响的人事。在岳父母家，有时候我很恍惚，潜意识里总跳动着一些不明来由的不快与不安，失败与无望的心绪萦绕不去，进而沉浸在对往事的回想之中，不断地用诗歌表达，其中有一首，我如此说：

　　总是想骑马，走遍全人类和我的心脉
　　路上既做侠客，偶尔要当采花贼
　　肯定会遇见另一些骑马的
　　做好事的是骑士，运兵器的不一定怀揣仇恨
　　就像这个冬天，在河西走廊饮酒的
　　前世一定是诗人。女的例外
　　用她们的戴罪之身，为一阵风刻下阵痛的红晕

我就是那个走失多年的人
在黄沙和雪山之间，一个日渐衰老的羚羊
和一只雪豹私奔成婚

因此我只想此生身有盔甲
怀中藏满玫瑰。一匹马之所以内心荒凉
只因它和我命运相仿
渴望用速度与青草，追赶时间之黄金灰烬。

这首诗的题目叫《抒怀》，或许正是我对自己那些年在巴丹吉林沙漠的生活与精神状态的一种概括，其中也有隐喻、象征，以及谶语和暗示的成分。另外一首名字叫作《雪中的河西走廊》亦是如此：

落雪以后，鸿雁便有了嫁妆
祁连赋予单于酒浆。风过乌鞘岭
焉支山上的奶羊
冰凌的水边，三丛马莲草尖宽如俗世烦忧
西域是一个名叫胡天的男孩
游牧弯刀的月亮

河西走廊太长，似乎夜半城牒的流苏
旗帜和它们的刀伤
这世上情意太窄，大地正在雪中自我喂养

山河仍旧枯燥，动车以外
内心奔纵了太多的疆场。凉州像是年老的将军
张掖在诵经之余，数念酒泉和它的匈奴浑邪王

转道向北，额济纳之瀚海泽卤
那个在暴风里独自咳嗽的人，一朵被遗忘的棉花
荒凉之星光下，黄沙提灯破窗。

　　离开时候，我和几个战友又去了一次当年的连队。
旱厕虽然还在原处，但已经换成了抽水马桶。官兵也都
一个不认识了。我在院子里转了一圈，又去到了图书
室。没有发现一丝当年的东西。心里惆怅，离开，以至
于车子到酒泉市区，我还沉浸在往事当中。如今，原先
那个在沙漠的年轻军人也步入了中年。回想起来，一些
事情犹如梦境，蹊跷而又悲情。但巴丹吉林沙漠是我待
的时间最长，对生命、人生和灵魂影响最深的一片地

域。在成都，我的思想时常会回到从前，巴丹吉林沙漠、边塞高原、鼎新绿洲、旷野军旅，个人的青春、痛苦和迷茫、幸福和愉悦，都会在不经意之间，让我无意识地回到具体细节和情境当中，久久不能自拔。尤其在重读自己写于巴丹吉林沙漠的某些诗歌时候，那些久远而陌生的句子，总是让我心有所动，并且惊诧于它们遥远而不断逼近的预言和暗示的准确性。

在沙漠的美好时光

周末早上，可以自由支配，可以放纵，甚至可以让自己在单位乃至这个世界上消失两天。在巴丹吉林沙漠这些年，我的大部分周末是清净而懒散的。醒来时，躺在温热的被窝里，恍惚觉得，就像一个人不带一丝杂念地赤身裸体地躺在深山的野草地上。

妻子照例去拿回订好的牛奶或者去买菜，总是起得很早，但声音很小，她怕惊扰我的睡眠。从周一到周五，我算是紧张的，自己不属于自己。有些事情是职责，非做不可；有些是人情，不得不为。整个人就像弓弦，以生命为箭矢，引而发，再连发，但大都是在虚空中的动作，自觉呼啸，细看却无迹。

只有到周末，忽然放松下来，像一只紧压的弹簧终于回到了原位，负重的终于可以暂且放下了。妻子当然理解，每当周末，都会让我多睡一会儿，哪怕睁着眼睛在床上看天花板，也想我多躺一会儿。剩下的事情她一个人揽过来。结婚几年，我总是自觉地将自己和自己的日常生活乃至身心交付予她。我感到幸运，妻子，应当是一个男人一生的精神支撑、同程行者。对于双方来说，是一种赐予。

通常，睁开眼睛，阳光已经打在了窗帘上，再把那些绣嵌的花朵的投影送到我身上来。倾耳一听，屋里静，没有一丝声音。我伸伸懒腰，心想：妻子一定是去取牛奶了。路程不是很远，转过几座楼房，走过几道窄街，送牛奶的女士很早就在服务中心的灰墙根下候着。到那里，妻子有时候会和那位"牛奶女士"说几句话，有时候不说。有时候会去一边的超市买些诸如油盐酱醋的东西。

然后回来，放下牛奶，看我醒来了，就说，你起来热了喝，我去买菜。

剩下的时光，我会看会儿书，或者看电视。我的床头甚至地上放满了书，大部分是邮购或者外出时买的。我喜欢睡前阅读，还有冥想。喜欢读自己喜欢的那些书，它们是诚实的，有一种铺展开来的优雅与细致、光芒与气味，让我在阅读之中觉出这个世界的丰富和驳杂，喧哗与躁动。

电视上都是新闻，有些我厌倦，一看就换台或关掉；有些我喜欢，它们是说实话报实情的，我总是能够从中觉出一些似是而非的意味，关乎自己、他人、国家，乃至世界和人类，愤怒或者欢悦，沮丧或者无奈，情绪极其不稳定。

更多时候，我不开电视。有段时间，特别喜欢读《参考消息》，报纸是从单位拿回来的，躺在床上阅读，感觉真好。而且，我还发现，《参考消息》当中也总是有些隐隐约约的讯息，虽不甚明朗但可以使自己胸中有所知觉，而且是关乎大方向、大现状和大思维的，这种能力，我觉得非常有趣味，应当算一种天赋和能力吧。

还有些周末早上，我就那么躺着，假寐，或者假寐想心事。过往的、烦心的、自己的和他人的，当然还有隐秘的甚至说不得的。想一会儿，我会再次伸懒腰，再次躺好，放松心情和身体，尽可能地拖延睡眠时间，不去关心时间，甚至把手头一些紧要的事情也丢在一边，潜意识里要将五天来的劳累和烦扰消磨殆尽。

太阳越升越高，要是夏天，可以明显地觉得温度的上升（沙漠昼夜温差大，夏天也是如此）。我总是想到这样一幅景象：太阳从沙漠平坦无际的地平线，像个莽撞的少女，她一抬头，就把人间的黑暗窥破了，黑夜像颗粒沙子一样飞散，霎时间，天地澄明。就连戈壁上黑色的沙砾和卵石，沙漠深处的芦苇和倒毙的胡杨树残骸，也都渐次清晰，充满细碎或斑驳光泽。紧接着，阳光驱散楼房及其他建筑的阴影，最终落在青草和败叶上，也洒在早起的人们身上。

这是新的一天，我也知道，很多的同事也像我这样，在周末的床上安躺或者在自己的房间里做些什么。

他们也会像我这样，长时间地依赖于被窝的温暖和芳香，那是一种肉体的芳香，叫人沉迷。很小的时候，我也以为肉体是不洁的！可多年之后，我发现，人在世上，唯有肉体是可靠、并且属于自己的，任何物质不可替代、凌驾，更不可模仿。肉体是精美的，是灵魂的可靠巢穴，承载着快乐、庸俗、智慧、创造和发现。

躺得久了，胡思乱想一顿，有时候会不知觉地再睡去。通常无梦，要是做梦的话，睁开眼睛后，就是一边回忆梦境的具体细节，一边想着梦境的蕴意。有时候自感吃惊，有时间一笑而已。看看总是不紧不慢的钟表，指针已经过十点，还在踏踏向前奔行。我想我该起床了。时间真是一个杀手，它的走动是一种消失，也是一种逼迫。

门开了，妻子提着蔬菜和肉，带着一身热汗或者一身冷气进门。我起来的话，会接过来，没起来的话，就赶紧起床。去卫生间，这是一个繁琐甚至有点无奈的身体事件。在很多年前，我就开始讨厌并且怀疑身体的某种代谢行为，也常常想：人要是不需要食物和水该有多好！

妻子的动作很轻，将蔬菜和其他吃食放进冰箱，就开始了一天的清扫，这里扫、那里擦，然后涮了拖把，地板上泛着水滴。这时候，她的脚步依然是轻轻的，碎步挪动，听来特别悦耳。

妻子的忙碌使我不安，这应当是两个人的事。美好需要恰如其分，缩短或者漫长都将使之失去意义。给予也是相互的。特别是在巴丹吉林沙漠，我们可以挥霍黄沙，挥霍生命中的腐朽部分，但不可以挥霍少之又少的水、绿叶及家庭的温暖。这些总是在消失，一去不复返。这令人悲哀。

收拾完毕，妻子走进厨房，锅碗瓢盆碰撞，水声四溅，然后是食油与食物俘虏和被俘虏的声音，是饭菜的香味。

周末真好，我们自己的时间，虽有点短暂，可相对于消泯个性、压抑，甚至令人麻木的集体运作，自由再短暂也可贵。

吃过不早的早饭，时间显得缓慢。通常，我会和妻子一起，到外面转转，有时候一起去假山和人工湖边，这些人造的风景，总是在心里有点尴尬意味。回到家里，通常我洗衣服，妻子准备做午饭，菜刀和案板的响声，干脆且有些残酷意味。哗哗的水在洗衣机里翻江倒海，使劲儿甩着衣服，灰尘、汗碱和油污在水和洗衣粉的作用下一再被分离出来。

正午时分，阳光热烈，我将衣服挂在院里的铁丝上，不多的水分迅速逃窜。我还想到，衣服上的水一定会变作雨滴，稍待时日，它们还会落在巴丹吉林沙漠上面。

我这样想，是不是太幼稚了？太阳和风的运作谁可以看见？看起来冠冕堂皇和必然的东西，总怀有惊人的黑暗。

阳光穿过屋顶厚厚的水泥，使得整个房间变得闷热异常。我会汗流浃背，有些年用风扇，呼呼地吹，但炎热还是不肯走散。窗外幸好有几棵杨树，青叶茂盛，不知疲倦的知了爬在树上使劲鸣叫。

经常有电话来，为了逃避领导和公差，电话请妻子接。但通常朋友的电话居多。在我的意识中，周末就是我和妻子，还有和朋友们的专属时间。朋友打电话来，或者我打电话去。我会说，到我这里来，吃顿饭，重要的是说说话。朋友大都会来。除非他们和其他朋友早有约定。朋友也会要我到他们那里去，可他们大都住在单身宿舍，没有地方炒菜做饭。没有酒的聚会一定会少点什么。

好朋友叫人心安。我参加工作十多年了，在巴丹吉林沙漠度过了最美好的时光。经过的事成千上万，邂逅的人也有数千，可以称作朋友的很多，可检点内心，真正的朋友却屈指可数。我总是暗自想：朋友也有点流水的意味，一个时期、一种境遇，会遭遇到一些朋友，而这些被时间和世俗置换之后，也会带来一些朋友。朋友轮换，其实也是一种自然规律。

早在十年前，在巴丹吉林沙漠，我最要好的有三位朋友，都是多年积攒和检验出来的那种，彼此的交往已经深入心灵，相互之间的聆听、诉说、理解和影响让我倍感荣耀而温暖。常常，即使我不打电话给他们，妻子也会提醒说，叫庞、裴和杨来吃饭、喝酒、说话吧。

妻子的理解让我感动。在生命当中，一颗水珠，太阳的照耀，让灵魂充实而柔绵。

朋友来了，我起身，请他们坐下。啤酒或是白酒已经买好，放在显眼的位置，像是在列队欢迎。朋友们不说什么，酒就是喝的。我们已经形成了共识：喝酒不是目的，是手段，是媒介。其中，"手段"一词蕴意丰富，指向一目了然。"媒介"则是清浅的，温馨的，目的不明，或者干脆得就只剩下一种心情。

妻子炒菜的速度极快，红烧的肉块，青绿的蔬菜，香气四溢的汤，接二连三地落在饭桌上，诱人的味道打断我们的谈话。朋友说，吃饭真是一种享受，没有了饭，活着的意义就会大打折扣。

学者裴总是在思想，就连饭从哪里来的，都要牵连出农民、教育、政体、个人权利等话题。庞和杨也会就着话题，说出自己对问题的主张和观点。我也不沉默，思想、发现和表达是个人的基本权利，连上帝都不能够统一。所有纷纭的思想，都应当有自己试验和生长的土壤。

妻子吃完，我们还在吃，话比酒还长。偶尔会冒出一个自以为新颖的思想，就放声大笑。惹得邻居不满地敲墙壁，赶紧收住笑声。往往，妻子会去向邻居道歉。邻居也就不再说什么。

我们的话题继续着。我们之所以成为朋友，维系着的是彼此之间的信任、诚实，天性中的悲悯、怀疑、善良，以及热爱书籍、令人沉醉的思想和交谈。这对身居沙漠，目前尚还年轻的我们来说至关重要。我一直认为，一个人，没有了怀疑、思想、发现和表达，简单得只剩下日常生活，那将是非常不幸的一件事。

那些年，我和他们三个是最活跃的，也是最紧密的。裴早就有了家室，儿子在读初中了；他的家、办公室里堆满了书，也常借给我看一些前沿学科的专著，每每给我推荐一些他以为好的书；庞还是单身，有几个女孩子喜欢，追得甚紧；杨和我同在一个单位，做新闻时常发牢骚，单身至三十多岁，方才在北京找到一个相当的女子。

吃了，喝了，说了，有时候会意见不一，争吵起来，闹到面红耳赤，第二天见到，又是一脸微笑。若是其中一个休假一段时间，会念想不止，时常电话催着赶紧回来，说：我们都想你了！

朋友走了之后，堆在面前的是残羹剩肴，还有脑子里的他们的声音和思想。之后，帮助妻子洗刷，坐下来，捧起书。至今，还有两个人的话我牢记不忘。

西蒙娜．薇依说："人以三种方式活着：思考、冥想和行动。"

奥森汉姆说："每个人面前都敞开着／多条道路……而每个人决定／自己灵魂要走的道路。"

　　沙漠落日被唐代的王维状写过，"大漠孤烟直，长河落日圆"，一句足以千年。直到现在，巴丹吉林沙漠还保持了王维在世时的落日景象，除了没有"孤烟"，弱水河河水逐年减少之外，其他完好无缺。吃过晚饭，我和妻子锁门，下楼，出门洞，迎面是夕阳，大规模地倾泻在院子里、楼体上，还有远近的杨树、沙枣树和红柳树丛上。

　　夏天，孩子们在外奔跑，三五成群，相互追赶、嬉闹，大人们则穿着单薄的衣裳，露着胳膊和大腿以下部分，在有树荫的马路和休闲广场散步、倚坐、说话。

　　沿着马路行走，渐凉的风穿过身体，连毛孔都是清爽的。

　　杨树叶子哗哗作响，沟渠里的流水推拥着青草，蝴蝶在低处，鸟雀在高处，飞翔有时候没有高低之分，只有优美与否，独特与否。

　　我们走着说话，说到这些那些，自己的和他人的，熟悉的和陌生的。每一次也都会想起在家乡的父母，他们是农民。我说：这时候，爹娘肯定还在地里干活。然后是唶叹。妻子说，他们要来这里多好！我沉吟一下，说，即使他们来这里，也不会和我们一起这么悠闲的。妻子说，散步不应当是某些人的权利。还说了一句《圣经》上的话："你叫他比神明、比上帝微小一点，又以荣耀与尊贵为他的冠冕。"

我莫名感动，虽然我不信仰，但是这句话是很准确且富有平等与怜悯意识的。

太阳向西，它红红的脸膛逐渐黯淡。余光懒散地披在绿树上面，巴丹吉林沙漠极少的鸟儿聚集在红柳树丛，叽叽喳喳，不停晃着脑袋，警惕的眼睛一闪一闪，时刻提防着可能的危险。

在巴丹吉林沙漠，鸟的敌人不是很多，除了弹弓、石块和鹰隼外，最难预防的恐怕就是人了。

路过的花池水流潺潺，菖蒲、月季、臭金莲朵朵鲜艳，就连花下的短草，也棵棵头顶水珠，在时光中静静拔高。

迎面而来的人们，大都神态悠闲。他们在说着什么，声音大或者小，走近，声音突然在他们的口腔消失，走过一段路，就又冒了出来。碰见熟人，招呼是要打的，尽管不大情愿，毕竟都在一个单位工作，虽然隶属不同，但总有打交道的时候。尤其是领导，不管现在是否归属人家"麾下"，总要驻足说句话的，而且你要先开口，挤出一脸的笑。

往往，走过后，妻子就说我，你刚才的笑很勉强，挤出来的一样。我笑笑，她看了看说，这会儿很自然。

多年来，不善于和领导相处，在单位，是一个大的缺点，我曾努力改正过多次，但收效甚微。尽管有同事说，这至关重要。

人工的湖泊耀着金子的光芒，枯树和假山之间，散步的人也多，看起来人人都心安理得，且神色悠闲。我和妻子向着僻静处，走过长长的水泥路面，踏上粗石和碎土的乡间小道，风吹着头发和脸，感觉愈加舒畅。清新的空气，似乎在帮我整理脑海里纷繁一天的混乱。身体也舒适极了，像是透明的一般。

我和妻子也总要说些什么。琐碎家常、紧张压抑的工作和难缠的人际关系。我一直想抛开，把它们当石头踩在脚下。可妻子会说，这是生存环境问题，关系到个人的前途。

有段时间，我觉得身边的每一个人都在努力，不是做事，而是向上，坐在某一个显要位置上，才是大家认同的成功。我觉得这很可怜。人总要做些什么，而某个位置，对谁而言都是适合的，不是能否干好，而是一种应付。

直到现在，在单位，我仍旧没有太多的想法，我只是一个半道出家，硬撑着有一份较满意工作的人。我已经满足了，我想要的，不过是有一个安静的生活，向着某种方向履行自己的职责，更多的时间读书，做自己喜欢的事情，有人理解和同行就足够了。

可是，事实不那么简单。我们读小学三年级的儿子突然说："爸爸，人一生都是被强迫的！"我吃惊，才八岁的孩子，如何能说出如此沉重而富有哲学意味的话语呢？这使我想起艾略特的一句话："持久的诱惑是最大的背叛，为了正确的事情需要错误的理由。"这是一个强词夺理的且充满悖论的事实真理。邓恩也说："没有一个人是完全自立的孤岛……"

不知不觉，我和妻子接近村庄，傍晚的炊烟从黄土房屋顶上滚滚而出，向着树冠和天空，传递着人间的生活气息。马路两旁遍植杨树，茂密的树叶遮盖了整个村庄。宽阔的沟渠里流淌着来自祁连山的雪水，在众多的田地边缘兵分数路，冲进玉米、麦子、棉花和西瓜的脚下，在流动中渗透，在渗透中蔓延。

看到上了年岁的人，就会想起自己的父母，他们在遥远乡村的生活充满艰辛，庄稼是一粒粒地种植，用手掌和汗水收获回来的，一点点的金钱是没日没夜地给别人打工挣回来的。他们的辛苦我曾经体验过，他们经年的忧郁心情至今我还有着。我们一家五代都是以土地为生的农民，就我而言，尽管十多年时间过去了，除了生活较为轻松，活的体面一些和远离土地之外，我本质上还是一个农民。

"我们相信人类在上帝面前是平等的，这是显而易见的真理"。（马丁·路德·金《我有一个梦想》）

夜色完全降临时，我们回到小区，街灯先后亮起。但还有许多的人，在昼夜交替之处散步或者倚坐。风有些凉了，我和妻子快步回返，先前路过的花池和杨树有些灰暗，但风吹树叶的声音，清水流动的声音，在渐趋冷静的小区黄昏，却愈加响亮了。

在沙漠之外生活的人一定意想不到，这里的夜晚寂静，落寞，一个人也没有。要是没有风，所有的声音都是你自己的。脚下的粗沙发光，一粒一粒，向着你的眼睛和身体。一个人的脚步在空荡荡的戈壁上敲响，鞋底的石头几乎接触到骨头，我能够听见它们碰撞或亲热的声音。

有一段时间，我的工作单位转到戈壁深处，离家远，一般一周回去一次。每个晚上，忘却模棱两可的俗世声色，安静下来。连房门都不锁，从幽深的宿舍出来，走过楼房和杨树，到水泥路面的尽头，围墙过后，就是一色的铁青色戈壁了。因为靠近生活区，很多的垃圾堆在那里，有风时，各色的塑料纸飞起来，连同破旧了的裤头、小孩的内衣，像风筝一样，在旋风中，被飞行的沙砾裹挟，盘旋上升，一直到看不到的苍色天空深处。

有月亮的晚上，我总是要到戈壁深处走走，很多时候一个人，我不需要任何人在身边聒噪。我总是觉得，月夜戈壁是安静的，像一个巨大的疆场，沉寂而弥散着悲剧的苍凉味道。我一直觉得它的下面有很多灵魂：无奈的、自愿的、战死的和被风沙掩埋的。他们的尸骨早已钙化成灰，我很多次在漆黑的午夜看见快速奔行的磷火，我想那就是所谓的灵魂了吧！一些人走了，剩下的骨头是唯一的实证。现在，我们来了，又是一群人，我们不可以预知自己的未来，就像戈壁本身没有办法说出自己的心事一样。

月光省略路灯，除了窗棂里面的，四周空旷，黄色的光亮在建筑和树木上安静，它的样子像是想象中的女子，她等待、过往、消失，无论我们怎样，她都没有表情。她温柔得有些过分，让我没有非分之想。其实，我仍旧是一个世俗的人，喜欢声色，也曾经有过灯红酒绿醉生梦死的生活，但回过头来，世界依旧，生活照常。但在戈壁月光下，我是安静的，纯洁的，全身洁净透明。

通常，还没有吃过晚饭，日光仍顽强停留，面带黑丝的月亮就挂了起来。抬头看见它，温和和柔情迅速充溢，我又可以到戈壁上散步了，一个人，除了自己什么都不携带。

我总是觉得，这样的夜晚，两个人一同到戈壁上散步还行，要是众多的人一起，叽叽喳喳，脚步沓沓，肯定是不美妙的。这样的想法或许太过自私、偏激和霸道，但谁也没有权力干涉。傍晚，我换了轻松的布鞋，不告诉任何人——他们在各自的房间游戏或者说笑，我不惊扰他们，就像不要他们惊扰我一样。戈壁上的人迹早已被风磨平，风过的痕迹皱纹般明显。太阳的温度仍在，温热的黄沙和石子是对我的一种安抚。身边的骆驼草身子虚肿，尖利的枝叶上挂满尘土，它们稀疏的叶子被月光照成暗黑色。我路过，它们的手指拉扯着我的裤腿。

是不是要我停下来呢？

远处沙丘起伏连绵，黑色的轮廓温柔恬静，浑圆的天空隐藏在它们之后，太多的星星隐匿了，剩下的那些，光亮黯淡，面色憔悴，似乎刚刚经历了一场病痛。

近处有物在动，两只驼峰载着整个戈壁，在月光下缓慢行走。起初，它们把我狠狠吓了一跳，转身回跑。气喘吁吁地停下回头，它们并没有追上来。我蓦然想到那是骆驼，有人放牧和管理的沙漠的独特的生命，荒漠的王者和孤独的英雄。到现在，我再也不会那样惊恐了，骆驼和我同样没有恶意。我们两种生命，在戈壁的月光下面，实质上是一种美妙的陪伴和邂逅。

尽管这样，我一个人还是不敢和不能够走得太远，戈壁太大，哪里才是它的尽头？我只是看到它的荒凉、沉稳和焦躁的一面，而忽略了它原本强大的内心——多少年了，在这片戈壁上，在我之前之后，又有多少人来到、消失和走开呢？我一个人的漫步，与它身上的任何一颗滚动过的沙砾没有区别，只是形体稍微大一些罢了。除此之外，我再没有什么可以炫耀的了。

偌大的戈壁，它能够容纳多少像我一样的生命和肉体？

有时我也想，应当还有一个人的，妻子当然最好——进而，我又想到一些人，一一闪过的形象，叫我安慰和忧郁，即使那些糟糕的同类，在此时我也没有一点怨恨心理。只有在这时候，我才是宽容的。在戈壁中，我通常会遇见蹲在沙棚里的沙鸡、野兔、出其不

意的蜥蜴和沙鼠，它们被我看见或者踩着身体，它们惊
呼，我大骇。之后是相安无事。十多年来，我先后在月
光的戈壁捡回一些形状奇异的石头和漂亮的断羽，放着
放着，好多都不见了，几次搬房间，发现一些在老鼠的
洞口，有的被撕碎了，有的虽然完整，但覆上了厚厚的
灰尘。

返回时，远望的营区灯光大都熄灭了，戈壁上只剩
下单纯的月光，只有颜色，没有声音，我在其中。公路
上没有一辆车行驰，围墙静默不动，楼房和树木跟随人
的鼾声进入梦境。上了水泥路面，使劲儿跺掉鞋上的灰
尘，入营区。一个人的脚步拍打着附近的砖泥墙壁，月
亮停靠在天空正中，黑丝的脸颊洋溢着笑容，它的光亮
向下，从我的头顶，贯穿身体，连地上的影子都好像是
透明的。偶尔会有几片黄了的叶子，穿过细密的枝条，
在我身后跌落。

而此时，妻子乃至远处的亲人、芸芸众生，大抵都
开始睁眼了吧。

我爱的黄金是你们

妻子一直在疼，在深夜、凌晨和中午——众人午休的时候，她的疼显得格外清晰。我和岳母在她身边——尽管恨不得替她疼，但我不知道该怎样帮着妻子免除疼痛，它太顽强了，一个人，在另一个人的身体内，它的动作模糊不清，而他给予的疼痛却令妻子无法安静。我只好在床边，抓紧她的手，让她咬、掐、撕破、出血。我听着她的喊叫和呻吟。而岳母的镇静让我愤怒，但又不敢吭声。她总是在说，没事的没事的，生孩子就这样，忍一忍就好了。

我知道，疼不是用来忍的，它是用来被消除的，我不愿意在疼痛中获取一些体验。我甚至拒绝针式注射，拒绝一些衣服的毛刺对我肉体的骚扰。而现在疼着的，不是我，是妻子，她怀孕了。她的身体内有了一个人，我看不清他的面目，但我已经隐隐感觉到了，他总有一天会来的，在这个人世上，像我一样活着，长大，尘土，油烟，伤口，鲜血、开心和疼痛。

一天，一天，又一天过去，在疼痛之中，时间的消失让我感到悠长和绝情。第三天，下午的时候，医生叫响我的名字。我在她后面，进了房间。她递给我一张打印了文字的纸，说，你看看，看清楚，想清楚，再签字。我站着，那张纸在手中沉重，令我手指颤抖，那上面写满了我的恐惧。我的脑海霎时空白，发晕。我抬头，看了她的眼睛，说，我得回病房一下，她说去吧，和你媳妇商量一下。

妻子照旧躺着，疼痛使她的面孔有了皱纹，嘴唇裂开了口子，还有清晰的血迹。我走过去，坐下来，把纸递给她。她看了，也好像没看，就递到了我的胸前。说，签吧。我看着她的眼睛，说不签。她拉过我的手，眼睛看着我，咬牙点头说：签吧。我摇摇头，说不签。她又攥紧了我的手掌，说签吧，我和孩子一定没事的，你放心。我再摇摇头。坐在一边凳子上的岳母起身，拿过那张纸，看了看，说，签吧，这能有什么事儿！一股火焰从我内心腾冲而起。我转脸，碰上她爬满皱纹的愠色的脸，以及她看我的目光。我缓慢收敛，轻声说，万一呢？她站起身来，大着嗓门说，哪儿来的万一！我不语，我看了看妻子，她也看着我，再次攥紧我的手掌，又使劲地点了点头。

我签字了，我熟稔的名字竟然生疏起来，我找不到了它们的肢体，我停了又停，好像过了很长时间，我才写完"杨献平"三个字。墨迹没干，我就起身回到了病房。妻子和岳母问我签了没有，我没有说话。走到妻子的床前，她的面孔骤然新鲜起来，像平生第一次见到那样，怀孕所致的斑点，方方的脸蛋和细细的眉毛。她的嘴唇也清新了许多，她的手指细长，长长的指甲可以嵌入我的心脏。

我坐下来，一直看着，抓着她的手掌，轻轻摩挲。内心涌起一些令自己无法抑止的暗潮，汹涌、激荡，拍打着我的胸腔。护士敲门进来，大声叫着妻子的名字，随后进来的推车，白色的被褥让我感到压抑和害怕。我扶妻子下床来，又躺倒在推车上。出门了，我推着她，她的脸就在我的胸前，我推着，向前走。走廊太短了，医生值班室、护士站、消毒室、病房，好像一些轻薄的纸张一样，从我眼前滑过，晃动。我看着妻子，她也看着我。我的眼泪掉下去，打在她的额头上，她抬手要帮我擦掉。我躲开了——我不知道自己为什么要躲开。妻子冲我笑笑，张开的嘴巴里面舌头红润，牙齿整齐而洁白。而我却笑不出来——有一个巨大的东西，它覆盖和垄断了我的内心。

手术室到了，一道大门，上面是玻璃，下面是木板，浅黄色。它好像常年那么开关着——被人推开，又被惯性唤回。护士叫我走开，她接过了推车。我没有松开，紧拽的手掌凝结在那里，护士又大声说了一声。妻子拍拍我的手臂，说，没事的，你等着，我很快就出来了。推车一点点远去，在大门之内，在长长的走廊上，钢轮摩擦瓷砖的声音单调得近乎阴森。我的眼睛贴在玻璃上看着——护士摇曳的白色衣衫，拱着脖子回头看我的妻子，天蓝色的围墙上没有灰尘。另一道门开了，推车停顿，右转。一点点进去。看不见了，我还是要看。接着，传来的是另一扇门闭合碰撞的声音。

医院太大了，那么热烈的太阳，也没有把它烤热。在门外，在红色的铁皮凳子上，我坐下来，又站起来。岳母一直坐着，一直在说，没事没事的，一会儿就出来了。我没有听见，我反复起身，走动，张望，坐下。我的身体发凉，胳膊和脖子上泛起了细小的疙瘩，我双臂抱紧，扣上衬衣的所有纽扣——还是冷，那种冷好像出自心底，就像在我的身体内放置了一块不会融化的寒冰。氤氲的冷不绝如缕，一点一点上升，浸透了我的皮肤和血肉。

我不停地掏出手机看——时间缓慢、悠闲得有些病态，好像睡着了一样，骨头松懈。我在大门外来来回回走，我的皮鞋在水泥地上敲出响声。有人上楼下楼，有人经过有人进去，但不见人出来。我反复使劲盯着把妻子挡住的门，它在走廊的尽头，像是一个居高临下的王，或者一个坐禅的僧人。我没有它们的耐心，我需要尽快看到我的妻子，看到从妻子身体中走出来的那个人。

终于有人出来了——一个漂亮的女护士，她出来了，从手术室，像一只白色的蝴蝶，轻轻地飘出来了。她怀中抱着一个婴儿，由远而近，她的浅跟皮鞋敲打着地面好像是木棒敲打骨头。我想推门进去，可又想起来了护士和医生的叮嘱。我只好把脸再次贴在大门的玻璃上，看着她迈着轻巧的步子一点一点地向我走过来。岳母也贴近大门，说，孩子出来了。她的语声有些颤抖，我知道她高兴。

我也看见了他，和她妈妈一个模样。令我惊奇的是，他居然睁着眼睛，两颗黑色的眼珠慢慢转着，他一定看到了我，看到了他的姥姥，看到了陌生的墙壁、行人和妇产科明明暗暗的长走廊。

岳母想抱住他，护士说不可以。她有些怅然，呆呆地站立了一会儿，转身对我说，我们去看看孩子好吧。我说妈你去吧，我等她。又一个护士出来了。她告诉我，就快出来了。我的心落了下来，但瞬间又提起——

见到了那才是真的，在生命上，我不愿意猜测和道听途说。我承认我有一种与生俱来的不幸猜想症。那些躲在身体和生命四周的黑色面孔，我害怕它们。

好像又过了很久，钢轮摩擦地板的声音响起来了，推车载着妻子。我冲过去，把大门甩得爆响。妻子面色苍白。她看到我，咧嘴冲我笑笑，然后又闭上了眼睛。我再次接过来，推着她，看着她好像睡了一样的脸庞。亦步亦趋的护士高举着瓶装药液，一根白色的塑料管线，在一根空心针的带领下，以点滴的形式，进入妻子的身体。

妻子的身体赤裸，隆起的肚腹瘪了下来，白色的小腹上覆着一层棉纱，四周未干的血迹、过分苍白的肌肤……我知道，这就是他——我们儿子——出生，来到人世的地方。那肉体、生命和信仰的缺口，一个生命从那里跳跃而出。他当然体会不到疼痛。我和妻子也不需要他来共同体验——也不要他疼。我们抬起妻子，她的身子轻了好多，但不能弯曲。我托着她的臀和腰部，由两个护士主导，把妻子平稳放在床上。岳母早就关闭了空调，她说，生产后的女人是不可以见风的，我母亲打电话也说，还要我给她准备一套棉衣。

妻子睁开眼睛，看着我的脸，我把她的手掌放在大腿上，看着她失血的苍白的脸。她笑了笑，颤声说了一句什么，我听不清。我把耳朵贴近她的嘴巴。我听见她用喉咙在说，给老家的妈打个电话吧。我"嗯"了一声，没动。岳母也说去打一个电话吧。我迟疑了一下，又低头看了看妻子。

阳台上尽是阳光，尽管傍晚了，它的火焰仍旧灼热，我感觉到了脚底的灼烫。我对母亲说，生了，剖腹，大人和孩子都平安，男孩。母亲在电话里舒了一口气，说那就好。又交待了一番注意事项，挂断电话。整个房间好像一个巨大的蒸锅，热烈的空气在我们身上跳动。妻子睡了之后，我走进婴儿护理室——他一个人，在小小的木床上躺着，我走近，他睁开眼睛，一直看着我。他的脸蛋、眼睛、眉毛，都是妻子的。嘴巴和脑袋像我——岳母也这样说。我就在他身边站着，看着这一个刚刚谋面但早已熟稔的人。他对我好像也不生疏——他还在妻子肚腹里的时候，每次回来，我总要把耳朵贴在妻子隆起的肚腹上听他在里面的动静——肢体、心脏的活动，搅动羊水，声音沉闷而清脆。我隔着一层皮肉一次次叫响他的名字。给他听音乐，说一些故事，朗诵诗歌。他好像听到了。有时候他闹，我打开音乐，他就安静了，我知道他一定在听，也一定听懂了。

　　而现在他出现在我们眼前——我们是熟悉的，那是一种天性的因循和传递。他哭的时候，嗅到妻子的体味就会停止下来。而妻子，刀口长长，裂缝深深，她甚至不能够吃东西，只是水和药液，间隔小便——我接在便盆里，再倒掉。看着她疼，咬破了自己的舌头和口腔。而他也开始活跃起来，哭，吃，拉撒。妻子挣扎着要抱儿子，我不让，岳母端着，他的嘴巴找到了母亲的乳房，他吃着，小小的嘴巴嗫嗫有声。

　　这时候，只有到凌晨，气温才有所下降。第三天，妻子的刀口有所愈合，医生说可以出院了。我说那我们就回家吧，妻子点点头，嗯了一声说，带上咱们的儿子。我笑了笑——我笑得有些勉强和不自然。我知道，一个人来了，虽然早就在我们的生命和生活当中了，可现在的他是真切的、隆重的。尽管如此，我还是有些猝不及防。一个人，一个生命，他来到，他成长，他向前——大致的过程多么简略呀，其中的过程和细节我怎么也不会明了。

　　回去路上，岳母抱着他，妻子在后排捂着小腹坐着，我在前面，车子很慢，没开空调。沙漠上的气浪像是伏地的云雾，在正午空寂的戈壁水泥路上，车子缓慢驶行。回家后的第七天早上，岳母出去买菜了，妻子搂着我的脖子说："我进手术室的时候，你为什么哭？"
我说："我不知道。""在儿子和我之间，你要谁？"
我说："两个都要！""只有一个呢？"我想了想说：
"要你！"

　　我说出的时候，儿子在妻子身边睡着，他表情沉静，完全没有听到我的回答。我看着他酷似妻子的脸，听见他均匀的呼吸，我不知道将来他知道后会怎样想。也许，等他的后代出生的时候，他的妻子也会这样问他。他怎么回答，我不想知道，也不必知道。再几天之后，我一个人去了儿子出生的医院，向医生和护士再次表示感谢，并拿回了医院开具的出生医学证明和给单位的通知书。

出生医学证明

新生儿姓名：杨锐（巴特尔 bateson）

性别：男

出生日期：2002 年 6 月 ×× 日 ×× 时 ×× 分

出生孕周：39+3 周

出生地：甘肃兰州市 ×× 场区

健康状况：良好。体重：4200 克。身长：50 公分

母亲姓名：章××，国籍：中华人民共和国。民族：汉。身份证号：×××××××××××××××××××

父亲姓名：杨献平，国籍：中华人民共和国。民族：汉。身份证号：×××××××××××××××××××

出生地点：中国酒泉卫星发射中心医院

医院出生证号：××××××××××

××××××医院（盖章）

2002 年 6 月 20 日

×××××× 医院通知书

致 ×××：

你单位章xx于2002年6月1日11时入院至2002年6月10日出院，住院计10天。

最后诊断1.初产头浮（妊娠39＋3周1/0 ROP，于2002年6月××日××时××分行剖宫产娩一男婴，重4200g，评9分）；2.巨大儿。

出院（转院）时病员状况：母婴健康出院。需休假天数及其他建议：1. 按规定休产假；2. 产后2月禁房事；3. 产后42天门诊复诊；4. 不适随诊。

经治医师：签名（医院盖章）

2002年6月20日

妻子刀口基本愈合的时候，我们的儿子也长大了许多，身子变硬，尽管脖颈还不足以支撑头颅自由转动，这对我们来说，就是一个进步。到这时，我才想起，我竟然没有给妻子和儿子照过一张像，我甚至觉得，应当把妻子做剖腹产手术时的实况录下来留给儿子看吧。等他成年了，或者有了自己的爱人之后，他们一起看。我拿了相机，妻子抱着儿子，在小区的大门外的马路上，衬着葱绿的杨树和整齐的楼房，他们就定格在了那个时间里，连同那些静态的建筑和树木，地上的黄沙、水泥和行人。

我要上班了，走出家门的时候，突然感觉到了离开的生硬——他的便溺不见了，身上的奶香被土尘替代。妻子仍旧不能够自由伸展和行动的身子逐渐模糊。周末回到家里，妻子格外热情，她早早打了电话，问我几点钟回来。我还没有进门，就嗅到了饭菜的香味，在整个楼道里，给我隆重的迎接。公文包还没有放下，妻子就过来抱住了我的腰。儿子在床上睁着眼睛，或者努力练习翻身，他吭哧吭哧的声音细小但清晰。

我得承认，在儿子满月之前，在内心，我仍旧没有真的把他看作是我和妻子之外又一个家庭成员。对他，总有一种外来者的感觉。那时候，他有时候哭，哭得没完没了，我越哄他，他越是起劲。只有他妈妈的奶汁可以阻止。他嘬奶头的嘴巴很可爱，但吃的时候手脚不安静，一只手总是挥舞着，在空中找一些什么似的。三个月之后，他变得白皙、俊秀和丰盈，整个身体像一团新鲜的棉花，我喜欢含住他的小手，很香，有妻子的奶味。

在此之前，我竟然没有主动亲他一下。妻子的奶水充足，有时候他吃不完，妻子挤在碗里，要我喝。我尝尝，很好喝，但没喝，放了一会儿，只好倒掉。8 个月，他会爬了，在床上，在地毯上，撅着浑圆的小屁股，两个膝盖着地，像个皮球一样快速跑动。10 个月，我们要给他断母乳，妻子怕他哭，也不敢见到他撕人肝肠的哭，犹豫了一周左右，我把他抱到了姥姥家。岳母说，孩子到天黑的时候最想妈妈，怕他哭。我抱着他，给他喂牛奶，他居然喝了，而且没有哭一声出来。等他满一岁，就可以站起来，自己走路了。令我高兴的是，他走了没有3米长，就自己跑起来了。虽然会跌倒，会因为疼痛而哭，但不要紧，他会走路了，有时候散步，他比我和妻子跑得还快。

他喜欢各种车辆、篮球、音乐、书，这些令我高兴。妻子多次问我：儿子大了，你希望他从事什么职业呢？我说我不知道——他的未来还在未来，我们看不到。他能够含糊说出"妈妈"的时候，妻子教他喊我"爸爸"，他不叫，一直不叫。我想我那些心思他是不是知道？这使我忐忑，惭愧，有时候拿别的原因来欺骗自己，我对妻子说，他不叫我"爸爸"，那肯定有他自己的想法。直到1岁3个月时，他叫了我"爸爸"。我受宠若惊，抱着他在地上转了10圈，自己头晕了，而他不晕，我停下，他"啊啊"着要我再转。

儿子是喧闹的——男孩大都这样。他有充沛的体力，只要睁开眼睛，他总是在动，在发出声音。一岁半，他俨然一个三岁小孩的身体了，喝奶的时候总是要抓住妻子的袖口，或者胸口。吃饭用手抓菜，米饭不要我和妻子喂，自己用左手拿着勺子吃。我周末回来，他扑上来叫"爸爸"——不是一声，而是连串的，一声比一声高，辽阔洪亮，尾音拖得很长。我和儿子一起的时候，就是抱着他转，他喜欢被我倒提着走，或在床上静止，他哈哈笑着，尤其开心。他喜欢坐在我的身上，有时候故意把光光的屁股搁在我脸上。我抱着他睡觉，快要睡了，他一声一声叫着"爸爸"。我出差，他指着墙上我和妻子的结婚照叫"爸爸"。有别人来了，我的微机、书、茶杯、衣服不让人动，甚至他母亲动了我的东西，他都会喊：爸爸的爸爸的。

我知道，每年秋天他会有一次大的感冒，持续一周以上，总要住院才会痊愈。周末的时候，他会坐在我腿上，让我放音乐给他听，他喜欢古筝、小夜曲和管弦乐。好动的他似乎只有这时候才是最安静的，虽然会睡着，但他喜欢，这是一件美好的事情。再过半个月，就是他两岁的生日了。两岁，多么新鲜的孩子，我有时候想，我自己要是自己的孩子多好呀。可是我看到自己的尿液是浑浊的，而他的却如同清水一样；我看到自己身子上有了不少的皱纹，皮肤黝黑，而他的却绵软、白嫩、蓬松和舒展；躺在床上，我会做点什么，辗转反侧想事情，而他睡就是真的睡着了，只有梦呓、笑声和哭声……在此刻，他已经睡了好久，和他妈妈一起。而我在微机面前，说着关于他们母子的一些事情。他们是安静的，我却是活动的，在安静的凌晨，我不知道自己到底要说些什么。我想我走进卧室的时候，一定会看见他们的睡眠、半掩半露的身体、均匀的呼吸、翻身的梦呓。我不知道他们梦见或者没有梦见什么，我只是想说：妻子和儿子，两个贴近我的生命，现实中可以让我触摸和亲近的人——我一无所有，我爱的黄金是你们！

低语的风暴

两个老故事

到巴丹吉林沙漠后，我先后听到两个故事。第一个，很多年前，由彭加木率领的地质探险队路经巴丹吉林，中午，骄阳似火，饥渴难耐。远远看见几棵沙枣树，还有一个隐约的人影。走近一看，原来是一位喇嘛端坐在沙枣树稀薄的阴影下，面容沉静，神态安详，红色的长袍上沾满黑色的灰垢。喇嘛告诉彭加木，他所在的地方，从前是一面沙湖（海子），旁边有一片硕大的梭梭林。他打坐处，曾经是沙湖的中心。

这像是一个传说，带有某种神话意味。事实上，我也一直这样认为，直到 2003 年夏天，乘车去往额济纳旗古日乃苏木，穿越一截黑色的戈壁滩，远处隐约着一些黑色的阴影，高高低低，像沙丘又像巨石，进入之后，才看到是一种身材不高的树木。这是一片庞大的梭梭林，20 世纪 90 年代初期，还设有森林武警专门看护。梭梭是一种独特的沙漠灌木植物，耐干旱，性喜沙，抗严寒，寿命可长达百年，是阿拉善高原防风固沙的植被之一。

穿越的时候，四边的梭梭像是列队欢迎的士兵，戈壁隐没了，只有一丛一丛绿色，从我的眼睛中接连闪过。令我更惊奇的是：居然还遇到了几面潮湿的水洼地，蔓延的青草挺着柔软的身子，在巴丹吉林的天空下，孩子一样懵懂张望。

听到的第二个故事：古日乃牧民那斯腾在戈壁放牧的时候，在浩瀚沙漠深处，发现了冰川纪的地质奇观——石头城，奇形怪状，鬼斧神工。其中两块面积足有十平米之巨，一块像黑色巨鹰，尖喙长翅，钢铁雕像一般，勇猛而高傲；另一块如千年海龟，游动在一块摇摇欲倒的尖石之上。更为神奇的是，还有一汪源源不断的清泉，不管天气再干旱，清泉涌流，从不停歇。那斯腾在泉水旁边用枯干的胡杨木垒了一个骆驼圈，每年夏天，他都会来这里放牧羊只、驴子和骆驼。有一次，他竟然还在这里遇到美丽的红狐，温柔女子一样，站在石头的缝隙里，向他张望。

这个故事也很老了，现在的石头城，更多的人去到那里，站在冰川纪的地质遗存之上，照相、喝酒、吃东西，抒发一些惯常的感慨，然后返回。我去的时候，还

在附近发现一块严重风化的石碑，上写"大明甘州府总
兵李秦来……"后面几个字我怎么也看不清，扫掉其中
的灰尘，也还是模糊的——时间多么强大啊，模糊了人
在沙漠的一切痕迹。

戈壁观察者

　　大风来往的戈壁，中国内蒙古阿拉善高原阔大的戈
壁，日复一日的生活和精神疆场，一个人在它身上，像
是一只红色的蚂蚁或者奔跑的蜥蜴。我时常感到卑微，
以及无限大和无限小导致的心理和精神落差——刚刚来
到时，我看到的戈壁是冬天的，像是大地拳头的骆驼草
满身灰尘，干枯得焦黄，似乎是某种史前动物的骨骼。
第二年春天，我在营区外的戈壁滩上，看到了密密麻麻
的骆驼草，因为靠近人居，渠水从它们身边流过，繁茂
是必然的，春天令它们焕发了真正的植物本色，绿得让
我觉得戈壁的世界竟然还可以如此美好。

　　人工的杨树和自然的沙枣树、红柳树夹杂在营区外
围，林间的青草成群倒伏，其中的白色或者蓝色花朵像
是雄性戈壁托举的美丽女子，身姿羸弱但却充满高贵的
光泽。有一年夏天，到三十公里开外的南山去玩，沿途

的戈壁上布满陈旧的车辙，深深浅浅，左冲右突——很多人来过，戈壁承载和包容了所有的过客——这里的骆驼草是稀疏的，站在戈壁，几乎感觉不到它们的存在，它们本身就是戈壁的一部分，人看到看不到，都无关紧要。

进入沙漠，白色的沙，一堆一堆，围在骆驼草根部，都像一颗颗结实浑圆的乳房。无边的白沙并不像艺术图片那样美好——甚至有点索然无味，令人心生沮丧。独立的山都由流沙构成，披在高坡之上。我们的攀爬进一步退三步，整个身体不受自己控制——峰顶的岩石也正在风化，看起来巨大的坚硬的物质，只要用手稍微一碰，就簌簌落下，披散开来，嗤啦嗤啦的声音，听起来碜牙。

越在高处，风越大。忽然想起苏轼说的"高处不胜寒"，还有赫拉克里特的"干燥的灵魂是最高贵的灵魂"……在峰顶，四周的风，分辨不出究竟来自哪个方向，衣袂飘飘，就要撕断开来。这时候，仰望的天空就在眉睫，伸手可摘流云，大地苍茫得不明所以——但看不到更远的地方，都是沙，白色的沙和金色的沙；戈壁是黑色的，人间的黑和灵魂的黑。

好多事情都已变得空无，而在戈壁深处，哪怕一只红色的蚂蚁或者一枚树叶，都令人惊奇。戈壁围绕的巴丹吉林沙漠深处，马兰花最为动人，我以为它们是这世上最顽强的花朵——黄沙中成长和开放，流沙接连侵袭，但仍旧保持了一种绝对神圣的生命状态。2001年，我主动要求到戈壁深处的单位工作。报到那天，看到的戈壁简直就是一个无边无际的梦，干燥和贫瘠得一无所有，黑色的沙子就像是海底的沉淀物。

近处戈壁上，总有一些风，带起白色的尘土，一股一股流窜，然后汇合，成为更大的沙尘，不规则跑动，像是小股游击队，沿着平坦的戈壁疆场，转眼无影无踪。我不知道它们是否会消失，但肯定会再生，一溜一溜白色的土尘，不倦地游历，幽灵一样奔跑。夏天的每个傍晚，我都会一个人到堆满黄沙的围墙外散步。抬头看到的天空亘古不灭，落日如血；大地坚硬，走在上面，每一块石子都接触到了骨头，每一粒尘土都会进入人的身体。

这里的戈壁几乎没有植物，好大一片，瓷实的沙子上面，铺着一层大大小小的卵石，有的晶莹剔透，有的墨黑如炭，还有的像是红玛瑙、绿宝石和骏马的眼球。我捡回了好多，放在窗台上，第二天一早，它们光洁的身上就蒙上了一层黄色的灰尘。古日乃的牧民古日腾德哈告诉我，这一带的戈壁盛产可供观赏的石头——学名"沙漠玫瑰"，在额济纳旗的奇石专卖店可以看到，形状像海底珊瑚，一瓣一瓣结在一起，就像是盛开的玫瑰花——好多人开车进山采挖，拿到市场去卖，我不知道应不应当赞同，有一点可以肯定的是：我不收藏这种"沙漠玫瑰"，即使看到了，也不会采挖。

三个人

第一个：年龄等同于我叔叔，和我一个姓氏。20世纪60年代末大学毕业后，来到巴丹吉林沙漠西部边缘的军营。最初的几年，在戈壁深处的一个测量站点，初建的单位沉浸在黄沙之中，孤独的房屋像是遗弃的城堡，不通市电，夜晚只有日月星辰；黄黄的地下水，落地就是一层碱。他和很多人一起，日出忙到日落。很多年过去了，期间贯穿了中国的"两弹一星"等大型试验工程。当时，通过手摇电话听到第一颗原子弹试爆成功的消息后，他和十多个战友们跑到戈壁滩上，向着天空挥舞着五星军帽，把喉咙喊到嘶哑无声。黑夜躺在床板上总是闭不上眼睛，凌晨睡着后，还在嘶喊，邻床传来大嗓门战友的笑声。

　　这个测量站点还在，前些年才接通了市电，但还是没有公路。戈壁幽深旷远，一个人站在那里，很容易就觉得了自然空间的博大。接二连三的风暴吹过来再吹过去，粗大的石子一次又一次击碎窗玻璃。每天早上起来，被褥上总会落下一层灰尘，一低头，头发内的沙子簌簌落下，放在饭厨里的饭盆每天都要落下几两甚至成斤的灰土。三年时间，他阅读了大量的书，写了将近80 万字的技术论文。尽管已经是 21 世纪了，好多同类单位还在参考使用他当年那些论文。

　　时间要毁灭一个人，就是要他苍老。30 多年过去了，当年与他一起的战友都走了，其中几个，还把自己的尸骨交给了巴丹吉林沙漠。现在的他，肩上是金色麦穗的将军衔，每年都要回到当初的测量站点看看：菜地、饭堂、猪圈、老营房和老设备，没有人知道他看到又想到了什么，最后，他总是要在戈壁上独自站立一段时间，一会儿抬头，一会儿低头，背影投在沙砾上，弯曲或者挺直。

　　第二个：有些东西故意扔掉，还必须要找回残骸。他去了，一个人，背着无线电发射机，先是踩着戈壁，再后来是黄沙——沙漠真大，一个小小的破碎的东西，他怎么找也找不到。临近中午，沙尘暴突如其来，铺天盖地，成批的沙子，苇席一样快速翻卷。天空黑压压的，空气里都是灰尘，张开嘴巴，就可以饱餐一顿。他想找一个避风的地方，或者要返回营地……而很多天过去了，战友们全体出动，在风中张大嘴巴，呼喊他的名字，找遍了巴丹吉林所有的地方，他还是没回来。

他父母和妻子来了，不知道在哪里祭奠，只好趴在戈壁滩上，原地转了一圈，哭了整整两天。建起的坟茔里，埋葬了他使用过的所有东西，然后竖起一面水泥墓碑。风吹着他的名字，呜呜地，有的时候惨烈痛哭，有的时候慷慨悲歌。每年清明，后来的战友们都会采一把蜜香的沙枣花，向他的衣冠冢脱帽致哀，然后恭恭敬敬放在字迹日渐模糊的墓碑前。2002年秋天，古日乃的一个名叫古日腾赛哈的牧民前来报告说，在一处叫作沙坡泉的黄沙下，发现了一具白色骷髅。听到这个消息后，我哭了，像一个受了天大委屈的孩子一样，眼泪怎么也止不住。

第三个：名义上与我和我们毫无关联。戈壁太大了，牧民稀疏得就像这里的梭梭树，在古日乃草原，一家和另一家之间，隔了好远的路程，至今没有电话，方圆百公里之内都是盲区，一个人在其中，就像一粒沙子，自己不发出声音，谁也不知道他的具体方位。2004年秋天，一个女牧民要生产了，努力了好久。他的丈夫昂日森骑着摩托车，摔了好几个跟头，跑到我们单位所在地求援。

三菱越野车紧随其后，在焦白戈壁上扬起一股粗大的烟尘，穿越原始的梭梭林后，进入庞大的芦苇丛，因为刚刚下过雨，地面泥泞，数道深坑阻挡了车速——等我们赶到，女牧民已经疼晕过去了。小心翼翼地将她抬上车，赶到酒泉卫星发射中心医院已是傍晚，她醒来几次，又都晕过去了。每个人都是一身汗，直到进入手术室。谁也没有离开，站在白色走廊尽头，一个小时，两个小时，三个小时，四个小时，直到他们母子平安。我们的内心充满了欣慰。生命多么美好！我们做到了！一个在疼痛中成为母亲，一个在鲜血中诞生，成为一个崭新的人。

几乎每年，我们都要在春秋两季去一次古日乃苏木，带上那里缺少的蔬菜、面粉、水果，还有日常药品。坐在牧民的家里喝香甜的奶茶，听他们唱歌，站在庞大的骆驼群之外，看羊只在日渐稀薄的草丛中隐没，还有白色、红色或者斑色的骏马，四蹄飞腾，勇敢的土尔扈特蒙古族骑手是真正的马背上的英雄，绝尘而去又闪电而来。

流沙

流沙——我曾经以为是一个诗意的词，多次在诗歌中重复，用唯美的言辞和单薄的崇拜。而在阿拉善高原，"流沙正在淹没我们的祖先"——说这句话的人是巴丹吉林沙漠西部鼎新绿洲的汉族居民朱建军。的确，我在戈壁当中看到的坟墓周围大都堆满了黄沙。这里的坟茔大都竖有墓碑，每一个墓碑上面都写着同样的称谓。早年间的墓碑是黄泥做的，书写的文字早就被连续的风带走了，只剩下一块凝固的黄土。稍后的墓碑是水泥做的，文字虽然清晰，但也会像先前的那些一样，在时间和风沙中消失。

最近几年，墓碑都换成了石头的，黑色的石头，白色的字迹，看起来庄重肃穆。朱建军先祖的坟墓在靠近弱水河的戈壁滩上，一边是时断时续的内陆河，一边是风沙经常侵袭的戈壁滩。每年清明上坟，朱建军都要扛上一把铁锨，把坟墓旁边的黄沙清理一遍，才摆上供品，点燃黄纸和柏香，声泪俱下地祭奠。有时候路过，如果方便，他也会顺手清除一下坟边的黄沙。他知道这样的清除是无效的，但必须如此，就像我们的生活，每一天都在重复，但必须重复。

新栽的杨树大都干死了，干枯的根部泛起一层白碱，再有一阵风，树苗就折断了，丢在那里，让人心里发酸。没过多久，这些死了的树就成为了流沙的战利品，而且越埋越深，再也找不到了。

发源于祁连山的弱水河流淌着，大多数时间是干涸的，一河流沙被太阳烘烤，逐渐蓬松，风吹之后，一层灰土飘飞而起，在空中，向着更大的区域奔袭——张掖、酒泉、嘉峪关、武威，乃至兰州、西安。有一年春天，我到兰州下车，落了一层灰尘，又下了一阵雨，整个广场看起来就像是疤痕累累的脸，对面的兰州大厦灰旧不堪，街道上到处都是灰尘，就连广告条幅，也都沉甸甸的。

但城市人不会担心会被流沙掩埋，最直接影响的是祖辈游牧的土尔扈特蒙古族牧民，牲畜需要的草越来越少。阿拉善盟的沙漠化土地正以每年1000平方公里的面积扩展，大部分牧民因草场退化牧草短缺而卖掉牲畜，也像当地汉民一样，开始农耕生活。随之而来的是，习惯了游牧的蒙古族人，一时难以改变自己的民族习惯，第一年大都颗粒无收，直到第三年，才逐渐掌握了一些农耕技巧，有所收获。

额济纳旗的牧民阿布和即是其中之一。最初，他们在古日乃草原放牧了上百峰骆驼和数百只羊。流沙将他们驱赶出了古日乃草原。在额济纳旗，面对数十亩田地，他们正在努力把自己变成阿拉善高原上第一批以种地为生的蒙古族农民。还有他的女儿女婿，儿子和儿媳妇儿，甚至孙子。2000年，在达来库布镇一边的干河滩里，我遇到几位骑着骆驼到山里采挖沙葱的男性汉民，几个口袋都是沉甸甸的，骆驼走路都有些吃力。

沙葱是阿拉善高原最重要的植被之一，只要稍微下点雨，就会生长，不会采挖的人会毁掉沙葱的根。在鼎新绿洲，初春的市场上，摆放了好多，买回来开水煮后，再拌上盐和醋，吃起来很是爽口。就像那些吃着发菜炫耀富贵的人一样，吃沙葱对环境也是一种破坏，只是很多人没有意识到罢了，当然也包括我在内。我们不知道，吃一口沙葱，就相当于容忍一把沙子在天地间横冲直撞。

现在的额济纳旗乃至鼎新绿洲居民，每年都要把清理沙子当成一项重要的工作，枯干红柳扎起的篱笆之外，黄沙常常蜂拥而来。有一年五月到嘉峪关，令我吃惊的是，街边的槐树竟然大部分都还没有发芽，发了芽的，也都是枯萎着的。傍晚起了一场大风，流窜的沙子如狼似虎，长驱直入。晚上，睡在四层楼房上，感觉大地激烈晃动。还有几次，在路上遭遇流沙，竟然被擦破了脸皮，鲜血还没有涌出来，就被灰尘堵住了。

风中的旅行

2006 年 7 月 24 日，巴丹吉林沙漠西端。白昼变黑，幻灭的味道在正午瞬间弥漫。沙尘暴突如其来，我在房间外面，天空的阴影迅速铺展，从对面的楼顶、墙壁、马路和杨树之上，像庞大的黑色巨兽，四蹄飞扬，充满着吞噬一切的欲望。投射的阴影从水泥地上迅速升起，我似乎看见它锋利的触角，刀锋一般飞速着切过大地。

世界变黑，绝望的黑。风起来了，浩大的风，浑浊的风，没有方向。尘土就是它的身体，庞大而果敢，横冲直撞，旋转的身躯石头一样坚硬和莽撞——我感觉到了压抑，它巨大的没有角度的力，蜂拥，压挤，进入和溢出，放开和攥紧。经常的沙尘暴，实心的沙尘暴，在它的吹袭和裹挟中，我感觉到了一种末日般的恐惧和疼痛。

庞大军团发出凶猛的吼声，从远处的戈壁、矮矮的围墙、杨树身子、裂开的水泥路面和一边的蓬松沙土之上，途经蚂蚁的巢穴、仓皇的蜥蜴、骆驼刺的尖锐部分、正午安歇的工棚、野生的向日葵……它冲过来，进入和穿过我的身体。动感强烈的正午，风中的个人宿命，片片撕开。

浑浊的天空没有光亮，太阳逃遁，灰色的尘雾一再遮蔽上帝。伏地游动的沙土成群结队，蛇或流水一样，一绺一绺爬过水泥路面，临近的窗玻璃上传来尖锐的碰撞声。我一言不发，我在想，这样的风中，两个出行的人，他们的行走违背常理，他们的前路肯定无踪。在风中，他们最可能就此丢失。

风暴是黄色的，在车上，我们穿行，破开，又被淹没，再淹没。熟悉的道路狭窄，两边的戈壁底色泛黄，粗大的卵石心脏一样跳动。向前的道路，视线只有两米，飞速的风，像是一面厚厚的墙壁——软体的凶猛之物，车子趔趄穿过，我听见沙子们身体开裂的声音，哭泣的声音，愤怒的声音，在车外，耳膜之中，身体之内。

在风中旅行，钢铁的运载与肉体的端坐，与风一起互动。我感觉沉重的车子虚飘起来，成为风暴的一部分，或者就是顺风漂流的庞大钢铁。我的身子也飘了起来，左右摇摆，我想风会随时撕开，或者将我们一起投掷到另外一个地方。

低语的风暴

在风暴中，心情是沉郁的，莫名的焦躁，灰尘进入身体，尤其是穿过鼻孔和喉咙的过程，像是一种缓慢的酷刑。我通常会一言不发，坐着或躺着，闭了眼睛嘴巴，企图与沙尘对抗。尽管无效，但还是要这样。卢梭说："人在某些时候的行为是本能的自私的反抗。"我知道自己在反抗无孔不入的沙尘，每次都会意识到"本能"，而不包括自私。

大地沦陷了，都是风暴的，飞行的沙子就像古代的羽箭，击打建筑和树木的声音让我想到残酷的杀戮。如果我可以睡着，一切都将不复存在，身外的不仅仅是风暴。可是，我总是睡不着，有时候站在窗前，看风暴运行的暴虐模样，多像一场残酷的战争啊！看不到的戕害让我觉得了恐惧，青翠的树叶被击落了，草茎折断，花朵零落成泥。

　　还有更远处的天空和大地上的事物——蒙尘等同于蒙羞，由此诞生了太多的虚假失明者，不是肉体上的看不到，而是自觉被另一种事物蒙蔽了。有一年夏天，我到附近的酒泉市区送一位朋友到北京进修，原本风和日丽的天空，霎时间阴云密布，不一会儿，狂风大作，矮小的城市像是一座远古的碉堡，到处都是风声，街上的小摊还没来得及收，廉价的商品就飘在了城市的头顶。

　　我们在街上奔跑，找酒店，进房间就洗澡——当我们湿漉漉拉开窗帘，风暴消失，黄豆大的雨点落下来了，噼噼啪啪的，敲响大地的鼓面。有人说，沙漠的天气就像大姑娘的脾气，谁也摸不准。东边的天际升起了一道彩虹——在干旱的西北，彩虹是不多见的。街道上，很多人指着横卧天地的彩虹，发出赞美的声音。相机和摄像机也都启动了，记录下西北大地最美丽的一瞬。

　　晚上，八月的天气忽然冷风刺骨，我单薄的衬衫形同乌有。商店都关闭了铁门，想买件衣服都不能够。那时候，感觉就像一个被扫地出门的委屈的孩子一样，满心凄怆。祁连雪峰在楼宇之上，以神灵的方式看着我和我们的人间。从这一次开始，每次出门，不管天气冷热,我都要多带一件衣服。还有一年六月,傍晚时候,风暴骤起,我在路上,路边的粗沙成批翻起,扑打过来,不到一分钟,头上身上全是沙子。

我看不到东西了,风的怒吼就像奔跑的狮群。都是黑暗,坚硬的黑和巨大的黑,好像另一个世界。狂风是最豪华的马车,飞奔的沙子发出金属的叮当之声,要将我送往一个不为人知的地方。我没有感到恐惧,满心的顺从。我不关心尽头,只全身心地享受过程。再后来,耳边的声音小了,风暴就像一只蚊子。在这样的风暴之中,任何消失都是正常的,无声无息,引不起一点波澜。

所有的世俗事物都是虚幻的,没有意义的,灾难之中的人,不仅仅只有惊恐,还有内省——但不是"一日三省吾身"的省,自身之外,还有更多的东西,比如战争、伤害、争斗、邪恶、掠夺、蒙蔽、反抗和自救等等意义丰厚的词语——在强大的风暴中,我们一定看到了什么,也一定会丢失一些什么。对于沙尘暴,除了灾难之外,也有人说,沙尘天气是抵抗全球变暖的幕后英雄……沙漠化也是一种有利资源……事物的正反面,灾难的益处,其中的悖论,让我烦乱、惊异和不安。

多年前,还听到这样一个传说,在巴丹吉林沙漠的古日乃苏木，一个牧羊老人被风沙掩埋了，风停后又奇迹般地爬了出来。我不知道这是人对沙漠的适应能力，还是一个特例呢？另有消息：2006年7月29日，甘肃武威突降暴雨，236间民房轰然倒塌。这在西北也是不多见的，雨越来越成为了南方的专利，当中国的南方大水泱泱时，西北还是烈日高悬，风吹尘土。令我惊异的是，2006年的阿拉善高原，尤其是巴丹吉林沙漠，降雨量多了起来，7月13日到18日，天空一直阴着，雷阵雨在傍晚或者午夜下落，以致最干旱的梭梭林当中，也有了大小不一的水洼。

但沙尘暴也多了起来，我常常迁怒于沙漠的修路人，本来瓷实的戈壁被挖掘机铲开，浮尘腾起，只要稍微有些风，就会飞扬起来。每次路过戈壁的时候，总是看到一些不大的风，掠地带动白色的灰尘，稀疏的骆驼草像是一座座坟茔。在靠近牧区的戈壁上，总可以看到一些白森森的动物骨骼，倒毙的羊只和骆驼。每一次风暴都是掩埋，一茬茬的肉体、灵魂和叹息，新生的太少，葬送的太多。

上帝说："没有一个物是完整的，人在世上活着，像是一截飘木……最好的光是天光，最好的路在大地上。"在巴丹吉林沙漠，阿拉善高原，十多年的时光，

我只是一个漂浮其上的人，我在这里，也必将一定会在这里——短暂和永恒，重要的是我经历、看到、抚摸，低语也怒吼，被打击也被抚摸。

流沙上的城堡

夏天，巴丹吉林以西流沙地带到处是海市蜃楼，大片干枯的梭梭、胡杨和沙枣树，在炽烈日光下与荒凉对峙。四脚蛇龟缩黄沙，蜥蜴仓皇其上，黑蚂蚁和红蜘蛛隐藏在稀疏的树叶及其阴凉之中——唯有它们，才是这片地域上的真正神祇。而临近的古日乃草原，却在日渐缩小，四边黄沙堆起一座座流动的古堡、迷宫和城墙。2002年春天，古日乃草原西边的梭梭林中，忽然多了一座样式精美的房屋。在它一边，是早年森林武警撤走后逐渐倾塌的废墟，两棵沙枣树不失时机地从房屋中央冒出来，以扭曲的身体，婆娑的叶子，在巴丹吉林沙漠撑起又一片绿荫。

这是应当欣悦和祝福的。我从那里路过多次，天气晴好时，停下来在枯干的梭梭木之间搔首弄姿，照了不少自以为美的相片。还有一次，光着上身站在某座废弃的羊圈前，把自己和那些干结的羊粪、扭曲的胡杨树桩一起存在了电脑当中。往北的古日乃草原风吹草低，大片芦苇之间，偶尔可见沤烂了的海子，成群的蚊虫在有月亮的晚上，围攻牧民巴图的毛驴和骏马。

　　还有在这里生活的巴图和偶尔路过的我们。而最令人不解的是：究竟是谁在这风尘连天的空旷之地，花巨资修建房屋呢？驾车的朋友也啧啧赞叹，开着车，绕着房子转了一圈。它建在梭梭林的低洼处，四面的沙土和梭梭木形成一个圆形包围圈。门前和房后平坦开阔，就是再圈上上百只羊或是几十匹马，也绰绰有余。

　　房子是双重结构的，上下两层。前面院落，搭了一张筛网一样的布帘子，直射的阳光透过大小不一的缝隙，在地面排列出无数的钢针。左右两侧有一道围墙，与前后院落相互衔接。左侧停放着一辆四轮车，右侧放着干枯的柴火。后院还有一辆四缸猎豹越野车——整个房子呈乳白色，窗上的茶色玻璃看起来异常坚硬和厚实。

　　傍晚，落日余晖如血。叶片稀疏的梭梭颜色尽变，由绿而红，远处沙丘之间，似乎汪了太多的血。铁青色的戈壁似乎马革裹尸之后的古代疆场。那座房子矗立其中，安静得像是一个难以表述的梦境，又恍惚是巴丹吉林沙漠当中的神仙宅邸。看得久了，自然会联想到一些美妙的传说：荒凉的沙漠幻化成一片天堂庭院，花朵在青草之上，亭榭挂满灯笼，葡萄藤蜿蜒其上，每一颗都像是世上最美的眼睛。可能还会有一些不知来自何方的美丽女子，在悠然的胡笳和骨笛当中翩翩起舞——她们身姿曼妙，犹如敦煌洞窟中徐徐飞升的伎乐天。

而在清晨，在太阳开启人间的时候，这座房子从尘土中倏然睁开眼睛，似乎一个睡意未消的美丽女子，揉着好看的眼睛，拖着一身白色长裙，在阔大的睡榻上轻轻翻身。这绝对是一个美妙的创意，一个与众不同的举措。起初我像是古日乃某个富有的牧民，几次都想去探个究竟，但每次都难以见到它的创造者和所有者。

巴丹吉林沙漠的面积其实不大——四万平方公里，辽阔的西北疆域，黄沙填充的版图，况且还有许多人和牲畜，不轻易露面的植物和动物活跃其中。1839 年的马可·波罗，1927 年至 1929 年的斯坦因及科兹洛夫、贝格曼，先后在这里的弱水河流域，发现了大量的汉简及西夏文物，当然，也遭遇到了今已绝迹的毒蛇、黑蜘蛛和红蚂蚁。

而古日乃草原附近的这片梭梭林，处在甘肃金塔县和古日乃草原之间，方圆大致五千平方公里。一边是土尔扈特牧民及其毛驴、羊群和骆驼的领地，一边是汉族聚居的沙漠绿洲。东西走向是万顷黄沙阻断的道路。这座房子的主人为什么要选择在这里建房生活呢？

　　这始终是一个巨大的谜语。2007 年 8 月，古日乃牧民发起的首届马背文化节召开之时，我受邀前往。穿越附近的戈壁，进入梭梭林，特意让驾车的朋友绕到那座房子前。在旭日清晨，持续的冷风吹动梭梭单薄的叶片。由于下了几场雨，林中有不少水洼或者泥泞，车辆在其中打滑。到房子所在的圆形洼处，从车窗，我看到了那座独立于野的房屋。它的院落当中似堆放着一些东西，走近一看，是足有几千米之长的塑料水管。

　　房院之外空地上，抖动着至少一千棵红柳树苗。大概是刚刚移栽的，大部分身上冒出了叶子，有的仍旧干枯。那些红柳在夏日清晨风中，像是一群懵懂的孩子，身子单薄，但兴致盎然。我忍不住睁大眼睛，发出赞叹。驾车的朋友说：这个人看来是种树的。我没说话，眼睛在那些红柳树苗上一一扫过，内心里有一种巨大的惊愕和欣悦。

　　惊愕的是这房子的主人，在巴丹吉林沙漠的所作所为令人匪夷所思，等同于天方夜谭；欣悦的是，这世上竟然真的有人会在旷古荒凉的沙漠安家，并一厢情愿种植树木。这个想法或者说梦想，从 1992 年我来到酒泉之时，就在内心萌发了，十多年过去了，我仍旧没有动手去做。

车子掠过摇曳的树苗，喷薄的太阳跃上梭梭树顶。地平线以上的黑色云彩镶着数道美丽金边，在沙漠绝迹多年的白鹭或者野鸭倏地从某株红柳树丛或骆驼草丛中飞起，在逐渐清朗的天空中，"啊啊"叫着，消失在另一处。我想停车到房子那里看看，访问它的主人，但为了赶时间，只好等到回程时再探望这座神秘的房屋及其主人。

在梭梭林中，车辆像是一头逃跑的苍狼，溅起一溜白尘。我不停探头往后看，朋友提醒我不要被窗外梭梭木刮坏脑袋。一片戈壁之后，扑入眼帘的芦苇，怎么也长不高，尖如匕首的叶子舒展开来。深陷草丛的路面坑坑洼洼，车轮溅起泥浆，黄羊惊慌而逃，稳重的骆驼像是缓慢移动的沙丘。

正在奔驰，忽见窗外闪过一道白光。摩托车骑手是一位大约二十来岁的姑娘，腰身丰腴，眼睛明亮。摩托车后座上还有一个十多岁的小伙子，超过我们好远，手里还举着一件红色的上衣回头朝我们大声呼喊。不一会儿，又有一辆摩托车从一侧超越，几乎擦着我们的车身，轰的一声，箭矢一样射了出去。

驾车的朋友说，这孩子们好野！便变了档位，猛踩油门，车子呼的一声"飘"了起来，像是在云朵上一般。我惊呼，要朋友没必要开得那么快。朋友近乎嘶喊说："你看看这孩子们多威猛啊！老爷们儿岂能落后！"我呵呵笑，急忙抓紧扶手，任凭车辆在古日乃草原上风驰电掣。

骏马，马背民族，草原上的闪电，成吉思汗的铁蹄和战车，在平均海拔1500米的蒙古高原和亚欧大陆……这些辉煌的过去，到今天，在不动声色的工业文明进程当中，逐渐式微。当日中午，古日乃所有的好马都扣着马鞍，系上皮制的笼头，聚集，列队，而后奋蹄狂奔，鬃发飞扬，在草原尽头返回原地，依旧带着龙卷风般的尘土。我们开着车子，尾随众多的马匹和机动车，与当地的土尔扈特人一起祭拜敖包。

黄沙堆上的敖包，哈达挂满。手持奶汁倾倒转圈祭拜的时候，一个肤色白净，戴墨镜，装束迥异的中年妇女插在我前面，手里也拿着一包奶汁，还有一些奶酪，均匀而细心地洒在胡杨树干堆砌的敖包上。我觉得诧异，口中默念着"祈愿古日乃六畜兴旺，牧者安康"，尾随着她，顺转三圈，倒转三圈，然后回到一边空地上。

炽烈的日光使得整个古日乃像是一片火的海洋。牧民敬献哈达，用蒙语歌唱和祈祷的激越与虔诚，让我们深深动容。古日乃苏木的巴图大叔说：古日乃这些年人口和牲畜一直在减少，关键是没草了，养不住它们了。正在说话的时候，一位蒙古族老人牵着一匹花斑马走了过来，马背上驮着一个不过十岁的小女孩，穿一身民族服装，头上戴着一顶好看的帽子。

许多外来的人上前与老人、小姑娘还有他们的马合影。那小姑娘笑得异常甜，眼睛真的像歌中唱得那样，宛如天上的星星和月亮。这时候，那位插队的妇女也走过来，征询了老人的意见之后，一个翻身，跨上了马背。眼睛转悠了一圈，把手中的相机冲我递来。

我急忙接住，她冲我笑笑。我找了最佳角度，给她连拍了几张。她翻身下马，接过相机，笑着冲我说了声谢谢，踩着黄沙，向一台越野车走去。我感觉她有点眼熟，一时却想不起来在哪里见过。她向车辆走去的时候，吸引很多的目光，直到她打开车门，放了坤包，身子一错，上车，关上车门。我转身看了看还在身边的巴图大叔，想询问一下，却又觉得不好意思。

回程，落日似乎是神舟号飞船回收舱，拖着云彩的尾巴，在祁连山抑或昆仑山顶上，徐徐归巢。我们驾车一路疾驰，行到那座房子时，一眼就逮住了那辆车，停在院门前，一色的迷彩，似乎堆在一起的梭梭树枝。我和朋友相互看了一眼。车子在院子外停下，我从窗玻璃看了看院子及房屋，犹豫了一下。

果然是她。站在门前，我和朋友不自然地搓着双手，一脸尴尬和不安。她先是"哦"了一声，眼睛闪过一道亮光，然后左脚后退一步，做了请的姿势。我看看朋友，第一个抬腿迈进。从院子到房门，踩着干净的地板砖，有一种秘境探幽的激越感。

进门，第一眼看到一幅足有十米长的胡杨油画——她似乎注意到了，轻提嘴角，笑笑说："这画是我练笔之作，两位见笑了。"阔大的客厅，四面墙壁上贴着一层带暗花的壁纸。靠左两扇窗户之前，摆放着电视机、影碟机和各种碟片。客厅中央至沙发处，铺着一张绣着蓝天之下群羊游荡和吃草的图案。靠右的墙壁下，是一个朱红色的竖柜，放着一些酒。一边墙角的巨大冰箱发出轻微的嗡嗡声——这时候，我们才发现，穿着鞋子进来绝对是一个不可饶恕的罪过。

她似乎看出了什么，笑笑说："没关系的。"接着又说，"在这个地方，想一尘不染是根本不可能的。"我们笑了笑，几乎异口同声说对不起。转身到门外换了鞋子，再次走进她的房屋，觉得安心了一点。她沏了一壶茶。红泥茶壶，茶香如雾，在白炽灯下，显得格外幽静古朴。

夜中行车，尤其是在戈壁滩上，大致方向不会错，处处都是道路，但处处也都是陷阱。告别了她，开出十多公里的样子，朋友猛拍一下大腿，说咋就没问名字呢？我也才想起。一路上，脑袋里全是问号，全是那位中年女士的各种举止和音容。这里面一定包含着一些秘密，这些秘密可能比巴丹吉林沙漠深处古往今来的那些传说更为曲折离奇，饱含意味。

此后，与朋友闲聊，常说起这个令人惊诧的"事件"。有人说，她可能是一个受过很深伤害的人，一个自然主义者，一个孤僻症患者，一个厌倦了喧嚣都市，隐身大野的学者、画家、诗人、智者……说完之后，每个人的脸上都弥漫着一种惊奇和不解。很多次，我想再去看看，除了种树，她到底还在那片梭梭林中做些什么。

夏天的巴丹吉林沙漠虽然烈日连番烘烤，蚂蚁深潜，蜥蜴狂奔。但在树荫下，即使一身热汗，坐上十多分钟，马上浑身清爽，犹如清水拂过。梭梭林中，生长着马兰花、芨芨草，甚至肉苁蓉和锁阳，不远处的光山上，还有清脆可口的沙葱。

尤其是月夜，四野静谧，光芒金黄。微风掀动着沙砾之上的尘土，也摇晃着梭梭树犹如钢针的叶子。一个人，将自己放置其中，身体是大地一部分，月光犹如灵魂的黄金，世界那么遥远，自己却辽阔深远，曾经的喧哗犹如隔世之音……在这种境界当中，所有的灵性和创造力浑然天成，一触即发，犹如巴丹吉林沙漠涌动的地下水。

但每年春秋两季，发源于阿拉善高原及额济纳的沙尘暴排山倒海，汹涌激荡。再严密的房屋，甚至密度更大的玻璃和石头，也都难以阻止尘土的浸染和穿透。酷冷冬季，地表温度可达零下五十多度——劲风掠地往来奔腾，毫无方向，在巴丹吉林沙漠及其四野的沙尘，激烈旋动。若是没有取暖设备，所有的生灵，会与那些风化的岩石一起，成为齑粉或者雕像。

最冷的 2008 年春节前，多年不雪的巴丹吉林沙漠连续降雪三天，虽然不厚，但也呵气成冰、冷彻骨髓。我忽然想到，在旷日持久的寒冷之中，她该怎样生活？她该回到原来的城市了吧？上次同去的朋友也如我一般想，某一天傍晚从酒吧出来，我们裹紧大衣，在风中击掌约定，开车实地看看。

在车上，谁也没说一句话，从表情看，心情似乎都很沉重。取暖器和一些肉食和副食品放在后备箱里。大约五个小时的路程，只用了三个半小时。进入那片梭梭林时，我的心一下下紧缩。朋友咬着嘴唇，双手不停转动方向盘。看到那座房子洁白依旧，在干枯的梭梭林、一色苍黄的戈壁滩中，像是一个童话的外壳，一个孤独的城堡。

还没到门前，朋友就连续按响喇叭——急促的声音，似乎准确地表达了我们的心情。那门闻声而开，紧接着是院门。我长出一口气，朋友猛踩油门，车子唰的一声，就冲到了门前——她裹着一件军大衣，脚上穿着厚厚的皮靴。脸色有些苍白，也似乎瘦了，眼睛里有一种惊喜的光亮，在我们及车子上游弋。

房里还算暖和，地毯一边，放着一台电热器。地毯之外，还有一个铁皮火炉，里面扑闪的火焰试图跳出来。我和朋友相互看了看，心情缓和下来。她像上次那样，沏了一壶茶，放在茶几上。然后坐在另一侧，裹了裹大衣，看看我们，嗯了一声，然后抬头说："你们这是去古日乃还是额济纳？"我和朋友相互看了看，我说，"哪儿也不去，就来这儿。"

她哦了一声，神色中有明显的诧异。朋友说，"今年冬天特别冷。这地方又没人烟，肯定更冷。"她听了，低头，左手搓着右手的食指或者中指说："是比往年冷点。但还好。能过去。"说完，兀自笑了一下，声音很轻，像电热器的嗡嗡声。喝了一口茶，她带我们参观了她的书房。书房阔大，三面都是硕大的书柜，中间是一张大画桌，打开的颜料和墨汁冻成了冰碴子。靠窗放着做工精致的花架——吊兰冻死了，叶子发黑，沾手冰冷，只有两株仙人掌，仍旧张着一身暗黄色的尖刺。

我粗略地浏览了一下：书柜里大致有马尔克斯、莱蒙托夫、里尔克、普希金、托尔斯泰、埃迪利斯、瓦雷里、霍桑、伍尔芙、罗曼·罗兰、阿尔贝·加缪、巴尔扎克、索尔仁尼琴、叶芝、萨特、雨果、左拉、博尔赫斯、爱伦·堡以及苏珊·桑塔格、梭罗、法布尔、怀特利、卡夫卡、鲁迅、胡适、大江健三郎、老舍、沈从文、北岛、海子、萧红、莫言、白先勇、柏杨、龙应台、亚当·斯密、卢梭、马丁·路德·金、特里尔、勒内·格鲁塞、格拉斯等人的书籍，还有莫奈、梵高、毕加索、齐白石、黄胄、黄永玉的画册以及敦煌壁画和岩画、汉墓砖画等画册。

画案上，放着一些时下出版的报纸和书刊：《艺术世界》《文艺报》《中国书画报》《油画》等。回到客厅，喝了一口茶。我仍旧不知道说些什么，只是觉得，她一个人花巨资在此建房，绝不只是为了读书作画，引水种树。我总觉得，读书作画未必需要大静甚至孤绝之境，学问也不见得非要寂寞青灯独守澄明。都市之中，也是创造的所在和艺术的出发与归结点。

她似乎看出了我们的心思，起身拿了一张碟片。轻缓的音乐响起，在旷野中的白色城堡中，有一种岑寂悠远、古老而又突兀的意味。在轻柔的乐曲声中，她开口说："不光是你们，很多路过的人都觉得奇怪。我这种行为，与现代人的生活理念和审美趣味格格不入。二位可能也不例外。但对我个人，我觉得这是一件快乐的事情。在这里，生活是主要的。这里的寂静，还有风暴，寒冷和灼热，生活一年，就像是过了一生……至于种树，也是乐趣。可就是引水太难，要拉很长很长的水管，还要打好几口水井，用电和水泵……这活儿一个人干不了，也干不好。"

说到这里，她笑了笑，起身，给我们添了茶水，复又坐下。她抬头看着墙上的那幅油画，说："这是我十五年前，也就是1993年10月，第一次来额济纳时画的，大概是我这些年来最满意的一幅作品吧。"我们顺着她的目光，再次观看那幅画——深陷黄沙的胡杨，隆起沙丘上摇曳的红柳树丛、一轮弯月停在瓦蓝高远的天幕当中，几峰成年骆驼小得不能再小，胡杨的叶子是金色的，显然是秋天。整体来看，三株胡杨树笼罩着周边及树下的一切，白色流沙上的树叶飘飘欲飞，瘦削的骆驼仰着脖子，似乎要席卷胡杨叶子，又似乎张望天空及那轮弯月。

春天的某一天，她来到酒泉。说是来买一些日常用品和书画颜料、报纸刊物等。还雇了一辆卡车，买了两台水泵和三千米长的塑料水管。从北郊苗圃园购了1000棵红柳树苗。吃饭时，她似乎有活力了许多，没了春节前的委顿。白皙的脸上飞着两抹桃红。还给我和朋友说："论年龄，你们俩还得叫我姐姐呢。以后有事情，还得请你们多帮忙。可别推托哟！"

我说当然没有问题。收敛笑容，我看了看她。她哦了一声，脸色暗了一下后，左手握着筷子，看了看我和朋友，说："你们肯定奇怪我这个人。比如，从哪里来？为什么来？什么身份？一个人在那里到底做什么？

尤其是，一个半老女人，自己怎么能做得了打井引水种树的活计呢？是不是？"我和朋友对视了一下，一起冲她点点头。她嗯了一声，说："我告诉你们。听口音知道我是哪里的人吧？"我沉吟了一下，说："有点南方口音，江浙还是两湖？"朋友说："我看像是广东的。"

　　她笑了笑说："你俩猜得都对，可都不确切。我是重庆人，自小在广东番禺长大。在北京读的大学。喜欢油画。有丈夫，还有一个儿子……"说到这里，她脸色暗淡了一下，下齿咬着上嘴唇……我端起酒杯，正要提议喝的时候，她猛地抬起头，手指捋了一下额上的头发，又开口说："1993 年，我第一次来额济纳写生，一下子就喜欢上了这个地方——胡杨、流沙、风暴、弱水河……这里的天空比任何地方都要高，都要蓝，云彩就像传说中的丝绸。那时我就想，在这里建一座房子，作画、种树、读书、冥想……"说到这里，她摇了摇头，用鼻腔叹息了一下，端起酒杯，三个人一起喝了一口酒。

　　临走时，她一再叮嘱我和朋友，不要对谁说起她的名字，以及她在那片梭梭林之中的事情。我和朋友一再保证。几天后，她打电话，让我们帮着找四五个会栽

树、又品质好的民工。我和朋友托附近村庄的朋友找了
几个熟悉的年轻小伙子，又找了一个年纪稍大很要好的
农民朋友，开车把他们送到那片梭梭林。

春天的梭梭林，绿叶正在挣扎，风一吹，梭梭发出
呜呜响。有一些来自祁连山雪崖的老鹰在头顶盘旋。她
穿着一双油靴，头裹纱巾，站在埋着树苗的空地上。见
我们到来，她露着一口洁白的牙齿，笑。房子西南五百
米处，一口新开的水井外堆着冻结的黄泥。先前布设的
塑料水管有的破裂了，用透明胶布裹着。

她带我们去看前些年种下的树苗——大部分枯死
了，在梭梭林以东泥土还算肥沃的空地上。死了的和活
着的，集体弯腰，似乎向我们鞠躬。民工们看了，嘀咕
说：这地方种树，简直是老和尚招女婿——自己糊弄自
己。她似乎没有听懂。我看了看朋友。朋友转身，对年
长的农民朋友大声说："老谢你把人带好。这位女士说
咋干就咋干。工钱不会少大家一分。"

老谢也大声说："这个你放心。有我老谢在，保证
完成好。"回到白房子处，老谢招呼着民工把行李铺盖
搬到后院，从楼梯上到二楼。里面居然还有十几张床，
她说是从临近部队借来的。每一张床上还铺了一个厚厚
的棉垫子，至于吃饭问题，因习惯不同，口味不一，由

她承担蔬菜和面粉，还有锅碗瓢盆及相应佐料等。

帮着忙活了半天，晚上迎着冷风返回酒泉的时候，我和朋友一直在讨论。像她这样的人，匪夷所思，行为单一但却古怪难信，与我们乃至当下世俗生活和价值观念格格不入——富有的人在酷寒荒僻之地挥金如土，用重复的劳作实现艰难的梦想。孤僻和奇异的六七年时间独自一个人在荒漠戈壁生活。漂亮的建筑，堆放的书，悬挂的油画。距离人类精英思想和圣者襟怀只有一步之遥。在沙漠种树——这乌托邦、悲壮的行为、高尚的徒劳之举和得不偿失……我和朋友讨论一路，心情逐渐悲壮肃穆。快到酒泉时，朋友说，咱俩是不是在做梦呢？我说，明明亲眼看见，怎么能说是做梦呢？

··· 第二辑 ···

花朵上的沙尘暴

花朵上的沙尘暴

1

1994 年春天，我赖以收藏和安顿自己身体和灵魂的单位宿舍——坐落在巴丹吉林沙漠靠近鼎新绿洲的地方——楼房背后有一座果园，梨花大规模盛开时候，黑夜都像白昼。我喜欢一个人站或坐在梨树下面，看满天闪耀的星斗。野草暗中蓬勃，飞蛾蜂拥灯火，人工湖畔总有一些蹦来跳去的青蛙，亮着清脆的嗓子，和跳出水面的鱼儿们一起，将巴丹吉林沙漠西部边缘的春夜叫喊得静谧而嘹亮。

如果再有一轮明月，与梨花相互辉映，一个人，就是世上最有福的了。从这时候起，晚上睡觉不需再加被子，身体可以大面积露在外面——睡眠成为了真正的养精蓄锐乃至肉身和精神层面的享受。早上，空气干燥，清风拂面，心胸也澄明了，仿佛整个世界都是干净的。

上午的天空幽深如井，几丝白云犹如裙裾。站在梨花丛中，蜜蜂从额头飞过，花香在风中散播；流动的渠水从缺口逃逸，在葱绿色的苜蓿和去冬的干草之下，无声渗漏。轮番开放的花朵，虽不能遮蔽一寸的戈壁，但它们的姿势和芳香无可匹敌，对于久居沙漠的我，这似乎是一场视觉和嗅觉乃至精神和肉体的盛宴。

路过办公楼前的花坛，里面盛满了黄色的水，我觉得这是一种内向的力量。不由驻足遐想，正要开放的花蕾枝干细长，颜色青翠。忽然刮过来的一阵风，掠过水面，惊起一股浓重的水腥味儿。回到宿舍，房间闷热不堪，皮肤燥热，像是燃了一层文火。

开窗，躺下来，持续灌入的风携来花香，嗅着嗅着，不一会儿就睡着了。不知什么时候，一阵狂乱的声响将我吵醒。睁眼，房间铁板一样的黑，好像只有在梦中才可以抵达的某个世界。窗玻璃接连发出被锐物击打的响声，持续的大风如同滚雷。

天地一片浊黄，飞行的沙子发出尖啸，从树梢掠向楼顶，又从楼顶奔向旷野。不远处的工地上尘土飞扬，狼藉不堪，简易工棚上的油毡不见了，露出白花花的木板。倾倒在戈壁远处的垃圾又飞了回来，在巴丹吉林沙漠西部边缘的鼎新绿洲上空，像破碎的旗帜一样。我打开 100 瓦的灯泡，屋里还是一团漆黑，呛人的尘土从窗缝蜂拥而入。

隔壁房门紧闭，走廊上飞腾的灰尘，像一堵雾墙。整个楼宇寂静得似乎午夜。到水房，墙角蹲着十多个民工，他们的脸色就是尘土色。我拧开水龙头，嗤的一声，先是喷出一股金黄色的水（像是从黄河引来的一样），落在白瓷的水槽内，发出类似重物落地的声音。

三小时后，风过天晴，阳光骤然扑下，让人猝不及防而又欣喜若狂。站在操场上，像是刚刚从一场梦魇中醒来。大风吹送的尘土厚厚的，层次铺展；工地上的木板、油毡、枯枝、瓦片和砖头散落一地。更早来到的同事说：1967 年，这里就刮过一场罕见的沙尘暴，吹倒了一座高逾 30 米的水塔，数十座村庄房屋倒塌，数百只绵羊不知去向，掀翻了 12 台正在行驶的解放牌卡车。

楼后果园的梨花不见了，零星的"雪花"淹没在浊黄的尘沙之中，柔软的身子在继续的风中羸弱得让人心疼。刚刚冒头的苜蓿和野草满头白灰——蒙难的绿，就像无助的孩子。曾经的蝴蝶和蜜蜂不知躲在了什么样的地方，天气放晴，它们就飞舞起来，飞满巴丹吉林的天空，寻找瞬间消失的花朵。

没有多久，阳光和万物就把时间带到夏天，到处都是火焰，杨树柳树槐树叶子打卷——没有风，大地纹丝不动。坐在车上，时常可以嗅到轮胎烧灼的橡胶味道。远处的戈壁之上，腾着连绵不断的熊熊气浪。没有人愿意站在阳光下暴晒，就连灰色的鸟雀，也都超低空飞行，从一个树荫到另一个树荫，或者干脆就在扭曲了的沙枣、红柳和榆树灌木中跳来跳去。

2

巴丹吉林沙漠常年不见一滴雨，倒淌的弱水河横穿巴丹吉林沙漠，泱泱流淌，注入居延海（蒙语名为苏泊淖尔），而在亘古的荒芜之中，它只是上帝的一滴眼泪，对于位列世界第四大沙漠，总面积 4.7 万平方公里的巴丹吉林沙漠来说，无疑杯水车薪。沙漠仍旧干燥，伸出一根手指，就可搅起一片灰尘。所有事物都很焦躁，像是一群猛兽。有人说，放几只鸡蛋在戈壁，不用十分钟就可以吃了。1995 年 8 月，我在临近沙漠的营房值班，中午的水泥板烧焦鞋底，到傍晚 8 点多，落日西下，才会有微风吹来，打卷的树叶舒展，在黑夜展现它们丰裕的光泽。

我们常劳动，常到戈壁往菜地拉土，正挖着土，蓦然看到一条蜷缩在沙土之中的四脚蛇——栗色的皮肤，头顶两只尖角，看人的眼睛很是凶猛。当地人说，这种蛇很厉害，爬上人的影子人都会中毒。我倒觉得没有那么可怕，轻轻地用铁锨将它端起，放在另一面沙坡上。

当地人说，四脚蛇用来泡酒，再加上苁蓉、枸杞和大枣等，有明显的壮阳补肾功能。夏天，见到最多的动物就是蜥蜴了，恐龙的后裔，巨大的大和微小的小，形成了两个极端。有很多次，在正午的沙丘上，我看到奔跑迅速的腹背苍灰、下腹洁白的蜥蜴，从一株骆驼草到另一株骆驼草，捕捉黑色的甲虫或落地的飞蛾。

蜥蜴的身体极其灵活，在沙漠奔行，犹如鱼在水中，让我看到了微小之物的强大存在和天性意义上的灵魂奔跑。它们小小的身子就像奇怪的鱼，沙漠就是另一种形式的海洋，唯有它们可以游刃有余，来去都在一瞬间。有一次，我和同乡的安去附近的沙山玩，看到一只蜥蜴骄傲地站在最高的沙尖上，神情专注，迎风眺望，抒情得像个诗人，也像是站在冷僻的高处端详人世的先哲。

蚂蚁是隐秘的，与人邻居，或者就在我们脚下或者我们熟视无睹的地方。红色的蚂蚁，我开始怀疑它们有毒，几次看到，不敢用手触摸，只是蹲着看——小小的动物，总是很忙碌，推动比自己身体庞大的事物，穿梭在无迹可寻的路上。

瑞典探险家斯文·赫定在其《戈壁沙漠之谜》一书

中记载："小虫子和蚊子令人讨厌，帐篷内外，有毒的大蜘蛛会突然袭击人。这些蜘蛛被捉住后，放入装有蝎子和其他爬行动物的烈酒罐子内。最糟糕的是在最热天气里入侵营地的毒蛇，钱默满曾在他的帐篷中杀死 3 条蛇。它们也在作为厨房的帐篷里大批滋生，土尔扈特和中国人都很害怕它们，每晚上床睡觉之前都习惯在帐篷的周围巡视一番，杀死所有爬进和飞进帐篷的害虫。"

鼎新镇的人说：很多年前，一个小伙子去附近的合黎山中挖沙葱的时候，忽然狂风大作，烟尘弥天，不一会儿，就被狂沙掩埋了。等他再醒来的时候，发现自己躺在一面红色的岩石上，不远处站着一只红色的狐狸，一直盯着他看。另一个小伙子，一夜之间做了新郎，谁也不知道新娘从哪里来。早上，开门一看，原来家徒四壁的家眨眼之间张灯结彩，喜气洋洋，新郎与漂亮的新娘款款而出。

3

秋风是一瞬间的事情。黄叶似乎是大地的烟灰，片片归仓，它们下落的姿势优雅而伤心。风是最好的牧者，它的长鞭总是携带尘土，从这一片戈壁到另一片戈壁，它们的迁徙徒劳但却兴致盎然。不消半个月，灰尘、沙土、风暴又回到了我们和它们的生活当中。这似乎是一种命运，贯穿了沙漠乃至其周边万物的整个生命历程。"风吹不固，瞬即隆灭"，透彻的话语，说出了现象，也抵达了本质。

10月底开始，停止了一个夏天的沙尘暴卷土重来，全天候运行，就像善于偷袭的敌人，用细小而又强大的灰尘，围困生命，覆盖天空，销魂蚀骨。有资料说：巴丹吉林沙漠的大风天气每年最高达41天，风暴过后为静风，大气中的悬浮颗粒物和可吸入颗粒物高达35.7毫克每立方米和31.87毫克每立方米。

饭菜总不洁净，偷袭的沙子经常在口腔里与牙齿展开巷战，一阵"枪声"之后，是浓重的土腥。每天晚上，上床之前，都要清扫一遍床铺。看不见的灰尘嵌入被单，在我躺倒的时候，它们毫不犹豫地沾上肉身。我每天清洗它们，用来自祁连山的雪水，拧开的水龙头就像瀑布——我感到快乐，轻松和愉悦，但要不了两天时间，就又觉得全身皮肤发痒，倍感沉重。

还没有腐烂的叶子被清扫后，埋在树下，或者运送到远处的戈壁滩上。冬天的渠水围绕光秃秃的树木，风暴把灰尘放在水、玻璃和墙上。我觉得这种丢弃或者遮盖是有意味的：水总会渗下泥土的，灰尘的覆盖不过是一种预兆。窗户再也不敢敞开了，午夜，大风在大地上怒吼，一个人躺在床上，总像躺在汪洋水波之上，一切都在晃动、倾覆和翻倒，在高空折断，迅速落地的枯枝声音很是清脆，似乎一把持续碎裂的骨头。

早上醒来，被子上都是灰尘。自己也被掩埋了，桌面上也是，连挂着的衣服也未能幸免，穿的时候，总要使劲抖抖，沙子落在地面上，还像乒乓球那样弹跳几下；鞋子也需要翻过来倒倒。总是要用清水洗头，擦拭胸脯、后背乃至全身。洁白的床单两天一洗，被罩三天一换。不用半天，饭盒里就是一层沙土。我总说，我们是吃着沙子在巴丹吉林度过青春的，从十八岁到三十多岁，每年都要吃进上百克的沙子。

4

冬天的巴丹吉林是乌鸦的天堂。杨树叶子还没落尽，那些黑色的使者就从遥远的西伯利亚迁徙而来，聚集在日渐干枯的杨树树梢，"哑哑"的叫声单调而枯燥。这里的人们和内地人的观念一致，以为乌鸦是不祥的，在房屋前后的聚集，都充满了沮丧的暗示性质。

此外，除了偶尔从祁连山飞过来的鹰隼、乌鸦和土著的麻雀之外，冷峭深邃的天空之中，就只有日光流云了。但乌鸦不筑巢的习惯实在不好，惨烈的朔风吹疼大地，寒鸦瑟缩树枝，有一些抵抗不住寒冷的，身体会失去温度。每天清晨，我都可以看到几只成年乌鸦或者它们幼雏的尸体，石头一样硬硬地躺在枯草丛中。

稀少的杨树树干挺直而光洁，天长日久，树枝满是灰尘，黏合力极强，蹭在衣服上，很难擦掉。弯曲的沙枣和红柳树枝上也是，像敷了一层面膜又像是虫子们的越冬巢穴。戈壁滩上的骆驼草茎上的灰尘也呈灰白色，似乎一群死去的白色蚂蚁。红色的骆驼在远处像是红色的化石，几乎听不到鸣叫声。我时常在靠近额济纳旗古日乃苏木的戈壁上遇到死去的羊和骆驼（羔）尸骨，腐烂得只剩下骨头和皮毛。

酷冷的天气，让人"束手待毙"，甚至彻底绝望无助。1997年腊月，我到鼎新镇。傍晚，站在马路边等车，冻彻骨头的风不知来自哪个方向，从荒芜的田地边、树丛和茅草之间，像是一把居心叵测的冰冷刀子，携带着黏合力极强的灰尘，打着看不到的美丽旋儿，从领口、袖口找到突破，进入身体。

我的肌肉疼痛，骨头就像冰凌。当地的人都裹着厚厚的羊皮大衣，头顶大檐帽，不管男人女人，嘴巴上都有一面厚厚的白口罩。夏天也是，哪怕天气热得令人发疯，也都头裹一顶花头巾，蹲在田里干活。有人说她们怕强烈的紫外线灼伤皮肤，有人说，是怕无孔不入的灰尘。传说，当年唐僧师徒西去取经至此，猪八戒好色的老毛病又犯了，四处抢掠，妇女便以薄布掩盖容颜……但事实的情况是，她们更害怕无所不在无孔不入的灰尘。

灰尘是一种笼罩，有时候，灰蒙蒙的天空忽然放晴，无精打采的太阳持续温热几天，风经常吹，紧接着就是沙尘暴。大致是地域的缘故，巴丹吉林沙漠、腾格里沙漠乃至新疆塔克拉玛干沙漠地区的人会患一种奇怪的病——尘肺病。其发病症状是胸闷气短，有的人咳嗽，一口气没喘上来，就昏倒或者死去。

1996年秋天，我去附近的东胜村买苹果梨、大枣和葡萄，亲眼目睹了一位胡须霜白的老人猝然死亡：他坐在阳光下面，正对着牲口圈篷，头顶的天空湛蓝深邃。他一直在咳嗽，很夸张，也很用力，似乎嗓子里有一个什么坚硬的东西。就要离开的时候，我听到了大片的惊叫和哭喊。

5

　　每年的三月到五月是沙尘暴高发期，占全年73%；其次是十一月到次年二月之间。古老的额济纳在日复一日的风暴中深陷，被横行的沙子不断抬高。从我所在的地方到额济纳旗大约300公里的路程，中途有一片梭梭树林——直立、倒伏的和腐烂的梭梭，蛰伏于白沙之中，构成了巴丹吉林沙漠严酷环境中最为壮观的生命景象。

　　穿过梭梭林30公里之后，进入牧区，有一些干涸了的水塘，不多的芦苇争先恐后将根部深深扎进湿润的污泥，芦苇秆四散开来。夏天的正午和傍晚，可以看到成群的蚊子，围成一个循环的巨大的圆圈。牧人巴图就住在这里。他的几十峰骆驼散布在周围的草滩上。其实这里没有多少草，骆驼一步步走远，羊群游荡一天，返回后仍旧咩咩叫唤。

　　巴图大叔的房屋是一个不规则的四合院，黄土结构，大门处堆着大批的形体浑圆的小沙丘，表面光洁，形似馒头。他们的窗户一直关闭着，窗台上落着一层明显的灰尘，房间里充斥着浓重的土腥味道——只有在他做医生的二女儿格娜房间，才可以嗅到一股淡淡的苏打水和药品的味道。

　　额济纳旗府所在地达来库布镇很小，走在里面，有一种空旷的感觉——几乎没有行人，没有大的商店，有时走完一条街道都碰不到一个人。在城郊居住的人们，都用红柳枝在门前围起一道篱笆，成群的沙子像是偷窥的敌人，一点点升高，一点点向内渗漏。汉族居民白志良说：不到十天，总要清理一次沙子，要用芨芨草编织的篮子提到远处的沙梁上。

　　沙梁背后，是阔大的沙枣林，枯了的胡杨树傲立其间，野兔和蜥蜴神出鬼没。当年的居延海，现在的苏泊淖尔，再也看不到飞鸟掠水、水草映月的沙漠胜景了。大片的胡杨树围绕在二道桥周围的沙土之上，正与曾经繁华显赫一时的王爷府一起成为遗迹。2000年深秋，我在额济纳旗看到一大片美丽的胡杨叶子还没落在地面，就被骆驼和羊只卷进喉舌。

　　有一次，强风吹起大量尘沙，水平能见度小于1公里。我懵了，原地站着，一动不动，任凭沙暴如狼洗劫，浊黄色的沙暴快得像是奔窜的巨蟒；我摔倒了，身体就像一枚树叶，轻得自己都不敢相信，倒在地上，才觉得疼痛。同行的一位小女孩嫩白脸颊上溢出了几颗黄豆一般大小的血珠——别说她的父母和男友了，连我都觉得心疼。

6

沙尘悬在比人更高的地方，像是紧紧围绕的雾气，无论走到哪个部位，都能被找到。沙尘暴来临之前，我的心情总是出奇烦躁，师出无名的火焰在身体内奔逃，情绪波动，如浪如涛。不消一个小时，铺天盖地的沙尘暴席卷而来——焦黄色的风暴的舌头舔着灰色的玻璃，似乎一群可怕的奔跑的史前动物。以往可以看到的更远的戈壁浓缩了，黑黝黝的，连续的黄风似乎站立的巨龙，连续的沙子箭石一样飞来，噼噼啪啪的声音让人心惊胆战。

我害怕正在行驶的车辆会被忽然掀翻，有一些人就是突然在沙尘暴中就此不见的。从内心说，我并不害怕灰尘，乃至多次打破我脸颊的沙子，但我害怕这些沙子飞得更远，灰尘遮蔽了我日日仰望的天空，还有那些还没有完全盛开就败落的花朵，它们是无辜的。人总比它们坚韧和庞大一些。

傍晚，黑夜遮盖了高悬的黄色，风使大地变得焦躁不安，使内心有一种被掩埋的恐惧。尽管它是喧哗的，可以让人在巨大的风声当中感觉到个体与自然的强大存在。但我知道，风暴是灾难，是杀戮，是吞噬和灭绝。

为了让风暴距离远些，每年 3 月，单位都要买回一些树苗，柳树、杨树和槐树，先是掘开干燥的白土，放水浸润，栽下的树苗在五月返青，新鲜的枝叶衬托深蓝天空，迎风摇曳的姿势比花朵更为婀娜。

我也总是觉得：在沙漠，种活一棵树是一件伟大的事情，比所有的梦想都要高贵。但是每年都有一些树死去，胡杨、沙枣、红柳、杨树、柳树，在我身边，或者远处，它们的死是倔强和悲壮的，总是让我心疼。我还想：全国有那么多人，大家都来沙漠撒一泡尿，沙漠会不会变成绿洲呢？那些骆驼草和树木是不是就不会枯死了呢？ 63 岁的牧民巴图说，他年轻时，古日乃草场上的芨芨草高得漫过了骆驼头，羊群走在里面根本就看不见，戈壁上随处可以看到成群结队的野黄羊。

鼎新绿洲的汉族农民雒文革也说，早些时候，靠近巴丹吉林的地方长着大片的沙枣树，还有成片的海子。现在这些都没有了，草场都沙化了，跑个兔子都能看见，羊也没有办法养。到处是成堆的沙子，把祖坟都淹没了。每次沙尘暴过后，村庄就像从土里刨出来的一样，尘土填满了口鼻和皱纹，头发像是打了一层白蜡。门前的葡萄叶子沉甸甸的，没有一点太阳的光泽。

7

从1992年到2006年,在巴丹吉林沙漠……十四年的时间像是一个短暂的梦境。我逐渐掌握了沙尘暴的脾性:天气持续温和或者热烈两天,路过水塘,或者饮水时,总有一种扑鼻的鱼腥味;站在不怎么热烈的阳光下,汗液充沛,浑身发黏,呼吸不畅。要不了几个小时,站在楼顶上,朝北边的额济纳旗张望,就会看到金黄或者黝黑的沙漠戈壁之上,涌起一大片黑色的云彩,携带着巨大的黑色沙团。这极易让人联想到古代庞大凶猛的匈奴军团、决堤的洪水和狂奔的庞大兽群。

但与多年前相比,处在沙尘暴之中,我镇静了许多——不再恐慌,不再夜半被狂浪的风声惊醒,坐在黑暗的床上想可怕的事情。2006年春天,我先后在报纸和互联网上看到这样几则消息:"4月10日,河西五市及白银、兰州市出现大范围沙尘天气,最低能见度100米,瞬间最大风速32米每秒。"(《兰州晨报》)"4月12日,被困乌鲁木齐'百里风区'与沙尘暴殊死搏斗33个小时后,伤痕累累的T70次列车终于蹒跚到达北京西站。"(《三联生活周刊》)"4月18日,不久前因沙尘暴导致失踪的6名民工已全部找到,其中

2 人遇难。"（新华网）

我忽然想：报道这些消息的人一定不知道，我就在沙尘暴的核心，风暴最先着陆的是我的身体和我们的营房，还有附近村庄和牧区的房屋帐篷。我们是最初的经受者和目击者，我不知道这是幸运还是悲哀，但可以肯定的是，沙尘暴是浩劫也是洗涤，是打击也是塑造。

到 5 月中旬，崭新的柳树、杨树和沙枣树叶子翠绿耀眼，与骤然放晴的天空互为映衬。我离开巴丹吉林，到位居大地高处的青海祁连县漫游了几天，看到了白雪和青草，乌云和牦牛。在海拔 4100 米的地方，飞翔的苍鹰让我看到了人世间的另一种高贵。带着高地激越与纯净的心，再次回到单位，掀开窗帘，看到一层足有一寸厚的沙土。

大批的白沙围困窗棂，随着窗扇的打开，它们也簌簌而落，有的向里，有的向外。我知道，在我离开的时间内，巴丹吉林又刮了几场沙尘暴，这样的情境不止一次了，在巴丹吉林沙漠这么多年，几乎每个春天都是如此：连续的沙尘暴如同看不到的时间，汹涌连绵，不舍昼夜。

很多时候，对沙尘暴，我总是一个人在经历，尤其正午和深夜。在风暴中的感觉，除了肉身的不适之外，还有内在的忧郁和惊惶。即使睡着了，我还在想：沙尘暴什么时候结束呢？就像现在，我还没有完全适应过来，5月12日、13日、17日和19日，凶猛的风暴先后来袭。这些天，我经常用透明胶带，把窗户的所有缝隙封得严严实实，不透一丝风。但外面的风声铺天盖地、排山倒海，犹如不间歇的雷霆。灰尘让人呼吸困难，感觉整个人的身体和心脏都在持续加重。

两天后，沙尘暴无影无踪，蓝空之中的白云像是天使们的翅膀，站在营区外，还可以清晰地看到冠盖洁白的祁连雪山。沙尘暴还会来的，但也会慢慢减少，夏天是它的中止者，繁华的树木是最大的屏障——在巴丹吉林沙漠，我可以什么都不热爱，但不能不热爱那些稀少的植物，还有栽种和养护它们的人。

8

在巴丹吉林沙漠，任何事物的生命状态都像是一粒飞行的沙子或者沉潜的岩石，碎裂和风化是必然的历程。而承载的沙漠，是最大的受益者，它容忍了我们乃至更多的动植物在其身上的任何行为，但最终都会被其收藏。

直到今天，我，以及身边更多的人，土著和外来者，仍旧在巴丹吉林沙漠前赴后继，以个体的生命于庞大沙漠之上……现在是2006年5月26日，巴丹吉林沙漠全天晴朗，深蓝的天空，恬静的白云，沙漠横卧千里，沙丘如锥。我所在的营区沉浸其中，像一个懵懂的孩子，在沙漠——庞大坚韧的巨兽一侧，路边的杨树已然茂盛，蒿草匍匐在被水浸润过的树沟一边。

为数不多的洋槐花开了，在老旧的营房前，成串的洁白花朵，喷出一股股令人心醉的蜜香，不多的蜜蜂趴在上面贪婪挖掘。还有一些白色蝴蝶，在草坪上翩翩起舞。松树掉了一层松针，又换上一层，新鲜的柳树垂下万千枝条。单位菜地边缘的野菊花也开了，还有不起眼的刺玫，简单、寂寞的花朵。

早上，阳光新鲜，看到一个浇水老人，很老了，他在用手轻轻掰掉新栽柳树上滋生的枝条——姿态笨拙，但我觉得很美。傍晚，落日镕金，在宿舍内，微微觉得了燥热。到午夜，风声由远而近，先是雷声隐隐，继而是马蹄狂乱，沙子连续击打着窗玻璃，啪啪的声音像是稠密的枪声。我很久睡不着，在沙尘暴当中，感觉自己就像是一粒飞行的沙子，从沙漠腹地到沙漠边缘，从低处到高处，从完整到破碎。

早上，天空仍旧湛蓝如洗，没有风。老营房前的洋槐花不见了，落在地面上，有的被沙土掩埋了，有的落在灰尘满面的黑土上——神情忧伤，但没有幽怨。我隐隐觉得：2006 年的沙尘暴似乎比 2005 年多了好多，而且每次都很凶猛。

　　我时常一个人坐在树荫下面，随手捉住一枝绿色的垂柳，端详好久，喉头嚅动，但什么也没说。5 月 27 凌晨，我又听到了巨大的沙尘暴声，仿佛午夜的神灵，在巴丹吉林进行着战争。

　　躺在床上，我像往常一样睡不着，不断有沙子落在我黑夜里的眼睛里，有风从窗缝和门缝蜂拥而来——我感到孤独，忍不住胡思乱想，未来如风暴巨大和渺茫。早上，穿过沙尘暴，跑到办公室，剪开新到的杂志和信件……风声贯耳，窗外的杨树在集体折腰，灰尘如火如荼，沙子奔流如箭矢。我叹了一口气，又叹一口气，内心有一种无奈和忧伤，还有一种此时不知我在哪里的恍惚感和不真实感。

苍天般的额济纳

大风之后

大风之后，大地安静。这少有的时刻，不可多得的幸福。我迷恋这样的时光：风静就是心静，风停就是生命的一个再生过程。很多的大风之后，我走出帐篷，在某一棵胡杨下，躺下来，想些心事，看着蓝得经常让我忘记自己是谁的天空。

天空，古朴、大度、沉实、空旷、高远，幽深如井，轻易没有一丝云彩，即使下雪或者雨天，它的颜色虽然苍灰，但作为一种覆盖和笼罩，提升和下沉，它总是高高在上，似乎博大的帝王。

透过花朵和胡杨，枯木熏黑的帐篷顶，我看到天空，以及天空携带的事物。在狂乱的大风和片刻的安静中，我渐渐学会了聆听。这使我的听觉尤其灵敏，可以听到一只落难蚂蚁的呻吟，可以听见一只红狐在午夜的呼吸。羊只和骆驼发出的任何声音，我都可以快速觉察，就像在我身边一样。

不知不觉，在聆听当中，我吃着母亲的奶汁，还有牛羊甚至骆驼的。我一直把羊只和骆驼当作母亲——另一种意义上的母亲。它们虽然不会生下我这样的生命，但它们养育了我，在长长的时光当中，我一个个送走它们，它们也将以自己的方式，将我送走。这是一个多么美妙的旅程，在相互迎送的过程之中，我看到了庞大无形的宿命，看到了大风卷起的尘土，以及另一些人在若干年前的身体和内心痕迹。

如果让我仔细回忆，数算一下这么多年来在额济纳看到的骨头，合起来要有 100 多根，它们是人的，又是牲畜的，是过去的，也是现在和将来的。这种发现和清算显得残忍。而奇怪的是，每次看到那些白森森的东西，我竟然没有一丝恐惧。也许我早就适应了，在巴丹吉林沙漠，在额济纳，人们或许早就见怪不怪了。这样是不是一个更大的残忍呢？

在时光当中，在日复一日的风沙之间，旷日持久的干燥和疼痛让我感到了个体生命之于沙漠的不可类比性。后来我才知道：天空的方式就是额济纳的存在方式，就是在这里死难、过往、久居，乃至一切新生事物一生保持和坚守的生命姿势。这里连绵不断的风就是生命的过程，一种活着的状态。它们惊动尘土、胡杨、骆驼和羊群，惊动一切可以惊动的事物，也惊动自己。

沙漠之光

春天的额济纳到处都是光。那种直白而坚硬的光亮，就在我的周围，就在存在和非存在的事物之上，甚至几千米之下的沙子和石头之上。那一年春天，我一个人在旁边的戈壁放牧骆驼和羊群，随便挖些苁蓉和锁阳卖钱。有一个中午，到处都是火焰，火焰的上面，燃烧和漂浮着一层活动的光亮，像是一群舞蹈，痛苦飞扬，又似乎弯曲的箭矢，欲发不发。它们的身上充盈着无数的亮光——是一些细碎的光粒，照耀着一个人的眼睛。继而在虚无中集结，成为一座庞大的花园，有人，有马匹和羊只，有树木和青草、花朵和楼阁。一些人唱歌，一些人舞蹈，一些人击掌而歌，一些人连续饮酒。舞蹈着的女子身体柔软，像我梦想中的蛇。她们的脚踝、手腕和脖子上挂满铃铛，清脆的声音在正午仿佛天堂的音乐，连续轻盈的舞蹈似乎梦中的幽灵。那些女子，黝黑的脸颊，丰腴的身体，珍珠一样的眼波让我想到了朝霞中的山溪和人类的爱情。

而夏天是酷烈的，到处都是它击毙和打击的委顿与死难。就连那些藏在沙窝里的马兰花也不肯放过。很多时候，剧烈的阳光直射下来，它要连我一同烤干或蒸发。我自然不会妥协，那些时候，我在骆驼的肚子或者它们的阴影里躲避，在众多的倒嚼声中，像那些深居地下的土拨鼠、蜥蜴和蚂蚁一样，大汗淋漓，苟延残喘。而如果放牧在西夏的黑城附近，我就有一种说不出来的轻松——破损的城墙、城垣、清真寺，只要有突起的地方，就一定有容纳我的阴影。有时候，在住宿的夜晚，很多的声音从地上和地下泛起，有些是欢笑，有些是呻吟，有些是刀枪的嘶鸣，有些是缠绵的琐碎。我知道，这里住过一些人，活过也死过一些人：将军或士兵，男人或女人，英雄或土匪。有一年夏天，我带了妻子来，在黑城，在这些声音当中，我们用肉体沉醉其间——唯独那一次，我们的声音覆盖了它们的声音，尽管只是一个瞬间。

总是在日暮雪山的傍晚，太阳慢慢地，再一次失去它对巴丹吉林对额济纳的垄断和照耀。庞大的黑夜爬上来，我时常看到它的笨拙姿势，看到羊群和骆驼在这一时候进入的安静状态。我点燃篝火，干枯的胡杨树枝在焦白的骆驼刺和沙蓬的引领下，迅速燃起，哔哔剥剥的声音响起来……黑夜更黑，这时候的戈壁，就只有我拥有光亮了。也只有我，在黑夜的内心独坐，睡眠，仿佛一片树叶一样的船只，在静止的汪洋之上，在无意识或

者梦境之中，完成一夜的生命旅行。

胡杨树

又一棵胡杨树死了，在达来库布镇东南 3 华里、濒临戈壁的地方。它的身边还有许多胡杨——再多的依傍也不能够挽救个体的生命。那又是春天，我从它身边路过多次，直到其他胡杨叶子满身的时候，我才发现，它死了，这种司空见惯的死亡在某一时刻让我心惊。我站在它的跟前，仰望着它曾经绿叶蓬勃的树冠，突然间感到了时光和生命的某些不可思议。我再看看它周边的那些同类——风继续摇动并拍打着它们的叶子，厚厚的黄沙依旧堆在脚下，没有一棵的表情是悲伤的，尽管它们皲裂的皱纹里爬满了蚂蚁、乘凉的蜥蜴和灰雀。

第二天，我把羊只和骆驼送到牧场，返回来，骑着一匹黑色的儿马，沿着达来库布镇走了一圈，我数尽了生长在这里的胡杨，最后的数字令我吃惊，原先以为庞大的胡杨林，竟然只有 1206 棵。我突然感到悲哀，笼统的经验和想象让我感到羞耻。这些胡杨，1206 棵，如果放在偌大的巴丹吉林沙漠，站的稍微远一些，也只是一个黑点。

不管别人怎么看待，这简直是对人的一种嘲笑。这一根植久远的树种，在苍茫时光中，竟然也如此脆弱，像人一样，生死只是瞬间。更令我无奈的是：它们当中某一棵死了，其他的却没有一丝的悲悯表情，尽管表情在死亡面前显得多余和虚假。我始终觉得，如果我们还可以悲伤，还可以在同类的死亡中看到自己的影子，并且在内心掀起同情的波澜，那么，所有的事物都应当是高贵的，都是对自己的一种真实救赎。

　　而就在这一年的十月，突然有许多人来到了额济纳，他们的车辆、身体和随手丢下的垃圾，陡然使额济纳肥胖起来。那些天，我赶着羊群，除了空无一物的戈壁深处，到处都可以看到他们。有一天上午，他们在二道桥附近胡杨最茂盛的地方聚会，一些人坐在主席台上，一些人围观，一些人跳舞，一些人对着麦克风嘶吼。更多的人在胡杨树林里深处照相，拍摄，在枯了的胡杨树上高声说话，发笑。一些人在柔软的沙丘上骑着马匹和骆驼，孩子们大声喊着，追逐玩乐。直到傍晚，胡杨叶子更为灿烂的时候，他们才相继离开。我站在旁边的戈壁上，看见通往阿拉善盟的马路上流动着好多人和好多车———阵喧闹之后，胡杨林安静得只有风，整个额济纳旗，都在风中，每一棵胡杨，孤独、

安静，和我一样心疼。

远行

我26岁的时候，有位朋友从远处来，我去接他。我骑着一匹马，又牵了一匹。那是我第一次只身横穿戈壁。路过羊群和骆驼之后，沙漠出现了，戈壁在身后成为一块黑色的化石。从早晨到日落，一个人的沙漠简直就是地狱。一个人的行走就是自己对自己的放逐和拯救。我遇见了黄羊、沙鸡、短蛇、藏黑色的兔子，偶尔在白昼出现的白狐，还有少量的沙蓬和马兰。风化的石山横披流沙，碎了的石子不断自行滑下。夜里，我在挡金山露营，两匹马在夜里吃着我携带的草料，我坐在逐渐变凉的沙子上吃着羊肉，我手中的刀子不断刮着羊骨，嚓嚓的声音在无风的夜晚传得很远。

沙子逐渐失去了温度，冰凉的后半夜大风骤起。仿佛众多的兽蹄轰踏着荒凉的世界。它们搬运沙子，甩动沙丘，我在其中，也像沙丘一样。随意的处置让我恼怒，丰厚的沙子布匹一样一层接着一层。我知道，它们想把我埋葬，就像那些在风暴中死难的人们一样，不留一点痕迹。更为残酷的是，它们的埋葬是不动声色的，连伤口都不肯留下。

我和马匹在风中挣扎和行进，黎明到了，风停了。我看看自己，再看看马匹，我哑然失笑：尘土的单调颜色将一个人和两个畜生混淆了。而更重要的是，我还活着，和两匹马一起，经历了一场风暴——虽然在额济纳，风暴就是命运，但直接置身风暴我还是第一次。有物和无物完全是两个境界。

第二天下午，张掖车站到了，而我的朋友却不见踪影。我举着一张写着他名字的白纸，在人流如织的车站四处招摇。我多想他即刻出现呀，而一天过去了，那么多人，仍旧没有他。晚上的候车室里，蚊子和汗臭，小偷和妓女，我睡不着，站在进站口，看着远去又复来的火车，进来或者远去的人们，直到第二天上午，仍旧不见朋友的踪影。我只好原路返回，回到额济纳，妻子告诉我，朋友来了，带了一些东西，吃了一顿饭，说要去阿拉善盟，就起身告辞了。

这使我感到伤悲——朋友来了，就不该走的，更不要在还没见面的情况下离开。我在额济纳孤独惯了，渴望朋友，已经成了心病。虽然有妻子，有父母和兄弟，但血缘和礼仪让我无法把他们当成纯粹意义上的朋友，事实上，我们也不会成为纯粹的朋友。需要说起的是：朋友走后，我没有去放牧，那些羊只和骆驼交由弟弟代放。我整天把自己泡在青稞酒中，在羊肉和大蒜，油炸果子和似睡似醒的状态中，泪流满面，甚至哭出声音，或者无由大笑，无法自制。这样持续了将近半个月时间。

在沙漠

在巴丹吉林，在额济纳，我只是也只能在它的身体上转悠，和羊群和相好的牧人一起。除此之外，我不会走得太远，最远的好像就是甘肃的张掖了，还有附近的对外口岸。我知道，不管我走多远，我总有一天要回来的。这是一个宿命，也是一个必然。对外口岸每年 4 月开关，那边的蒙古族人会带些他们的特产来卖，我们也会拿自己的货物去卖。我十分喜欢蒙古的刀子，锋利、寒冷，有一种特别的光泽，锃亮的刀刃像雪。用来吃羊肉，宰杀羊只和骆驼，甚至做一些其他的事情，都是极其称手并且别具意味的。还有他们的羊皮大氅，纯种的羊毛再热的夏天也不会生虫子，更不会脱毛；冬天时候，在朔风呼啸，零下 40 多摄氏度的戈壁上，穿上它，就像围着一只火炉。

我还去过三百公里之外的阿拉善盟，那是一个不怎么繁华的城市。那一次，我不知道为什么去，去做什么。我就是要去，不要理由。前些天，心里总有一个愿望，它在我内心里像刀刃那样折磨、切割和惊扰我。直到上车之后，那种感觉才有所缓和。到了之后，我又茫然和沮丧，在行人众多的街道上，我还是不知道自己该去哪儿，做些什么。一个人在更多的人当中，孤独更为隆重。傍晚，我在一个酒馆里独自喝酒、叹息，看着夜色中的灯光，偶尔的车辆和行人。

那一夜，我在街边的树林里醉倒，伏在泥土和青草上睡了一夜。早上的车鸣把我惊醒。我站起来，掸掉灰土，我又茫然起来，想回去，又心有不甘。不回去，我又没有目的。中午时候，我再次喝酒，直到翌日。回来的路上，我是醉着的，因此，我没有悲伤。

尽管悲伤还会袭来，但躲过一次就是一次。远在呼和浩特的妹妹给我寄来一张羊毛挂毯：青草上面，是一只扭头怅望的绵羊，我看到它眼睛的时候，猛然停住，好像有一个什么东西击中了我。我把它挂在墙上，每次喝酒，我都面对着它，从那时到现在，我再也没有喝醉过。

我时常感觉到：在沙漠，在胡杨的额济纳旗，一个人一生的路程中不可以没有水泊，也不可以没有一只可以在内心划动的船只。所有不经意的变迁都是徒劳的。它不可能带走某些根深蒂固的东西，比如习惯这里的人、牲畜、草木和持续暴躁的干燥和风暴。

生命之水

前些天，我醒来，在一棵胡杨树下。睁开眼睛，静静躺着，粗糙的手掌在脑后，狮子一样的长发里钻满了草芥和沙子。我懒得清理——即使清理了，它们还会回来。就像风暴，一次一次，在巴丹吉林沙漠，在西夏和刀锋的额济纳，不舍昼夜，重复行进。我的羊只们经常出没在不远的戈壁滩上，在荒凉中移动，它们干瘦的蹄子不断溅起白色的尘土，牙齿咬断草茎，眼睛看不到更远的地方。多少年来，在放牧与被放牧，在羊只和骆驼的吃和走之间，我渐渐变老，季节一层一层的，像是我的皮肤。身边的胡杨叶子落了又长，长了又落，其间的颜色变换年年如此，但年年令我感觉新鲜。

秋天开始的几天，上游的人打开他们的水库，雪水再一次汹涌而来，沿着旧年的阔大河道，曲折向前。我总是感觉，沙漠当中的河流就是一把刀刃，它切开并不缝合，它一意孤行，全神贯注。到达乌蒙其格的时候，这条原名为弱水的河流，就被胡杨和黄沙，石头和一触即成齑粉的马骨，强行更名为额济纳河。我时常看到这条河流：浑浊的大水裹着沙子，携带枯草、上游的垃圾和它们在路上发掘的轻浮事物——断了的胡杨枯枝、死难的沙鸡和羊羔的尸体漂浮其上。

这是来自远处的水——救命的水，刹那间的雷霆和命运，在额济纳，在胡杨林里，它们在奔走中下沉，在前进中消失。这不仅使我兴奋，干裂已久的心头充满水渍，我的羊只们也再次感到振奋——干旱过去了，这又是一个滋润的季节，对于生存在沙漠当中的生命、泥土和植物来说，没有什么比这种方式的安慰更能深入心灵了。这些羊们，就暂时忘记了好吃而又可以使它们膘肥体壮的胡杨枝叶，醉心于一年一度的大水。这时候，它们咩咩的叫声都吐着响亮的水声，就连被骆驼刺刮开的伤口，痊愈得也比往常快了许多。

昨天下午突然落雨了，一年之中，落在额济纳的雨滴比上帝更为决绝和隐秘。偶尔的下落，也只是一个形式。但不要紧，它落下，我就站在它们中间，这样一

来，肯定有一些雨珠不会落在地上——落在我身上的那些，令我欣慰。这么多年来，抑或上天注定，我已经成为了沙漠的一部分，就像一个移动的、用风作为呼吸的沙丘，在旷古荒凉的巴丹吉林沙漠，在苍天般的额济纳。

周围

　　天空，应当是这个世界上最大的秘密，它悬浮在我们头顶，颜色变换，风云际会，偶尔飞过的钢铁之物鸣声响亮，似乎犁开天空的一把利刃。我在这儿——巴丹吉林沙漠边缘，北望的内蒙古在更大的黄沙之后，额济纳旗的一点胡杨绿色、一点弱水河水只不过是上帝偶尔掉落的一滴眼泪。背后是坚硬的黄沙、匍匐的黄沙，戈壁上的白草在四季当中萎缩成长。更多的风暴从北边来，烟尘、沙砾，寒冷和灼热——在其中，我觉得还有更多的荒芜的气息，还有牲口和人的气息。每年春天，向北不远，在枯干了的原始森林里，可以挖到苁蓉，这种深入地下的药材，传说中的野马精再生，滋阴壮阳，这多少有些暧昧，很多人，包括我提起来和想起来，身体某处便不觉一阵沸腾。

　　向南的祁连，大多时候我看不到它的巍峨，戈壁的平坦也是一种隐藏和遮蔽。那么高的山，怎么被匍匐的戈壁遮掩了呢？时常在戈壁上看到来自祁连的黑鹰，它们聚集在某处，在空中出现和消失。透过稀疏的杨树叶片和树枝，我看见，想起一些刚劲和豪放的词汇，想起诗歌和最高贵的灵魂。某年的一些时候，我去祁连山，看到夏天的大雪、青草、松树和金露梅、银露梅，看见大批的牦牛、马匹和羊只，逃跑的旱獭在湿润的草地上像是滚动的黑球，骑马的少女让我想起最美的爱情和最简单的生存。然而，事实并不是这样，我的朋友站在唯美的角度写诗、在酒醉中唱歌，舞蹈的身体里面没有性欲，干净的内心托扶着干净的灵魂。我不一样，我想到的是：一双脚在青草上、岩石上、牛粪上和大雪中行走的艰难和疼痛，梦想遇见传说的九色鹿、雪豹和弯角倒挂的羚羊。

然后回来，面对的仍旧是干燥的沙漠戈壁，最小的绿洲在其中不过是浩瀚大海中的一滴色彩斑驳的水珠。我时常感到口渴，大量饮水。半夜醒来，身体的热让我感到自己就是一片沙漠。坐在二楼或者三楼的房间里，看见绿洲外围更多的废弃的建筑——残破、孤独、悲怆，我突然想到，再过多少年之后，我现在的位置、所居的房屋和设施是不是也会成为废墟呢？在距离绿洲200余里的黑城——哈拉浩特，西夏人和蒙古人的旧址，风中的城垣、夯土版筑、千疮百孔，有一部分肯定是刀枪所致，但更多的是风，连续的吹袭是在无声当中打开在人们眼中自以为坚硬的东西。我想到了曾经居住在那里的先民——当时没有什么感觉，再一次想起。先民，突然有一种东西击中了我，我感到它是沉重的，锐利的，也是直接向内，毫不妥协的——我也会成为自己的先民，在后来的人眼中，我们的痕迹也是先民的痕迹。

这使我时常感到悲凉，出生和成长，终极的归宿，这个方向让我感到人的无奈和沮丧。一周几次路过的肩水金关（汉代行营所在地），夏天时候，它在灼热的沙漠气浪中摇动，有如一面黄色的旗帜，破损的，单调的，昔日斗大的字迹和龙旗竟然褪色到如此模样。忍不住想起纵横的霍去病、卫青和李广，想起那个手持弯刀、残暴的单于和来去无踪的盗马贼。某些时候，我特别想去那里坐坐，在高台上，戈壁突起的人为建筑上，摸摸它上面的天空、身下的黄土和连续路过的大风。甚至还想：和一个人，心爱的女子，站在高高的废墟上说话、拥抱、接吻、做爱，让风传阅，让天上的亡灵看到。这样一种场景，我觉得是在沙漠当中最为生动的——活着的和死去的，生动的和死寂的，我们的和他们的，交相辉映。

没有人像我这样想，好多外地的人来了，乘坐飞机或者火车，他们看到了就询问：那是什么？我说那是汉

代、西夏和蒙古的遗址。他们只是"哦"一声，然后移
开视线。很多时候，我觉得，现在的汽车绝对不如古代
的马匹，一个人骑着一匹善跑的马匹，或者一个妙龄少
女，在马上迅雷驰骋，那种美，绝对不是法拉利、奔驰
等等豪华名车可以替代的。更重要的是，再多的车辆，
再多的乘客，方向都是一致的——朝向废墟。身体的废
墟和建筑的废墟，都是人的和大地的废墟。

在额济纳旗北部的沙漠当中，有些海子，干涸的
海子，芦苇茂盛，土地湿润，好多迁徙而来的汉人在那
里居住，种植西瓜、黄河蜜和白兰瓜。有一次遇到一对
从四川来的夫妇，带着两个孩子，一年的工作就是种植
瓜类，就要成熟的时候，男的出去寻找买主，抢先了，
就可以卖个好价钱，迟了只能见好就收。他们的孩子像
是从尘土中挖出来的一样，浑身的土，结痂和渗透到皮
肤的土，眼睛是唯一明亮的地方。他们说，夜晚的沙漠
是冷静的，夏天也是，偶尔的红狐是最美丽的客人，还
有一些牧民，驱赶羊只，携带尘土，从戈壁来还到戈壁
去，走来走去，始终在这里。

没有一个人能够好好活着。那一次，我突然这样
想，在沙漠的生存是最单调的生存，也是最为丰富的。
日子就像沙子，像断裂的草茎和沙鸡羽毛，像常年的日

照、持续的风。最简单的就是最强劲的。很多年以前，马可·波罗、科兹洛夫等人来到的时候，他们表示了对沙漠、对沙漠当中人文建筑的惊奇和赞叹，后者从黑城遗址当中挖掘了不少西夏文物，前者的几百个文字证实了当时看到的一切。每次，从遗址回来，我总是有个感觉：怀疑自己的脚下有人，他们的呼吸均匀，细致，有节奏，一点点地缠绕我。我想，他们一定还在，那么多的人，我相信死无所觉，但不相信死无对证。

总要有一些人在焦渴中死去——在庞大的沙漠中，一个人，他绝对大过沙漠和宇宙，一个生命的衰亡，一个人的不存在，只是我们经验中的事情，事实上，存在和消失同归一途，方式的不同，导致认知的差异。一个牧人曾经在风暴中沉埋，大风之后，大地静寂，安静当中，这一个人从厚厚的沙子当中爬了起来。我一直把这样的生命奇迹当作一种传奇，非凡的传奇，让我感觉到大地的公正和上帝的仁慈。我的朋友嘟嘟，是个热爱行走的女孩，她说，不在于你能走多远，关键能走多久。这个平凡的行走者，一语惊人，她黝黑的脸色让我感觉到了一种太阳的光芒，时常的快步行走让我发现了行走的秘密。

　　附近的鼎新绿洲，弱水河畔散落的村庄扎在戈壁的边缘，众多的田地和杨树使得它的夏天格外妖娆，红柳树丛当中飞出斑鸠，沙枣树黄色的小花招引了不知来自何处的蜜蜂，驴子和马匹在草滩吃草，鱼儿从阔大的水库中跃出水面。有一年夏天，我一个人去，到焦家湾水库，中午，气温很高，而水面飘着蓝色的凉爽，一些野鸭在远处的水面游动，停靠的木船被水晃动。中午的静寂却让我感到了正午的可怕——幽深的、明亮的中午，是比黑夜更深的陷阱，是灵魂和身体最容易失控和蒸发的时候。我在水库的大坝上，看着水面，突然有了一种想跳下去不再出来的想法——那时候，心里空空的，只有那么一个想法。我想移开目光，但很不情愿，内心里有个手掌使劲按着一样。

　　水库的周围，是泥淖里的杨树，扭曲的沙枣树中堆满了鸟雀，远处的公路上车辆往来，呼啸的声音划开正午的静寂。有一些人骑着摩托，在戈壁上拖出一条白烟。再看水面，突然发现，那些涟漪也是安静的，一圈一圈，缓慢地荡漾，浑圆而规则。我想，在水下，在水藻和泥土当中，肯定有个什么东西，它在上升，也在下潜，它拥有和控制了这些水，以及水中所有的事物。

　　向西——从我所在的位置，阔大的戈壁，骄傲的戈壁，到处都是道路，车辆的道路，也是人的道路。一辆车和一些人落在里面，像是一个甲虫，匆忙而颠簸地奔跑，在上帝眼里，肯定像是一群孩子在玩游戏。而我看到的却是：大地如此结实，再大的重压也纹丝不动。一个人到了一定的年龄，任何地方都觉得是家了，在这里也是，即使在行走当中。我时常忍不住想：要是在这里搭一顶房屋生活，该是怎样的呢？种草可以为生的话，我愿意去种，但首要的一个问题，必须要有另外一个人，不要求异性，但要求同心。有一次，走到半路，遇到一个喝了酒的蒙古族男人，高大，脸黑，上车后酒气汹汹。从他那里，我学到了一句蒙语：沓－赛伯弄（你好）。一连几天，都重复这句话。我觉得，这样的一种学习，让我觉得偶然，路人、陌生人，都是与我们在一起，并且随时都会相遇始终同行的人。

　　站在一身赤红的山上，没有草木，高度凝结的泥土，比石头更为坚硬。站在这里，四下都是低矮的平坦，没有风，可以看到更远，那里一片苍茫，突起和低矮的，都在其中隐藏。人的目力能看多远？我想，那里是哪里呢？那里有一些什么样的物质在盛放？什么样的人在那里从事劳作？会不会和我们一个模样？山下的城镇，建筑在狭长的区域上，到处都是楼房，一幢一幢，中间的街道上花红柳绿，商场和超市，地摊和招牌，人在其中穿梭。它的一边是弱水河，河边的公园当中到处都是胡杨，枯了的，葱绿的，芦苇汹涌，这是一个美丽所在，而我却始终没有涉足——我总是觉得，在戈壁当中，建造公园是一种奢侈，也是一个破坏，除了必要的树木和水，什么都不需要，我们需要的是事物的平行和对等，而不是高高在上和挥霍使用。

关于这座公园，2003年，夏天，炎热，傍晚，有消息说：在那个公园发现了两具无头的女性尸体，身首异处，在旁边的河滩上挖出了她们的头颅，其中一个女性尸体已经怀孕。由此，我越来越感到自己的想法是对的，不在沙漠当中做修饰，尤其是隐蔽的修饰，袒露的就让它袒露，不要人为遮蔽。每次路过，都觉得其中的幽怨和凄厉之气氤氲，不管晚上还是白天。后来，我去了距离它不远的陵园，巨大的陵园，墓碑的陵园，众多死者存在和集会的地方，安静，深层次的安静，墓碑上的文字让我觉得那些人根本就没有走远。姓名，这是一个最有价值的发明，智者所为，为他人命名，也为自己命名。我也相信，任何的陵园（墓地）内容都不是固定的，而是随时更新的。相比那两个女孩的死亡，这些人是真正死去了的人。

向南是酒泉和金塔。金塔是个县城，类似于内地的一个镇子，它的街道少而短。附近的村庄总是被覆盖在尘土当中，附近的民众，时常赶着毛驴车进城。我在那儿住过几个晚上，一个人，到处都是安静的，就连主马路上的车辆也很少。安稳的睡眠都是孤独的，在夜晚，谁也不可以拯救谁。酒泉在我嗅觉里的味道是"冷漠的香艳"，这是一个不可更改的词汇，在我的心里，骨头里。我对它的熟悉源于来了很多次，所有的饭店我都住过了。一个人，两个人一起，喝酒，沿着熟悉的街道走过来再走过去，想起霍去病倒酒，将士共饮的"酒泉"，我们去看了并在一边的蒙古包里吃饭，看并不纯正的裕固族姑娘跳舞，唱歌。有一次，喝酒喝多了，趴在沙发上睡着，醒来，四周无人，深夜的公园当中有一种妖媚的气氛。

从这里，向西，工业的嘉峪关，我去过几次，在高大的城堞上行走，弯弓射箭，在卵石横陈的戈壁上骑马，在一个叫作"雄关"的饭店睡眠，去它的新华书店买书，看书，和马燮等人喝酒，在广场上穿水而过。2003年春节，深夜去接乘车来到的母亲，在寒冷当中，被母亲苍老的腰身、几缕白发打疼。我曾经为这个明代关隘写过诗歌，嘉峪关——古关和现代化的城市，它的气味是双重的，一种是陈腐的，孤独的，一种是新鲜的，张扬的。我曾经迷醉其中，但很快，不知不觉，它就淡远了。我记得，站在城楼上，距离祁连雪山很近，巍峨的高山，大雪覆盖，下半身则是黝黑的，一截长城蜿蜒，几只苍鹰飞过。

我这样到处地走，都是短暂的，只要回来，我仍在这里，戈壁，巴丹吉林，一个巨大的地域，有着一些人，一些人走了，一些人来到，走出和走进，都是暂时的。我的周围，他们，它们，严重分布不均，也没有丝毫的美感。从现在暂居的房屋出去，是另一幢他们暂居的楼宇，是邮局、银行、广场、办公楼、超市和并成一溜的大小饭店。遇到的人都是熟悉的，尽管不知道名字，但肯定见到过。小小的地方，小小的人，我只是其中一个。

这些年，我在这里，具体的位置，我时常忘记方向，不知道哪儿是具体的北方和南方，跟他们去说，他们说哪儿是就是哪儿了。在沙漠边缘，我感觉不到方向的重要性。我只是感到：头顶的天空、南边的雪山、北边的大漠、身下的戈壁和穿梭其中的风暴，感到个人在某些时候的荒唐、圣洁、孤独、愤怒、疼痛和无处逃脱。白天，我走来走去，或者坐下来，遇见一些人，做几件事情，说一些话写一些文字，想远处的一个人和另外一些人，哭、忧伤、不知所以；夜晚，看到真实的自己，喝酒，读书，上网，做爱，沉沉睡眠，早上醒来。通常是沮丧，无意义。等太阳出来，丢失的复又重来。某一天，我突然想：在沙漠，有人，有水，有树木，有风暴、沙砾，有植物、动物和同类，已经足够了。我还想说：我在这里，天底下的人，我和他们在一起，我能看到你们，你们能看到我么？有人，或者是我，常常自己对自己说，在沙漠，有一些东西是不容易腐朽的。由此，我想有个象征，在这里，在自己和周围一些事物上面，用刀子刻下来，以示孤独的不自在、宏大的空洞和梦想的虚弱与徒劳。

西门外

1992年是一个吉祥的年份，在巴丹吉林沙漠，我第一次看到了依附于苍黄之上的大片绿色，一边的村庄逐渐隐没。西门之外，大片的沙枣树年久茂盛，百年的品性与韧性荫蔽成就了大量的茅草。其中，有湿润的芦苇、干燥的蒲公英、马莲草和山丹花，有藏匿的红蚂蚁、恐龙的后裔蜥蜴和贼头贼脑的野兔。整个林带幽暗曲折，斜伸的枝条上长满了苍灰色的小叶子，叶子下面长满两厘米长的尖刺。人在其中，总要低头弓腰。地上蓬勃的茅草和头顶疏密有致的树枝，形成了无数绿色通道，从容穿梭其中的似乎只有急速低飞的麻雀。

燕子只在明亮的阳光下飞翔，黑鹰在离地三千米以上的高空。不知建于何年的菜市场房屋低矮、老旧，灼热的阳光照在众多蔬菜和稀疏的人群之上，在安静的正午，散发着植物腐烂的味道。有一次，我和几个同乡，到那里买了几个西瓜，蹲在沙枣树下，看着清亮亮的渠水，吃得满嘴猩红，大声说甜。远处的村庄隐在盐碱浓重的草滩之上，棉花和麦子闪着黑黝黝的光。笔直的新疆杨冠盖庞大，纵横成行，将数十间黄土房屋悉数笼于怀中。

近处的公路虽然铺了柏油，但年久失修，坑坑洼洼，在直射的阳光下，犹如一条黑色的蟒蛇。村庄之外，是一大片茅草地，间或有几株沙枣树静立其中。风吹过来，树冠摇动，杂乱的草们集体俯身低头。其中有一面被芦苇包围的水塘，荡起细碎的涟漪。我觉得美，时常骑着自行车，带一块破毡布，在傍晚或者正午来到，坐在枝丫茂密的沙枣树下，仰面朝天。穿过绿叶仰望天空，只见流光如银，夕阳熔金，微风轻吹，明亮的大地一点点变黑。一个人处身其中，似乎整个身体都沉浸在清洁的水中。

有时候带上啤酒和书，还有简单的心事和梦想。数千米之上的天空，惨淡的流光镶着金色的花边，疾驰的车辆撩起飞行的和消失的尘土，飞鸟的鸣声似婴儿们的灿笑。温和、安静的环境使得阅读具有一种美妙和天然的快感。整整一个夏季，除了静坐冥想，我还在那里读了三个法国人的书：西蒙娜·薇依的《爱上帝的幸与不幸》，阿尔贝·加缪的《第一个人：纲要与札记》，以及卢梭的《社会契约论》，并记住了他们书中最简短的几句话：

1. 爱是一种方向，而不是一种精神状态。（西蒙娜·薇依）

2. 世界的荣耀存在于弱者身上。（阿尔贝·加缪）

3. 人性的首要法则，是要维护自身的生存；人性的首要关怀，是对于其自身所应有的关怀。（让·雅克·卢梭）

似乎一瞬间，北风紧了，大地苍凉，叶子们落身泥土，或者覆盖在茅草之上，尘土犹如烽烟，从沙漠深处，浩荡而来。干燥的沙漠让我心情灰败，我长时间不出门，站在窗台前，心怀忧虑，眼神茫然。第二年（1993）开春，我再次去的西门外忽然变了样子。偌大的草滩不见了，出现一大片田地，挨近村庄的那一侧，凭空多了一座简陋的黄土泥房。

孤独的炊烟从房后升起，穿过新叶初发的杨树，在空中迷失。草滩中央的沙枣树也只剩下茬口雪白的树桩。我叹息，到村庄询问，才知道又有人从甘肃定西一代迁移而来，村里将这片草滩分给他们，开垦种地。到村边，我又看了那户人家，好像是四十来岁的一对夫妇，带着一个十几岁的女孩子。他们的身影在新垦的院落里缓慢走动，偶尔冒出一句我听不懂的方言。

五月底，西瓜又熟了，还有透过表皮散发香味的白兰瓜和黄河蜜，通过粗糙的手掌，陈列在黑垢斑斑的水泥货台上。我和几个同乡头顶烈日来到，随便抓了几个西瓜，照例切开，蹲在水渠边大口吞噬。再次去，却发现，旧的菜市场不复存在，一片废墟之上，堆满劳作的民工。有人说，这是单位为了扩建，更好地为职工家属服务，拨巨款重新修建菜市场。

　　我站在路边，朝已是田地的草滩看了几眼。裸露的黄土之上，稀疏的棉花长势缓慢，低矮瘦小，似乎不会开花结果，只有田地中央处，套种的玉米身干高挑，叶子如刀。几个月后，秋风扫地，霜落人间，整个巴丹吉林又陷入到了枯燥之中。再后来，沙尘暴接二连三，从沙漠核心来到，长驱千里，到远处的城市或者雪山才消失。立冬，新的菜市场落成，除了以前的零散商户小贩外，呼啦啦地多了好多生意人。

　　从南向北，依次是：水产、百货、粮油、茶叶、衣饰、奇石、名贵烟酒，中间是巨大的天棚，水泥货台比以往多出三分之二。每天清早，附近的农人用自行车、驴车或者三轮摩托车带了自己种的蔬菜，挑选位置，摆好货品。清晨，凉风吹拂，有些蔬菜上，还带着明净的露水和芳香的泥土。太阳刚从地平线露出脸庞，家属们便骑车或者步行而来，在农人的蔬菜和水果摊前，挑挑拣拣，讨价还价。有时也吵架，农人用熟悉的方言，来自不同地域的家属们操着不同版本的普通话，大声叫嚷。

吵得声音小了，自然没人注意，大了，一会儿就围来一群人，家属们同仇敌忾，七嘴八舌；农人则单枪匹马，即使周围有同乡，也极少插嘴，只是看或忙着卖自己的货。两方虽然吵得很凶，但很少有人使用肢体语言，最终结果只是人去货在，只是双方胸中多了些鼓荡的气体。

卖水产的老板姓王，家在酒泉市郊区。幼时，兄弟众多，冬天抱着羊羔取暖，夏天睡在苇席上。婚后，凑了几千块钱，带着妻子，到单位承包了一家牛肉面馆。一年后，房租大幅提高，老王觉得不划算，便移师西门外，从酒泉拉了鱼虾及其他海产品临街兜售，生意应接不暇。临近的百货店老板一年换了三个，最后一个是面孔黝黑，带着老婆并一个二十来岁的女儿的中年男人。有一次，我去买东西，他女儿牙尖嘴利，用方言说个不休，态度极其糟糕，我一怒之下，便抽身到另外一家。

很久之后，我才得知，菜市场那家理发店内包含的隐秘内容。店主是一个身体羸弱的未婚女子，张掖人氏，时常和一个穿着大胆的女孩子坐于门前，眼神散漫，表情木然。有一次单位开会，领导宣读的一份内部通报说："××××××××单位×××同志，一九九×年×月×日晚11点40分左右，前往菜市场理发店，与地方女青年××发生不正当两性关系，被当地派出所民警当场抓获。行为恶劣，影响极坏。经研究，给予该同志行政记过一次。"后来我也路过该理发店多次，总看到一位女子坐于门外，手捧瓜子，嘴巴吐皮，东张西望。她身后的理发店红布掩窗，门扉挂帘，往里面什么也看不到。

粮油店的老板姓郭，本地人，从业几年后，大致是收入不菲，每次到酒泉进货，先找一家宾馆住宿，一小时后出来，抱着这个或者那个女子，双双出没于酒楼饭馆。

最初，一辆白色大发面包车停在西门外沙枣树林一侧，单位有人到酒泉办事或者游玩，嫌大班车一路走走停停，耽误时间，就租了去。大发车虽然也跑得慢，但总归自在一些。车主老仲，大致是巴丹吉林沙漠边缘村庄第一个私营出租车主，人长得帅气，又诚实，生意自然不错。两年后，换了一台红色普通型桑塔纳轿车，载着这人或者那人，往返于酒泉和单位之间。

　　再一个月，西门外忽然又多了几辆出租车，大都是老仲的同乡。其中，有一个姓林的年轻人，三十来岁，出车到酒泉后，非要住一晚再返回。有几次，同行看到，林姓司机带了几个浓妆艳抹的女孩子在某个饭店吃饭，一副大款做派。另外一个姓高，据说只开过几年拖拉机，见在单位搞出租能挣钱，就买了一辆二手捷达轿车。一天深夜，载着四个乘客到附近镇子玩乐，由于车速过快，行至东光村边，转弯不及，一头栽入丈余深的水渠内。高姓司机当场死亡，乘客一死三伤。

　　另一个司机，好像也姓高，不知何时，也买了一台崭新的桑塔纳3000型轿车，在西门外出租。其夫人长得如花似玉，眼睛若山东龙眼葡萄，腰肢如细蛇，时常抿着嘴唇，满面含春，若羞若笑。有一次，载人去酒泉，行至半路，乘客突下杀手，匕首穿过口腔，撬掉大部分牙齿。他头部被刺三刀，但忍着剧痛，死保车辆，侥幸逃脱，因抢救及时，保全了性命。令人诧异的是，对其实施抢劫者竟是熟识之人，逃窜三日后在敦煌境内被抓捕归案。

　　再一个司机姓赵，名字起得很文雅：怀金。他的红色普通型桑塔纳，我乘坐过多次。他给我的印象是人诚信守时，做事有板有眼，令人尊敬。忽一日，不见了他和他的出租车。后得知，赵怀金患了脑瘤，卖掉车辆，到北京做了手术。再一年春天，听到他死亡的消息。

另一个司机很年轻，姓秦，有一台崭新的广州本田。有一次，他和另一个司机，将菜市场一名妇女带到内蒙额济纳旗。次日一早，妇女手提内裤，披头散发坐于宾馆走廊，声泪俱下，控诉昨夜自己被秦及另一个司机轮奸的悲惨遭遇。

在此之前，秦姓司机便与刚移民至此的一个女孩子相好，并致怀孕，女方偷偷到医院堕胎。女方父亲得知，拿了斧头，冲到他家，势欲拼命。后经调解，以2万元了结。而这次，却是人脏俱在，秦姓司机无奈，和另一个司机商议了一番，找了一个中间人，各赔付女方10万元。妇女应允，收钱后，店门大开，货品尚在，人却溜之大吉，数年不见踪影。

几年后，出租车越来越多，从业者不再限于附近的农村人，酒泉市内一些个体出租也不断加入其中。一时间，曾经荒凉寂静的西门外，轿车横陈，流光刺眼。闲暇时，司机们坐在荫凉树下，打扑克，扯淡话。周末客多，一个个叉腰挺胸站在西门外，虎视眈眈，一旦客满，掉头上路，风驰而去。有时，为抢一个客人，相互间不免粗口，甚至动手打架。有聪明者，则非常注重与客户培养感情，一来二去，便成了某单位、某个人的外出专用车。有的客人出手阔绰，掏钱不眨眼睛，一看便是单位出资；一些客人抠抠搜搜，讨价还价，肯定是个人掏钱。

1997 年春天，菜市场扩建，西门外又是一阵繁华，投资者是酒泉市一位地产老板。几个月后，新的菜市场昂然矗立。一些新来的无房商户早就交足了租金，新房落成，立马摆开货物，叫卖声起。与此同时，新菜市场蓦然出现三家医疗门诊：一所是单位医院一位退休的老医生开的，另一所也是。所不同的是，一所采购了较为先进的 B 超、X 光透视机和其他医疗器械，兼卖西药和中成药。一所以切脉、打针和外科为主，主营西药和中成药。再一所是附近农村一位须发皆白的老中医所开，时常坐于台前，为人号脉诊病，配制草药。

夏天又一次来到之后，沙漠暴躁，树木萎落。菜市场外的三岔路口处，空旷了数千年的戈壁滩忽然喧哗起来，挖掘机和铲车轰轰作响。我们看到了，不知道要做什么。一个月后，蓦然出现一座四合院。询问得知，附近农村一户李姓人家看到这一带的发展潜力，贷款率先在这里修建了房屋。新房还没完全落成，就有人来租房子了。单位觉得此处该是自己的"领地"，与地方政府几次交涉，未果。秋天，又有一些人在戈壁上圈地拉砖，一时间，尘土飞扬，机声隆隆，大有四面开花之势。次年（1998）春天，最先修建的那座房屋便被更多的房屋淹没了。

我们不知道该怎么为这个新的村落或镇子命名，有人因势叫三岔路口，有人叫光明镇，有人叫戈壁村……最终，官方行文称之为"开发区"，得到大家广泛认同。最先入住的是"丰盛大酒店"，老板娘是我当年所在单位负责人的第二任夫人。开业之前，我帮忙书写了对联，张贴在大门之上。开业那天，鞭炮轰鸣，亲朋齐聚，好友祝贺，围坐数桌，觥筹交错，尽欢而散。第二家是新落成的"航天宾馆"，还没开业，就被外来企业承包了两年使用权。第三家是从外地迁徙而来的"红又红歌舞厅"，老板原籍山东，娶了当地婆娘，便把自己留在了这里，数年来以舞厅为业。第四家是附近农村一个人开设的"顺风汽修铺"。

1999年春，单位已婚同事几乎同时受到妻子的警告：若是看到你在开发区晃悠，不剥了你皮才怪！我不知何故，某日，与一位王姓同事骑着自行车晃悠了一圈，晴天丽日之下，开发区街道尘土飞扬，挂着红色布帘的理发店美容店一家接着一家。有些穿着极少的女孩子，端坐门口，低胸看人，眯眼看天。

尽管单位明令禁止，但仍有人得闲便窜进开发区。有几次，派出所突击，抓住不少，照例给予通报批评，处分轻重不等。事后，与同事攀谈，道听途说了几例：其一，一人正在某家美容店床上行事，闻得民警进门，见一大水缸，急中生智，遂赤身钻进，等人一走，方才翻身而出，吐了一夜的水。其二，一个在单位承包多项基建工程的老板，罕姓为嫪，五十多岁，开发区各美容店老板每接新人，必先送至嫪姓老板处，且一次两人，彻夜不休不停，女子返回，皆骂嫪姓老板不是人。其三，附近某镇的一个少妇，只身来到开发区，也开了一家美容店，但顾客寥寥，看临近店面年轻女子顾客多，心生嫉妒。某日与一女子争执，一怒之下，菜刀挥上，若不是有人及时阻止，那年轻女子至少得挨上一刀。

不知从何时起，只要看到熟悉的同事和朋友从开发区出来，或者向着开发区去，不管是谁，都会心生猜疑。我几次到西门外乘车，为避嫌，即使站在烤人流油的太阳下面，也不愿意到开发区找个荫凉，除非和妻子一起去。有一次骑自行车穿过开发区到附近农村玩，被熟悉的同事看到，遭到好一阵斜眼和嘲笑。2005年，开发区的房屋更多了，除了原先的商业生态外，有附近的青年人在那里租了房子，开了几间网吧。

这是最受欢迎的（至少对我而言是这样的），有几次，单位关闭了员工的互联网，我就骑着车子，出了西门，到开发区上网。这时的开发区，俨然一个小镇了，或者比酒泉和阿拉善境内的任何一个小镇都要繁华。据说，内蒙的额济纳旗和甘肃的金塔县打了好几场官司，双方都说这片地域是自己的。额济纳旗将这里命名为古日乃苏木（乡），金塔将这里称作清泉镇。

乘车到酒泉，必路过开发区，只见尘土依旧飞扬，房屋高低不平。到处是生疏又生疏的面孔，从前的草滩被新建的房屋覆盖，沙枣树早已不见踪影。偌大的开发区，不见一棵绿树，夏天的阳光兜头直射，似乎可以照见房间之内的任何情景甚至黑暗的地心。每次和妻子一同到菜市场买菜，总会想起以前的一些情景。那时候的西门外，是安静的，俨然一片袖珍绿洲，生长和埋葬的，都是自然之物，永恒之物。

那面很小的芦苇荡也被掩埋了，不断滋生的芦苇还没长高，就被农人割了去。成群的野鸭不知去向何方，只有靠近西门围墙的一些老沙枣树还活着，很多年了，不见长高，也不见减少。每年五月初，枝干扭曲的沙枣树会开出一连串的米粒大小的花，招来成群的蜜蜂和蝴蝶，老远就闻到醉人的蜜香。鸟雀依旧低飞，穿过灌木和沙枣树，在某根树枝或者草丛中栖息。

我时常回想起当年和同乡蹲在水渠边吃西瓜，以及一个人骑着自行车，在沙枣树下静坐、读书、喝啤酒的情景。那是些纯粹的时光，自由、安静、忧郁且快乐。偌大的草滩和戈壁，单位和农村的隔离带，是无意的阻隔，更是自然的链接。尤其是有月亮的夏夜，蚊虫被风驱赶，几个人并肩走在路上，到处都是凉爽，天空犹如湖泊，大地平缓无际。在那里，我总是可以想到诗歌、想到隐秘的往事、梦想甚至神灵。

而十多年之后，"西门外"成为了一个嘈杂的代名词，商品和欲望的集散地。除了乘车外出、到农村玩耍和偶尔陪爱人买菜外，我极少再去西门外。有时候，和几个同年来到的同事谈起，也多惋惜。一位年长于我的同事说，从前的西门外，树木葱郁，植被丰厚，野兔野鸭极多。有年夏天，他们几个人扛着猎枪打猎，忽见远处一个白色物体在动，想是野兔，扣动扳机，枪声之后，却听一声惨叫，一人提了裤子，仓皇奔去；稍后，又有一长头发的人，兔子一般没入沙枣树林。

现在的西门外，令我惦念的似乎只有网吧了，尤其是单位勒令永久关闭宽带之后，坐于屏幕前，忽然觉得，世界原来如此空洞，自己像是一个与世隔绝的人，周身空旷，内心落寞。我想，一根线，携载的不仅仅是持续不断的数字信息，还有心灵乃至精神被放逐、索取、排斥和塑造的通道。或许这个通道不存在任何目的和意义，但网络毕竟是一种链接、到达、放任和收取……很多时候，我想去看看外面的世界，但四门紧闭，盘查甚严。

我无可奈何，只能暗自叹息。站在沙枣树林一侧的假山顶上，朝着开发区看一眼，再看一眼，然后低头返回。久而久之，我在此间发现一个有意思的变化：从前，我是热爱自然的，容身草木可以获得内心的安静，置身大地心感踏实；而现在，则是浮躁的，为信息的不可获得而沮丧莫名。我想：这一种变化，包含了人在自然境遇当中的内心变化和精神要求，当然，还有情感变迁和技术依赖的成分。

我依稀记得，当年，一个人在沙枣树下，我还读过伊壁鸠鲁的《论快乐和幸福》，其中有一句话这样说："灵魂最圆满的幸福，有赖于我们思考到那些使人心发

生最大的惊惧的东西，以及与它们同类的东西。"我一
直想不清楚的是：人世间，究竟是什么可以使我们感到
最大的惊惧？"它们同类的东西"又是一些什么？于何
处藏身？又为什么？

巴丹吉林以西

虎前进细心、勤快，还有一点自闭、固执和乐天听命的顺从意识。很多时候会算错账，自己赔钱，攥一大把零碎钞票而不知道它们总数到底有多少。虎前进屋里的（妻子）说：就这几年（才这样），前进总算上了年纪，做生意不像年轻时那样活泛，脑子进水（呵呵笑）。虎前进翘了翘黑嘴唇上的硬胡须，笑笑说：就这个还是行着哩！一年少说也卖它个三大四千块钱。

与虎前进不同，其他一些到河东里售卖自产自收蔬菜及水果的当地土著家庭，大都是屋里的，或者儿子、丫头、儿媳妇儿单独（结伴）前往（视货物量和价值决定）。每天早上，棉花和玉米叶子上的连串露水还没有醒来，从巴丹吉林以北沙漠地带吹来的风还凉得要人短袖之外再穿一件厚的外套，毛驴车的嘚嘚声、自行车的嘎嘎声、三轮摩托的突突声，在距离河东里市场以西十公里的马路上相互遮盖，依次奏响。

还在沉睡之中的马路不见一辆奔驰的车子，周围的田地静悄悄的，连蚂蚁都看不到，野鸡和野兔还在茅草丛中酣睡。虎前进们一路走着，想着各种各样的心事，相互看到也不打招呼。大约半个小时后，河东里市场的绿色拱顶在越来越亮的黎明静默出现。日复一日的太阳从黑色的戈壁之上露出了半个脑袋，虎前进们行走之间，越来越浓的太阳光晕把路边的杨树、红柳灌木、田地，甚至每一颗沙砾都映得满身血红。

公鸡停止最后一轮鸣叫，各家圈棚里的毛驴扯着嗓子放声叫；羊只们咩咩奔到主人新扔的茅草上面，低头狠吃。虎前进们就要到达的时候，原本就居住在河东里市场的专业水果、蔬菜、海鲜、肉类摊贩们就起床了。顾不上洗脸梳头，趿上拖鞋，到就近的公厕方便后，甩膀子提裤脚，哈腰翘臀，把蔬菜、水果、肉类等等商品摆上昨天的货台，拍拍双手，或者勒勒腰带，回屋里洗漱、吃东西，然后坐在吱吱乱响的木凳子上，眯了眼睛，假寐或者东张西望。

等卖菜的当地土著卸车，把要卖的货品摆放好，阳光就落在市场背后一大片海子和芦苇上了。

上班的上班了，剩下的家属们——送孩子上学和买菜是她们每天最重要的课程——从不同的楼宇和门洞出来，汇集到菜市场面对的大门。这些人大都是妇女（当然也有退休的和原地休假的男人、不上学的孩子和初来乍到的外地人），穿着裙子，戴着遮阳帽，步行或者骑自行车（还有电动自行车），迈着款款步子，进入菜市场。虎前进货台若是朝着大门，所摆货品总是第一个被光顾，即使不买，也要看看，然后再转向其他货台。虎前进站在货台里，布满皱纹的眼睛巴巴地看着每一个走进、站定和离开的人。买菜的人翻翻拣拣，嘴里咕哝。虎前进也咕哝：这生菜好着哩，刚从地里摘的。这西红柿也是。茄子、青椒也是。买回去尝尝。买菜的人不尽相同的表情，似听非听，鼻子嗯或不嗯。

虎前进货台隔壁，有时候站着一位老太太，有时候是小姑娘或者谁家的小媳妇儿——再忙也不忘化妆，脸上擦了一些廉价的脂粉，阳光照不到时，整个脸蛋看起来白白的（惨白）；照到时，就像是涂了一层白面粉。到中午，汗水直流，把脂粉冲得七零八落——姑娘和小媳妇儿脸上一道一道的白沟，一直延续到脖颈甚至胸脯。老太太就没那么多讲究，头发蓬乱，皱纹里全是黑泥，长长的指甲里也是；浑浊的眼睛也和虎前进一样，筛子一样过滤着每一个路过她们货台的可能购买者。

和虎前进一样，售货者总是把最好的货品摆在台子上。这家黄瓜鲜嫩冒水，那家也找几根放在显眼位置；这家的菠菜根上没土，那家也赶紧把湿黏的泥土拍打拍打；这家的西红柿又红又大，那家也赶紧找上几个精心摞在最上面……无形的竞争在商贩们之间展开。对于这些售卖的当地土著来说，巴丹吉林以西的土地和土质是一样的，能种什么，不能种什么，大家心中有数。同质同类产品过盛，必然导致价格下滑。

这一家豇豆一块钱一斤，那家也坚持；西红柿五毛，那家也是。但这是每一天上午十点之前的"合作与同盟"，到了十一点后，卖完的人陆续回家，剩下的菜大都是碰破皮的、叶子蔫了的、虫噬明显的……价格一下子跌了下来。有买菜的人去得迟了，但又非买不可的，只能劣中取优，多多少少买一些。再晚到十二点，阳光烤得白沙发红，芨芨草垂头，原先人头攒动的菜市场逐渐冷清下来，只有孩子们裸着上身或光着身子在阳光下奔跑。收摊的大人们坐在阴凉处摇蒲扇，喝胖大海或啤酒，卖菜的土著们大都驱赶了毛驴、骑了摩托车或自行车，头顶草帽或者包着红蓝绿各色头巾，消失在焦油泛渗的柏油马路尽头。

虎前进唯一的交通工具是一辆"黄河牌"三轮车——用了三年的样子，车身上的红漆成片剥落，转向灯的连接线断了，喇叭成了哑巴。但很好发动，突突的声音一会儿像是老年哮喘，一会儿像是烈马嘶鸣。卖完或者卖不完蔬菜，虎前进都要回家。推着三轮摩托出了菜市场的铁门，先习惯性地摸摸装钱的口袋，才跨上车座，左脚使劲一踹，摩托车轰响起来，然后右脚挂档，慢慢转弯。

这是巴丹吉林沙漠以西最大的毛目绿洲——弱水河横穿其中，大小村落依山而建或在其中深陷。高大的杨树满身龟裂，干燥的表皮像是岁月的脸。从虎前进赖以生存的菜市场开始，马路两边甚至纵深处的村庄各自有着好听不好听的名字——虎前进所在的村庄叫永联，据说是大跃进时期取的。与虎前进在菜市场肩货相挨卖菜售货的老太太、老爷子、大姑娘、小媳妇儿或小伙子们，或许是永胜村和东光村的，也可能是岌岌、友好、新民、双城、茨冈等村的。

对于虎前进来说，这些人有的熟悉，有的陌生——同在一个地域生活，不可能事事洞悉，人人知道。尤其是那些刚亭亭玉立的大姑娘和毛发飞扬的小伙子，虎前进从面目上依稀知道他们分别和自己熟悉的谁谁谁有关系，但也不敢确定，更叫不出名字，但这些村庄虎前进都去过，去的最少的算是五十里外的岌岌村，据说那里有一个水库，房子三三两两盖在斜坡上。他年轻时去那里串过亲戚，还打过红狐、白狐，挖过沙葱、肉苁蓉和锁阳。

回到家里，屋里的早就做好了饭菜——拉条子（一种面条），菜肴是茄子、西红柿和青椒配蒜瓣炒出来的炒三鲜。有时候还会买一瓶西凉牌啤酒，虎前进一次喝不完，留半瓶下午喝（喝完就晕，啥也干不成了），放下碗筷，一错屁股，就上了炕，不到一分钟，响起了长一下短一下的呼噜声。屋里的收拾了碗筷，给鸡拌了吃食，给驴子和羊只送了清水，也便跟随其后，"哎呀"一声躺在土炕上。巴丹吉林的阳光只有照着人的时候，才觉得热；一旦离开，在屋里或树荫下待久了，还有些冷，得盖上毛巾被或者其他厚一些的衣服。

大门虚掩，院墙外的葡萄去年连根冻死了（2008年春，南方北方暴寒，巴丹吉林也未能幸免），夏天了还不见一片叶子。虎前进早早挖了——在往年，院墙外早已是一片绿荫，成串的葡萄沾着满身细灰，在斑驳的阳光下荡秋千了。街道上没铺水泥和柏油，干燥的黄土反复被车轧人踩牲口塌，比面粉还细，一踏脚，就扬起一团白雾。从不睡觉的孩子们不顾烈日，从这棵沙枣树下到另一棵沙枣树下，滚铁环、踢毽子、夺木棍、抢玩具，打骂哭叫之声不绝于耳。低飞的麻雀从草堆到屋檐，或是从草丛到水渠，叽喳蹦跳，不亦乐乎。

驴子卧在沙枣树的阴凉下不停倒嚼，羊只们也是。远处的绵延无际的棉花地一派苍郁，打卷的叶子枚枚向下，沟渠里的浑浊流水带着上游村庄的各种垃圾，不停奔向下游的田地。房后果园，虎前进种菜的地方，大枣树、苹果树成行，杏树和桃树三三两两——大枣树后来也冻死了，虎前进索性锯掉了所有的枝杈，光秃秃的树干，看起来像是一座无头军士。树与树之间生长的西红柿、青椒、黄瓜、草莓、豆角、菠菜、大豆、莴苣、韭菜、大葱，看起来郁郁苍苍，有的正在变红，有的还在开花，有的粗枝大叶，有的弱不禁风。

　　这真是个好地方——说这话的人是我，或者其他外来者。巴丹吉林以西的绿洲当中，几乎家家户户都这样，对面圈养牲畜，房后栽种果树、蔬菜和麦子。有的一个村子一个样，所有房子统一形状，连牲口圈和果园大小也相差无几。一户和另一户之间，用黄土或者铁丝区隔开。但仍有不识趣的树枝、花朵和果实越界——邻里之间有时候会因为它们吵架和打架……事实上，有罪的是人。果实和花朵，树枝和泥土是不分彼此的。

　　虎前进也这样认为，但他还说：村里有几个做邻居的，老是因为果园吵嚷打架，前永辉就是那样，不但和邻居闹，还和自己同胞兄弟闹，甚至和老子闹。起因都很简单，不是你怀疑我摘了你的杏子、苹果，就是我怀疑你挖了我的树根，毁了我的界墙。有的打闹得时间长了，也没了心劲，慢慢和好，还有的成了儿女亲家。

棉花是毛目绿洲主要农作物，也是农民的主要经济来源。人口多的人家一年种十几亩到四五十亩。棉花也是娇气的植物，春天得用薄膜盖住，发芽成型了再把薄膜挑破。下午醒来，虎前进一般都要去准备一些第二天要卖的蔬菜，蹲在果园不是采就是挖。屋里的则到田里伺候棉花。果园蔬菜全面丰收时，棉花也开始打岔了，需要人一株一株地帮忙清理。虎前进屋里的和其他人屋里的把打岔的棉花茎带回来，扔进牲口圈，驴子老远看到，嗷嗷大叫，撒蹄奔过来。羊只们见状，也一股风疾驰而至。

前些年，毛目绿洲种植甜菜，秋天抛出来，送到位于百公里外的糖厂。这些年，政府不做这样硬性规定，虎前进们也就不再种植"那麻烦又赔钱的球东西"了。到六月中旬，麦子熟透，割掉碾了，颗粒归仓。余下空地，不几天就冒出了一根根小玉米——这些迟来的植物，大都不会再开花结穗，一直长到秋天，也还矮小细嫩。虎前进们将它们收割、晾干，再拉到磨房磨成细粉，冬天喂鸡喂猪。此外，还有些人家在春天就种上一大块苜蓿，秋天收割，用途与晚玉米相同。很多年前，我在《大唐西域记》或者《史记》看到：苜蓿原产于大宛，是大宛国汗血马的最好食料——可惜，汗血马早已绝迹，苜蓿还欣欣生长。只要把种子撒进地里，浇上一遍水，再也不管它，每一株苜蓿都长得异常茂盛，婆娑动人。

随着果园里的蔬菜数量和密度的减少，果实们也开始成熟了，除了李广杏与麦子同步之外，苹果、苹果梨、大枣、葡萄、桃子等都要落在棉花之后。农历八月底，天气渐渐转凉，棉花在田野盛开，似乎是地上的云团，祁连山上的积雪。绿叶开始干枯，把棉花衬托得更加洁白。一朵朵的棉花从棉套里膨胀而出，棉花铺天盖地，汹涌起伏，万顷荡漾……紧接着，是虎前进们戴着手套或者不戴，坐在小板凳上，一朵一朵摘。

新摘的棉花在手中的感觉及其干燥，放在脖颈上，有一种强烈的吸力。要是用棉花把一个人埋起来，不到一刻钟，恐怕连鲜血都会吸干。这些年来，在巴丹吉林以西的毛目绿洲，累极了的孩子们睡在棉花堆里，几年下来，被捂死的不下十个。大人们早上五点起床，摸着黎明，趁着沁凉刺骨的露水，一脚到棉花地里，一摘就是一天。中午西瓜就干馍填充肚子，晚上直到对面看不清脸，冷风吹得人打哆嗦，才收拾了回家做饭。我总是想，能不能发明一种摘棉花的机器呢？虎前进说，目前还没有听说机器摘棉花的事情。一些距离较远，不产棉花的地方的农民们成车成车来到，被人雇佣，摘一斤棉花 2 块钱，要是好手，一天可以摘二百多公斤。

学校也放假，学生们四处勤工俭学，一窝蜂，摘了一家又一家。孩子们晒得和大人一样黑。通常都带了水杯或者水壶，骑着各式各样的自行车，在乡间土路上奔腾驰骋。我有些悲悯，但很快又否定了自己。对于人，无论怎样的职业，他们都是快乐的，以体力消耗换取相应的报酬，这本身就是劳动，就是物质原则。这块地摘完了，不管那些迟开的棉桃，再转移到另外一块地。秋风乍起，黄叶成批凋零，棉花就快要摘完了，余下的，实在顽固得厉害的棉桃们，就被虎前进们强行摘下，装在编织袋内，放在房顶暴晒。

驴子们膘肥体壮，在圈内来回奔跑，黑色的蹄子溅起一团一团的尘土。虎前进们浇了棉花地，再拔了棉花秆，霎时间，莽苍苍的田间忽然空落下来。巴丹吉林深处的风携带着大批灰尘，穿过浩大的戈壁，进入到了毛目绿洲以及更西或者偏西向南的诸多地方。霜冻开始了，虎前进分十几次摘了苹果梨、苹果、桃子和大枣，一次次去往菜市场。买的人多极了，但总是会剩下一些跌破的、不好看的和体积小的。除此之外，虎前进们还会自己留一些最好的，放在地窖里，冬天自己享用。

白霜是上帝的盐粒，铺满毛目绿洲的暮秋。屋檐下的燕子们不知去向，久违的乌鸦成群结队返回。天冷了，蔬菜死亡或者枯萎，虎前进们去往菜市场的次数逐渐减少，直到最后，实在没什么可卖的了，就躺在炕上休息。赶集买回好多肉食和别人卖的蔬菜，一家人坐在屋里吃。更多的大姑娘、小媳妇儿和小伙子去往酒泉、金塔和嘉峪关，甚至兰州等更远的地方打工或是玩。一年的棉花钱除了来年种子、薄膜和化肥要用的那一部分，陆续被支派了出去。

生存和死亡不过一瞬间，秋风吹起到停止，巴丹吉林以西、毛目绿洲被打扫一空。一辆一辆的客货车出动了，去往酒泉和比酒泉更远的地方，从河南、四川、湖北、和甘肃兰州、武威一带来到的，专在河东里市场以卖菜（包括海鲜和肉类）为生的菜贩子们，没了当地土著争抢生意，便都异常活跃，每周或者每三天出外一次，采购更多的新鲜蔬菜。这个市场也是一架巨大的吞吐机，每天的消耗量一点也不比酒泉、嘉峪关、兰州等大中城市少，蔬菜之外的日用品、饮料、食用油、香烟、衣饰、药品、电脑耗材、茶叶、纪念品，昂贵而又必不可少。菜贩子们从远处采购的蔬菜、水果、海鲜和肉类价格奇高，买菜的人抱怨，但又不能不买。

有几年冬天和开春，几十个买菜的人向全体"同志"发出倡议：以不买市场菜的方式表示抗议，但有些买菜的人自恃财大气粗（大都是可以报销，或者以别的方式换回买菜钱的人），不予配合，几次都以买菜人的失败告终。到隆冬，吃羊肉的好季节来到了，清闲了一年或者两年以上的羊只们结束了它们的幸福生活，被主人们摁倒在地，刀捅放血，剥皮抽筋，红艳艳的肉身变成红红绿绿的人民币，然后消失在各家门厅，进入肠胃。虎前进所在的永联村有不少人常年养羊、买羊、杀羊、卖羊肉，但虎前进不做这种"杀生""害命"的生意——按他的话说：做鸡巴这个，心里不得劲！

与此同时，安静了大半年的巴丹吉林沙漠开始骚动，从阿拉善高原奔袭而来的沙尘暴刮醒了处于低洼处的额济纳。巴丹吉林和巴丹吉林以西的沙漠戈壁随行就市，睡醒的狮子一样，抖动满身鬃发，随风突奔，向着毛目绿洲乃至酒泉、嘉峪关、兰州……大幅度推移和覆盖。虎前进们关好门窗，夜晚听任大风呼号，摧枯拉朽，在尘土弥漫的房间安然大睡或者做点别的什么。无孔不入的灰尘是对肉身和内心的清洗，抑或蒙蔽，所幸的是，虎前进们熟悉并习惯了这里的生活，在毛目绿洲，弱水河畔，他们谨慎、朴实、卑微、自在和自足，但却有着自己的存在方式和精神要求。

春节前的数九寒天，西伯利亚寒风吹得人鼻子通红，脖颈像弹簧，有时候，尿着尿就冻成了冰棍。乌鸦们时有冻死，石块一样的尸体落在浮叶和尘土上，黑得蜷曲得令人心疼和悲哀。腊月的最末几天，虎前进和屋里的，会去一次酒泉或者金塔，有时候也会去嘉峪关。酒泉，汉武帝的郡治，太多的异族、兵戈、热血和飞鸣镝，杀戮和被杀戮，皇恩，若即若离，自由散漫的边城，与安西（安息）一样，与"九泉"谐音，有着传统禁忌与思维错觉的现代城市，虎前进自己觉得不适合也不喜欢这座"做个啥都要钱"和"转了半天啥意思都没有"的城市。

买过了必需和感兴趣的东西，虎前进就想着回家，躺在自家炕上好好歇歇身板。可嘉峪关的亲戚非要他去家里看看，虎前进思忖了好长一段时间，决定动身前往。"嘉峪关就是马路宽，可街上没几个人，风吹得比家（毛目绿洲的村庄）还叫人心躁。"亲戚笑笑，对他说：嘉峪关可是有名的城市，在河西走廊五大城市当中GDP最高……旅游业仅次于敦煌。虎前进嗯嗯了一声，打了一个哈欠，第二天一早，便拎了包裹，乘上班车，一马平川地回到了毛目绿洲。

春节就是吃油棒子、各种肉食和面食，有亲戚来，虎前进也陪着喝点白酒，几杯下肚，就发晕，吃点东西，往炕上一躺，就扯起了呼噜。到正月十五后，天气渐渐发暖，被毛目绿洲和巴丹吉林沙漠冷落了三个多月的太阳又焕发了热情——柳树发芽，杨树吐絮，杏花不期开放，梨花彻夜照亮，融化的冰水从上游的村庄汹涌而下，浸透了每一块田地。虎前进们便又翻开了板结的土块，打碎坷垃，把种子、化肥一起撒进地里。冷清了一冬的河东里菜市场逐渐热闹了起来，菜价调低，除了生猛海鲜之外，这里的蔬菜和瓜果大都产自毛目绿洲，产自虎前进们的汗水和手掌，当然也产自无限轮回的大地……和我们自己。

虚构的旅行

上路那天上午，太阳很毒，尘土也多。我一个人，从南边的祁连山脚下来，进入沙漠后，便觉得自己的身体也空旷了。天空仍旧是蓝的，因了雪山的映衬，我的身后也有了美轮美奂的意味，还有一种神仙出行的飘逸和洒脱。在几蓬骆驼草前站住，沁透衣衫的汗水紧贴着我的肌肉。四周一色灰黄，细小的风在地面上拖着蛇的影子，从这里到那里，曲折蜿蜒。戈壁无际，天空如井。

这时候，多琴并不在场。瀚海如幕，四面空荡，没有遮蔽。但是，在这种场域中，别以为我会看得更远，事实上，越是平阔的地方，视线越短。看到一个隆起的沙包，不远，我想一会儿就可以到了。因为目标的诱惑，不由加快脚步。双脚溅起的尘土烟雾一样跟随着身体。遇见几峰骆驼，红色，背上和肚腹光秃，脖颈和尾巴上的毛发多而厚，几乎每一根上面都悬挂着尘土，细小的，不走近不会看到。它们在吃草，我路过，这些悠闲的沙漠生灵没吭一声，只是用大大的眼睛看我一眼，然后低头走开或者啃一口干枯的骆驼草。为此，我也感到荣幸，有一种与其他生命同在的感觉，内心的孤单随之解除，勇气再次涌起。直到走出很远，我还忍不住再回头看看它们。我隐隐觉得，这一次旅行，也必然要和沙漠里的一些动物发生联系，这是它们的领地，一个人的来到，应当是一个闯入者。

仿佛走了很久，可先前的沙包似乎还在远处，而我的来处，已经隐在了苍茫之中。风吹沙动，脚印几乎不见。我知道，坚硬的戈壁根本不需要一个人在它这里留下一些什么痕迹。太阳向西坠落，红色的光亮似乎鲜血——我一直这样看待沙漠夕阳，再没有哪个比方比鲜血更加准确和形象了。这时候，停止了一天的风又一次刮起来了，说不清具体来自哪个方向。相比以往，风很轻，吹在身上，感觉像是一双手的抚摸——但绝对不是粗糙的，而是温软细腻，叫我想起这世上最美的皮肤及其包含的善意。在临近的一个小沙包上，我坐下来，酸疼的双腿和腰部似乎扎进了刀子，疼得我不住呻吟。放下行包，扑倒在沙上。众多的沙子聚敛的太阳温度还在，像热炕一样热，令我浑身舒坦，索性脱下外衣，赤身，趴上去。其实，这是一个不好的举动，温热的沙包，待疲倦退却之后，就有了异性身体的味道。我无法阻止身体本能。丹田内似乎有一股比沙漠更为热烈的火焰，冲突上升，让我口渴，让我在无意识当中感觉到生理的强大。好在沙包的温度下降得也很快，就在我辗转焦躁的时候，沙子已经冰凉。

入夜了，我不知道该去哪里栖身。对沙漠旅行，我缺乏必要的常识和准备，只携带着一顶帐篷、一些水和衣服，当然了，还有最好的两把刀子——蒙古刀和英吉沙小刀。它们都是朋友送的，锋利、直接、绝不弯曲和妥协。夜晚的沙漠风犹如冰刀，层层进入，我看着打开的帐篷，似乎另外一个自己，羸弱的身体，还有点弯曲和萎靡，这令我想起自己的影子。躺下没多久，尘沙就起来了，犹如箭矢的沙子，风给予它们加速的力量，当然，还有它们自己的力量，重合在一起，在空旷之地横冲直撞。我感觉到了它们的威力——脸庞生疼，身体极度不安。并且，深切地感觉到了这些细碎之物，对个人生命的强大剥蚀。

再后来，沙子犹如暴雨，击打的声音让我感觉到一个人在沙漠之上的轻浮和无助，在茫茫夜里，像一条蜥蜴一样蜷缩。我打开水和干粮，就着风声，在黑暗中吞咽。透明的帐篷顶上，星空朦胧，众多的光亮只是镶嵌，不是照耀，是弥漫，不是悬挂。

我想到，在自己身下，一定有一些东西——蜥蜴、蚂蚁、黑色甲虫和马骨。它们先前也和我一样，来自异地或者土生土长，但是，任何物质都是有极限的，沉浸和埋藏是必然的归宿。多么悲伤啊，在沙漠风暴中，想起这些，我感觉到一种从未有过的惊悸、孤独和不安。我还想到，据当地人说，这一带常有苍狼出没，还有黄羊和红狐、白狐。我想，要是此刻能遇到一匹幼狼，或者毛发温暖的黄羊，我可以抱着它一起睡眠，度过这犹如汪洋行舟的风暴之夜。可是，帐篷外除了风沙，除了沙漠之夜的狂浪和浩瀚，一切都隐藏了。我之外的物质，不论是驻留的，路过的，还是消失的，生长的，我不知道它们的具体形态，但有一点可以肯定，它们总会与我擦身而过，也会与我同在。

黎明醒来，阳光把帐篷烤得炽热，身上都是汗水。但我看不到天空，光从缝隙拥挤下来，我知道这是上午了，帐篷上覆盖着厚厚的沙子。若不是昨晚一直在把连续落下的沙子移到别处，我就会在睡梦中被沙子掩埋掉，与其他亡灵一样，皮肉消泯，只剩下白色的骨殖，沦为沙漠的又一个飘忽的魂灵。我不知道自己为什么要孤身进入沙漠，这一面博大的固体海洋，我想到它的纵深地带，到没有人去过的那些地方，看看那里的事物和存在的生命。更重要的是，自我的放逐应当是一种心灵和生命的救赎。

收拾好东西，继续向北。那么广大的沙漠，远处的沙海，堆涌的沙包一波一波，像是众多的乳房——这是世上最饱满、最为巨大和柔韧的乳房，它们丰满而高挺，袒露而不放荡。有时候我也突发奇想：想那些高天的事物，包括上帝和神灵，应当是由沙漠的乳房抚养并维持的。我不怕这个想法会得罪神灵，也知道，没有人可以控制我的想法，内心的指向是最强大的指向，也是最大的叛逆。换句话说，身体是他们的，一个人的心灵，它暴露或者隐藏，激越或者沉静，阴暗或者明亮，都是属于他自己的。在沙漠，没有道路，处处都是道路，纵横交错，从不勉强，任由行者自己选择。而且，每一条路都有一个方向，每一个方向都不明朗，但到达的目标却都是独特的，充满你想要的景色和光亮。

也就是在这一天正午，我第一次看见了传说中的海市蜃楼，氤氲的，在沙漠的平阔之处，是一种奇境，亭台楼阁平地而起，翠绿的植物茂密得有些变形——美妙的幻境，乌有的存在，但我无法阻止自己的脚步和内心。一路小跑，向那里冲去，我相信那里有最美的事物，它一定是上帝为沙漠行者建造的心灵栖息地，没有任何物质，纯为精神境界。而我到达之后，仍旧是一片虚空,高空的阳光似乎在嘲笑。我颓然坐下来,滚烫的沙子让我极度焦躁。我想大喊几声,对着天空和大地,生者和逝者,也对着自己和内心灵魂。可是,在沙漠,我何等微小,周边那么多的事物,它们也都是独立的,庞大的,根本不会在意我。

第三天中午,翻过一座沙包,我看到一片胡杨林,在熊熊向上的沙漠气浪中,像是一面汪着清水的湖泊。我大声喊叫,飞快冲下,飞溅的沙尘扬成一团云雾,轻微上升,沉重下沉。我气喘吁吁,进入胡杨林,就瘫倒在阴凉中。有风吹来,不一会儿,身上沸腾的汗水就消失了,接踵而来的是沁入骨头的凉意。我翻身起来,向胡杨林深处蹒跚走去,树叶间隙的阳光在薄薄的植被上形成各种图案。

沿途无人,到处寂静。一个人踩着细碎的枯枝,那声音,感觉就像在骨头里炸响一样。日暮时候,我看见炊烟,从不远处的胡杨树背后,云彩一样散漫,绕着树冠,然后集中,袅袅向上。我陡然兴奋起来,加快脚步。大约一公里的路程瞬间走完。转过一棵巨大的胡杨树,面前豁然开朗,除了炊烟之外,还有一顶帐篷——我大呼一声,再一声,还是没人应答。我想一定有人的,不然怎么会有炊烟和帐篷呢?我慢慢走近帐篷,再次大声询问，不一会儿，一个女孩掀开门帘，眼睛怔怔地看着我。我看到她的一瞬间，就被她的眼神击中了，那种干净的忧郁，美丽的忧郁，从她天使一般的眼窝和印有两朵高原红的脸上透射出来。

我不相信这里只有她一个人，心存狐疑，四处张望。直到天黑，还没有另外一个人到来。她煮了羊肉，自制的奶酪虽然有点羊膻味，但对于一个干渴了两天的人来说，就是无上的佳品了。她告诉我，她叫多琴，这里是他们家的冬牧场。我不知道她为什么一个人住在这里。吃完，她走到不远处的沙丘跟前，提回一桶清水来。我真的没有想到，在如此的沙漠深处，竟然还有一汪清泉。走出帐篷，星斗满天，沁凉的风穿过肥厚的胡杨叶子，在空中，在帐篷和我的身体里穿行。

夜晚，我重新打开自己的帐篷，在多琴帐篷的不远处，用绳子固定好，躺下来。也许太累了，我什么也没想，就睡着了。到后半夜，竟然没有一丝风，到处都是安静，只是有些沙漠里的昆虫，释放的鸣声像是婴儿梦呓。凌晨醒来，我似乎听到了多琴均匀、有点发甜的呼吸声。我想到，这样的一个女孩，一个人在这里，远离人群，到底为了什么？我这样一个人突然闯入，她不觉得害怕么？

我又睡着了。朦胧中，听到多琴喊我的声音——

婉转，但又有些地方口音，她的汉语说得并不流利。但声音是那种有磁性的，西北风沙的味道很重。早饭是昨天剩下的羊肉和奶茶。其实，我到这时候才发现，凉了的羊肉比热的羊肉好吃，我取出朋友送的英吉沙小刀，学多琴的样子，将大块的羊肉切下来，喂自己。多琴还说，要吃就把羊骨头剔干净，不然的话，被吃掉的羊儿会在你梦中用硬角撞你。我笑，将没剔干净肉的骨头拿在手中，又重新剔了一次。

白天的胡杨林静谧，叶子还青着，把阳光筛成了金子，有鸟叫，嘹亮且单调。有种世外桃源的逍遥感觉。多琴从沙包下推出一辆摩托车来，说是要去镇子上买些东西回来。我急忙说一起去，多琴说去两个人摩托跑不动，我只好作罢。我想再在这里待几天，然后沿来路返回。而就在多琴启动摩托的时候，我跑过去，对她说，你不会把我当成坏人，让人来抓走吧？多琴笑笑，两只眼睛里好像溢出水来，对我说，你要是坏人，昨晚我早就把你劈死了。我惊愕，不知道怎么回事。多琴下了摩托车，走到帐篷里，从被褥下面抽出一把锃亮的弯刀。

多琴走后，蓦然觉得空空的，那些胡杨树也显得落寞。繁茂的叶子之间插着几根干枯了的树干，似乎绿叶丛中的一条白色蟒蛇。我走过来走过去，踏着地面上稀疏的青草，走到背后的沙包下，看见一汪清水流溢的泉水，像是大地的眼睛，不动声色地看着我，以及背后树木和头顶的天空。多琴藏车的地方也很奇怪，她居然在浮动的沙子下面掏了一个一人多高的洞，除了摩托车之外，还放着包菜、土豆和豆芽，因为凉爽，蔬菜基本完好，丝毫不见枯萎。

　　两个多小时后，多琴回来了，一袭黑色风衣，在奔驰的摩托车上，有种飘逸美感。老远我就冲她大呼，站在那里，看着她快速接近。到近前，多琴摘下头盔，向我挥舞。我赶紧迎上去。她带回了香烟、青稞酒和一些女孩子喜欢吃的零食。我早就为她打好了洗脸的水，放在帐篷前的空地上，毛巾就在帐篷外挂着，白色的毛巾，雪一样的颜色。多琴看到了，愣了一下，脸色微变，但很快又恢复了平静。

　　两个人在胡杨树下，铺两张羊皮，把酒、香烟和肉食放在中间。我打开了青稞酒，多琴将羊肉和小吃放在盘子里。摆放好后，多琴说，你来了，虽然我们不认识，但酒还是要喝的。说完，端起一小碗白酒，率先喝下。我阻止都来不及。我看了看她，也端起自己的酒碗，将浓烈的青稞酒倒在喉咙里。

　　我想，多琴是个女孩子，不能多喝酒的，特别对着

我这样一个来路不明的男人。多琴笑笑，说，我们这儿
的女孩子都能喝酒，你自己不要喝醉了就好。这是我没
有想到的，一个独自在戈壁深处的女孩子，竟然如此款
待和信任一个陌生人，我简直不敢相信。酒到酣处，我
有些发晕，先前的矜持和难为情随之消淡，对面的多琴
脸庞更加红了，似乎两团火焰，眼睛柔和起来，其中有
些迷离的光亮，让我怦然心动。多琴说，她们家在镇子
东边的一个牧场，父亲和弟弟都在那里，母亲在镇子上
开了一家杂货铺，隔三差五来陪多琴住一夜。

我不知道多琴为什么对我说这些，而不说自己为
何一个人在此单独居住的原因。我问她，她说，小时候
跟着父母亲放牧，到哪里都是孤单的，偌大的戈壁除了
自己之外，就是骆驼和牛羊了。过惯了一种生活，养成
了喜欢一个人在戈壁的感觉。这里的天和地都是自己
的，包括胡杨树乃至地面的沙子和青草，甚至连过往
的风都是独自享受的。我想了想，这和我走进沙漠的
初衷有些相像。多琴还告诉我，据他父亲说，这里曾经
住过一些人，名字很怪，叫雅朱者人或者马朱者人。
这令我奇怪，我从来没有听说或看到过这样的民族或者
族群——或许他们改名了，抑或消失了。这些人经常去
抢或者偷他们先祖放牧的羊只，用骆驼坚硬的蹄子做酒

具，以胡杨树枝为弓箭，圈养的马匹都是矮个子的，但跑起来比现在的摩托车还快。

我听着听着就笑了，大声笑。多琴停下来，用恼怒的眼光看着我，责问我是不是不相信？不相信她就是不相信她的父亲。我急忙收住笑声，看着多琴诚恳地说，我不是那个意思，是觉得这次独自行走听到这样的传说也是出乎意料的收获。多琴这才笑了，随手又端起一碗酒，伸过来，与我的酒碗猛然相撞，飞溅出来的酒水弹跳起来，再透过阳光，闪着晶莹的光亮，悄然落地。这一天，我默然发现：喝酒的女孩子很美，比那些在阁楼里望月拈花，随风寄情的女孩子更美。在西北，最美的风景除了古迹遗址和雪山沙漠之外，就是酒后的女孩子了。多琴就是这样的，一个离群索居的女孩子，她在酒中取乐，面对我这样的一个陌生人，开怀畅饮。在饮酒当中，她还告诉我一个隐藏的秘密：十七岁的时候，她爱上了牧区里的一个成年男人，他叫格拉木，马上的汉子，是一位神速的骑手和有着辽阔嗓音的歌手。

多琴站起来，摇摇晃晃地走到胡杨树下，一边唱歌一边跳起了舞蹈，她健壮的身体没有一点醉态，轻盈的舞步像是踏在高贵的红地毯上。她的歌声很忧郁，嗓音中有着刀子的光亮，在繁密的胡杨叶子之间蝴蝶一样飞翔，胡杨林里所有的鸟儿都飞起来了，所有的声音都在她的歌声当中喑哑。我惊呆了，坐在那里，感觉到自己真的置身于海市蜃楼了，那些美好的事物，纯洁的舞蹈，民间的动作，在这片荒凉的沙漠，雨水一样让人心地滋润。跟着她的舞步，我笨拙得像个石头，随着她的身体摆动，我也沉沉醉倒。

那一夜，我猛然醒来，睁开眼睛，发现自己躺在和多琴喝酒的羊皮上，头顶的胡杨叶子哗哗作响。身上盖着一床散发着女孩子特有芳香的被子。我知道这是多琴的，心里一阵温暖，有一种冲动——我想找到多琴，抱抱她，在她额头亲一口。可是最终没有，因为，唐突的表达会使得内在的美好瞬间变质。酒醒，我向多琴告别，看着她的脸，我嗫嚅几次，意思是想抱抱她，或者握握她的手。可始终不敢。多琴可能看出了我心思，走过来，轻轻地抱了一下我，又伸手与我相握。

循原路回来之后，很多天，我总是这样想：一个丝路上的人，独自在沙漠行走，他所能穿越的，可能是一种永无尽头的旅行。未竟的前路，它始终是隐匿着的。我遇见和我带回的，经历和未经历的，都是一些什么呢？我真的不知道。

一年后的春天，收到多琴寄来的一封信。她用歪歪扭扭的汉字说："好长时间，总是做一个相同的梦。梦见我一个人，一匹马，一群羊，在一个陌生的山岗上走。总是看到对面的山顶上有一个人，石头一样，朝着我的方向。"过了很多天，我仍没有复信给她。也就在这一年，从祁连山下到多琴那里的公路修通了，乘坐班车，5个小时就可以到她所在的小镇，再有3个小时的步行，再缓慢的行走也会到达那片胡杨林。我的心蠢动好久，但还是没有付诸行动。

后来，我在一本叫《海市蜃楼中的帝国》一书上看到这样一段话："商人、假冒者、使节、巫师、旅行的人、征服者和幻想家，他们从丝绸之路上出发，前往旅途中最危险的地区。无论圣人还是国君，他们返回时始终与众不同。每个人都携带其游记而归，每个人都想到达其想象中道路的尽头。他们在大地上的行走仅为内心旅行的一种标志。"合上书卷，蓦然又怀疑：果真是如此吗？其实，在丝绸之路沿途抑或沙漠之中，总有一些人和事出其不意，在一个人的行走甚至幻想当中，那么美妙而又尖锐地刺中我们的内心乃至时常隐藏着的灵魂。想到这里，我想为多琴写一首诗，但装腔作势了半天，也还是没有写出一句，只好叹息一声，站在窗前，朝着北面的沙漠及胡杨林张望了好一会儿。

能不能在传说中找到你的名字

我的古日乃，我的蒙根沁乐

在戈壁上

很多年前，我就衰老了。13 岁那年夏天的一天傍晚，西边的落日像血一样，染红了整个巴丹吉林沙漠，那些云彩努力在包扎着天空的伤口——它们的动作太过迟缓，一个简单的包扎动作，竟然比阿爸杀一只羊的时间还要长。我站在帐篷西边的一座沙丘上，滚烫的沙子淹没脚踝，我的身体像地下的蛇或者蜥蜴一样燥热起来。血红的沙漠多么沉静呀，从那里到这里，从天边到地狱，到处都是血红的沙砾，它们在我眼前，简直就是一个海洋：开阔的，没有边际的，令人沮丧的固体海洋。我在上面，到底是怎样的一个生命？

我得告诉你们，我是一个人，一个牧民，在古日乃草原，我已经生活了好多年，这里的草原很小，沙子很多，向南的戈壁上有不少骆驼刺、蓬棵、芨芨草、红柳、胡杨树和沙枣树，很多的骆驼和羊只在上面，那是它们的食物，也是我们的食物。多少年来，我们在古日乃，日子风沙一样连绵，吹上来，再落下去，一些人来了，一些人走掉。

从 8 岁起，每逢学校放假，我就跟着阿爸阿妈一起放牧了，赶着我们家的 500 只绵羊和 30 峰骆驼，从古日乃出发，每天都要走差不多 20 公里的路程。羊只们缓慢，骆驼也不怎么乱跑，我们就那样游荡着，在戈壁上，越过短短的沙漠，风化的石头山。远处的天幕永远都是灰色的。那地方有人，有城市和像蒙根沁乐一样美丽的姑娘吗？有骆驼和羊只吗？我不知道，是的，我显然不知道。

我第一次睁开眼睛的时候，大风仍旧在刮，帐篷摇晃，整个世界都在摇晃。我啼哭出声，那声音让阿爸失手掉下一个羊骨，阿妈打碎了一只盛奶的陶罐。后来，我在马背上，不怎么善跑的马匹在阿爸和我身下，偌大的戈壁和沙漠上到处都是它的蹄迹和汗水。我们的羊只最初在我眼里是肮脏的，满身土尘，它们的便溺糊在身上，很快就干结起来，像一块黑色的铁板，洁白的毛发像是涂了黑色的锅灰。

骆驼太高了，我第一次骑的那峰，尽管有父亲牵着，它仍旧怒气汹汹，大吼一声，吐出了一团青色的口食，甩出两道白白的鼻涕。第二次骑的时候，它竟然向我冲了过来，硕大的蹄子溅起了尘土，眼睛里闪着愤怒的光芒。我惊怵了，阿爸在大声呵斥着它，叫它卧倒，它仍旧不动。阿爸怒了，用鞭子抽打它的臀部，它才趴下来，但仍旧拒绝我爬到它背上的两峰之间。

直到我和它们一起久了，它们才顺从下来。现在，我骑哪峰骆驼，都不会遭到拒绝。是呀，我是它们将来的主人，是放牧它们，天天和它们在一起的人。它们一定知道了，就像它们知道自己的孩子就是将来的自己一样。

从我们居住的古日乃出发，向东20公里，偌大的沙漠当中，有一汪泉眼——不知多少年了，也不知道究竟谁发现的。几辈人过去了，泉水还是泉水，清亮亮的，好像蒙根沁乐的眼睛，走近听还有咕咕的水声。我们经常在那儿放牧，羊只和骆驼，还有我们，在那里喝水，所不同的是，阿妈用一口铁锅舀了，放在石头堆起的灶台上烧开给我们喝，羊只和骆驼直接饮用。有时候我渴得极了，看着羊和骆驼咕咚咕咚喝凉水，就十分嫉妒和羡慕。我想我怎么不可以像它们一样喝水呢？后来我喝了一次，不一会儿，我的肚子就剧烈地疼痛起来了——那时候，我才知道人和牲畜们是不一样的。人可以说话，可以放牧它们，宰杀并吃掉它们的血肉，可是人没有它们那么好的肠胃。

不枯竭的泉水仿佛一个招引，每每打开牲口圈闸，我就想到了它。春天时候，父母要去更远的地方放牧，我们不愿意，附近正在返青和生长的青草很快就看不到了。到了冬天，尤其是下雪的时候，羊只和骆驼就会因为没有它们而被活活饿死。开始的时候，我不愿意走上百里的路程，还要在荒野中度过很长的一段时间。我想到泉水那里去，那里太好了，四面都是突起的石山和沙丘，因为大，风一般移动不了。我饿了，渴了，随时都有水——水也可以充饥的，虽然时间不长，但可以给我们一个坚持和寻找的时间。

无尽的道路

向南的路太长了，其间要路过石头城，那里好像是冰川纪的遗物，众多的石头堆在那里，最小的一块，比我们的帐篷还要大三倍；最大的那块，可以覆盖我们的整个古日乃草原。我记得，有一块巨石形状像乌龟，一分为二的那块之间的切口光滑平整，就像大刀一下子劈开的一样。还有一块像是一位躺倒的妇女，乳房高高，小腹脂肪肥厚，头颅低垂，脸庞朝向一边的几块像是婴儿的小石头。在石头城的出口，竖着一面石碑，上面有一行竖写的汉字，父亲告诉我，好像是明朝时候，高台府的一个守备题写的。年长日久，他的名字没有挡住风沙的吹袭和敲打，只剩下姓和最后一个字。我曾经在那面石碑下待了一会儿，手指不由自主地摩挲着那些汉字。我想写这些文字的人，肯定也像我一样，在石头城待过一段时间，所不同的是，他走了，我来了。

而我走了，又有谁会来呢？这个问题突然从我脑子蹦出来，就像阿爸突然抽出的短刀，一下子就刺中了我的咽喉。正想的时候，阿妈在那边的沙丘上大声喊我的名字，她的声音在戈壁中被风吹着，曲曲弯弯地绕过来，到达我耳膜的时候，只剩下一丝类似半夜叹息的声响。我抬起头来，看见我们那些缓慢的羊只和骆驼，它们没有声音，低头在稀疏的草丛中啃食，慢慢的步子载着瘦削的躯体，好像是一群滚动的石头。阿妈骑的老黑马也在其中，它的步子快些，它在不停地打着喷嚏。

两天之后，我们的目的地到了，大片的戈壁。春天的戈壁，草生长起来了，从灰灰的枯茎和草根中，冒出浅浅的绿色。远远地看，它们就是整个春天了，绿色覆盖了戈壁，我沉寂一冬的心情蓦然开阔和舒畅起来。

阿妈甩响东风的牧鞭

春天来到了我们身边

遍地青草就像头上的蓝天

我们的马儿在这里撒欢

啊嗬嗬……啊嗬嗬，古日乃的春天，我们的春天

啊嗬嗬……啊嗬嗬，古日乃的儿女，爱着这片草原

　　唱歌的时候，我特意跑到低洼的山间，我不想让风把我的声音远远地吹跑了。我的歌声在羊只和骆驼之间响起，羊儿们乖巧，它们听到了，就抬起头来，咩咩叫上几声。一个叫了，另一个叫，一声一声，最后成为了一片。我的声音和它们的声音，在戈壁上面汇成了一片。而骆驼从不响应，它们只是偶尔低吼几声——我的歌声和它们无关。

　　而走近的时候，我才发现，我歌唱的绿色是多么单薄和渺小啊！那些绿色刚刚冒出来，尖尖的头颅和手指还没有明确的手感。这时候，我就有一种强烈的羞耻感——我知道，我歌唱得太早了。但我绝不是嫌弃那些绿色，而是我太过粗略和莽撞了。我期望的春天是隆重的，丰满的，甚至是绝望的，悲怆的和不用回头的。就像300年前，我们的祖先——汗王渥巴锡——率领众多

的将军和部族，一路上与俄国和哈萨克联军浴血苦战，奋死东归一样，沿路的鲜血和死亡，杀戮和失败，但道路向东展开，没有什么可以阻挡。我们是英雄的土尔扈特，我们渴望大片的草原，生命和信仰星斗一样璀璨明亮。

夏牧场

这里就是我们的夏季牧场了。说是"牧场"，我自己都感到羞耻，这里的戈壁滩，和我们古日乃附近的没有两样，只是没有人居住罢了。这时候，太阳开始毒辣了，它的光芒就像阿爸教育我的皮鞭，在身上不断抽打。我找不到一处荫凉的地方。尤其是中午，到处都是滚滚的热浪，火焰一样，烧灼着我和牲畜们的身体。这时候，我再也不怕喝凉水拉肚子了，那些水，入了咽喉，还没到肠胃，就被蒸干了。我只好挖开4尺多深的沙子，掏出母亲窖藏在这里的酸奶。揭开黄布红蜡封着的瓷罐，酸酸的味道弥漫开来。我用手抓着稠稠的酸奶，往嘴巴里面填。直到现在，我仍旧认为，世界上最好吃的东西就是奶了——包括我阿妈的，母羊、牦牛和骆驼的奶——我百吃不厌，即使老了，我还想要。

　　这是沙漠的深处，戈壁在其间包裹着，像一块汉人扔掉的尿布，稀稀落落的植物，相互之间敌人一样，一个不挨一个，中间还隆起了好多类似战壕的沙墙。但我像羊和骆驼一样热爱它们，冷得杀人的冬天，我也不会烧起身边的灌木来取暖。我阿爸阿妈也是这样。阿爸说，草就是俺们的命呀，没草，没羊没骆驼，哪儿还有俺们？阿爸说这些话的时候，总是要站在戈壁滩上，四周的骆驼刺一声不吭，再大的风也不摇动一下身子，满身的尖刺扎破了我们的皮靴，但是扎不破羊只和骆驼的舌头。

　　我们的沙漠太大了，比我梦想的海洋还大，比我想象的天堂还宽，比地狱的疆土还要辽阔。那些连绵的沙丘，一座一座，像是一些坟茔，众多的坟茔。我想，那下面一定埋了不少生灵的尸骨，时常有骨殖被大风翻出来。阿爸说，那大多是骆驼、马、野驴的，人的很少。有一次，阿爸发现一根弯曲的骨头，好像是狼的。我去抓，手指触到，它就成齑粉了，轻飘飘的灰，迷了我们的眼睛。

　　这里还有很多的苁蓉——一种药材，汉人叫"沙漠人参"，传说是野马精掉在地上发育而成的。它们向下生长，只露出一个小小的脑袋，最粗的像我的大腿，最长的像是王爷府前的那根旗杆。后来我知道，它的主要功用是温胃通便，滋阴壮阳。每年春天，村里都有人骑着骆驼，到这儿挖，一挖就是七天以上，收获的苁蓉回去卖给来收购的汉人——他们肯出高价钱。有的人还专门从很远的地方来买。

阿爸也喜欢这种药材，每年挖一些，从旗里买回青稞酒，放在一只大玻璃瓶子里泡，不到两天时间，白白的酒就变成紫红色了，到第七天的时候，就可以喝了。帐篷里有汉人朋友来了，阿爸先抽了短刀，在羊群中找一只羊，粗大的手掌抓住它的脖颈，按倒，刀子飞快地穿进羊的喉咙。阿爸的杀羊身手一直是我崇拜的——我往往看不到他究竟是怎样把刀子抽出刀鞘的，也看不清那白色的刀子是怎样进入羊的脖颈的。更神奇的是，由他宰杀的羊只都没有挣扎过，甚至不发出一声哀叫，身体就静止了。阿妈烧起胡杨大火，帐篷外面的铁锅一会儿就开了，阿爸拎起大块的羊肉，丢进滚开的水里。

肉熟了，阿妈早就准备好了盐巴和大蒜，分别用碟子盛了，放在油腻的红漆茶几上，肉捞出来，蘸着盐巴和大蒜吃。阿爸拿出苁蓉泡的酒，倒在茶杯或者大碗里，就那样喝。我18岁那年，也喝了一次，喝了整整两斤的苁蓉酒。我和阿爸一起唱歌。

古日乃草原上，白色的帐篷

可爱的姑娘，马兰花的芳香

美丽的古日乃呀，那是土尔扈特人的肝肠

我们坐下来，阿爸拍拍我的后背和肩膀，说我肯定是他的种子，是一个好样的土尔扈特。那时候，我长大了，我再也不是那个连骑骆驼都要阿爸帮忙的小孩子了。我胸中的祁连山顶，燃起浇了羊油的大火。我一个人，走出帐篷，牵了阿爸都没骑过的两岁儿马。我不要马鞍和笼头，我跨上它的背，它奔跑起来，在古日乃黄色的月亮下面，我在马上，它在黑夜里飞驰，我嗅到了浓重的尘土气息，在大风的内心，像闪电一样。

那时候，我想去向远方——一个谁也不知道的地方。那里一定群草如盖，绿风浩荡，帐篷众多，歌声嘹亮。我要在那里活着，像一只古日乃的羊，在青草、露珠和野花丛中，在梦想的姑娘身边，从不失踪，我要用嘴巴和心灵建筑一座草房，养花、歌唱、劳动、相爱、衰老和死亡。

而事实上，我飞驰回来，掀开帐篷的门帘，我就晕了，我倒在木板支起的床铺上，把胸脯里烧灼的火焰，哇哇吐了出来。阿妈拍打着我的后背，阿爸用羊铲铲了沙土，用芨芨草做成的扫把，把我的火焰——呕吐物——清除出去。那时候，我不知道具体的时间，我醒来的时候，星光亮了，月亮一定掉进西边的沙漠或者雪山了。

蒙根沁乐

开始的时候，沙漠是安静的，傍晚，太阳的余晖照上去，众多的沙丘就像众多的少女胸脯一样。我看得久了，就想扑上去摸摸，用整个身体，在它们之间躺下来。

接着，秋天到了，第一缕西风吹来，沙漠一阵松动。轻浮的沙尘飞起来，在风中，似乎一连串的箭矢，打在我的脸上。我起身，看到好多的蜥蜴和飞起来的沙鸡，它们也似乎感觉到了，叫声和行迹里满是仓皇。

我们就要回到古日乃了，这片夏季牧场也即将开始荒凉，被羊只和骆驼啃了不知多少遍的骆驼刺、蓬棵和芨芨草，满身缺口，肢体不全。我从它们身边走过的时候，觉得骆驼和羊只有点残忍——真正的罪魁祸首应当是我们。每年都要带领着一大群嘴巴到这里，稀疏而贫贱的植物无法提防。

羊儿们回来了，在我的马蹄和呼喝声中，在我沉闷的鞭梢当中，它们咩咩叫着，步子急促，骆驼仰头奔跑，拖着一大股烟尘。烟雾遮住了我和阿爸。我们在尘土和牲畜当中飞奔。呼喝的声音在戈壁上奇怪地响起。羊儿们和骆驼是知道我们意图的。只是，在这里几个月，有6只羊被我们吃掉了，有7只不知去向，我们只在某个地方找到它们的零星的毛发。阿爸说，是狼偷走的。骆驼倒没有减少，反而增加了3峰。

回程是愉快的，在戈壁深处，三个月的时光令人苍老。羊群和骆驼平静地走着，它们的蹄子踩踏着白色的戈壁表面，深深浅浅的印迹令秋天的戈壁蓦然增添了不少生机。而回程也是漫长的，50公里的路程，要是单人骑马，最多也是一天的时间。而羊只是缓慢的，它们一路吃草，它们像我一样，见到好吃的东西绝对不会放过，哪怕挨鞭子抽，和主人的喝骂，也要采一把。阿爸说我的性情有点不像土尔扈特人那样直来直去，在酒精和歌声中，在马背和草原上，他们是最快乐的，而我有些不一样，我天性中好像多了一些悲伤，一些叛逆和热烈的因素。阿妈说，我这点性格像她，阿妈说，一个人不可以没有自己的主张，也不可以轻易放过自己心爱的东西。

走到石头城的时候，蒙根沁乐和她阿妈赶着羊群从北边的戈壁上走过来。她的红袍在戈壁滩上，在羊群和马背上格外鲜艳，像是一面旗帜。隔着一道低矮的沙丘，我就知道是她了，她的腰肢纤细，臀部浑圆，长长的上身像一张柔韧的木弓。她的吆喝声也是我熟悉的，她高亢的，可以击落大雁的嗓音是我热爱她的又一个理由。小时候，我们一起玩耍，一起读书，学校每次举办晚会，蒙根沁乐总要唱歌，她的歌声不但嘹亮了古日乃的土尔扈特，也打动了一个汉族男教师。那个男教师说，他 38 岁了，走的地方也不少，可是从来没有听到过蒙根沁乐这样美丽的歌声。

呀呵呵，呀呵呵呵呵呵……呵呵……呵呵呵呵
古日乃草原
风吹大地披流沙
马儿奔跑，戈壁阔大
这里就是我热爱的家

呀呵呵，呀呵呵呵呵呵……呵呵……呵呵呵呵
古日乃草原
春风吹开千年的梦
牛羊奔跑，遍地鲜花

美丽的姑娘有人爱上她

这歌词是图布大叔在呼和浩特读书的儿子写的，曲作者是区乌兰牧骑的一个著名作曲家。蒙根沁乐第一次在古日乃唱响了这首歌，不到一碗茶的工夫，就传开了，就连3岁的孩子都会哼唱了。我也是第一次听的时候，就记住了。可我从来不敢在蒙根沁乐面前唱，也不敢让她听到。我总是在远离她的时候，一个人，在沙包上唱。唱着唱着，就想起了蒙根沁乐。

好像是爱情

蒙根沁乐的羊只和我们家的羊只混在了一起。这时候，公羊们开始撒欢了，乍然的汇合使它们亢奋起来。阿妈和蒙根沁乐的阿妈相互问了好。两个妈妈并马而行，叽叽喳喳地说些什么。我在羊群的后面，骆驼们不会迷路，就随意丢在后面。蒙根沁乐像个孩子一样，一直甩着响鞭，呼喝着羊群。我想我该走过去和她说一些什么，比如问声好之类的。我看了一遍又一遍，蒙根沁乐好像没有理我的意思。我蓦然生出些伤感来。我知道，蒙根沁乐是个好姑娘，她一定不会嫁给我们古日乃的任何一个男人。阿爸是这么说的，阿妈也说，这样美丽的姑娘留在俺们古日乃可惜了。她应该像美丽的凤凰一样，寻找一个适合她居住和生活的地方。

阿爸阿妈还说，蒙根沁乐出嫁，她阿爸一定会送给她600只羊和100峰骆驼的。这对我是一个打击，也是一个吸引。我热爱蒙根沁乐，也热爱羊只和骆驼。我不可以用贫穷迎娶蒙根沁乐，不可以让她和我一起在这风沙暴虐的戈壁滩上受苦。事实上，还有一个残酷的现实就是，在古日乃，不仅仅是我一个小伙子爱上了蒙根沁乐，这里所有的小伙子都爱着蒙根沁乐。我知道我肯定不是其中的佼佼者。我黑瘦的面孔，单薄的家底……蒙根沁乐多么高贵呀，她是我们古日乃的女王和公主，她怎么会落在梭梭草一样的我的怀里呢?

古日乃——我们的家到了，羊只们好像也累了，它们见到还很完整的青草，也顾不得吃了，一只只卧下来，嘴巴蠕动，牙齿咯吱有声。蒙根沁乐骑着马儿回到了她们的帐篷，她的妹妹早已为他们准备好了羊肉和奶茶。当然，我阿爸也准备好了——在回来的前几天，他的胃病又犯了，疼得在地上打滚，阿妈就让他回来看医生了。

我没有下马，我看着蒙根沁乐下马，丢下马缰，迈着步子往她们的帐篷走去。我想她掀开门帘的时候，会回头看我一眼的——她没有，她的身子很快速地闪进了帐篷。

一直在后面和蒙根沁乐母亲说话的阿妈一定看到了，她知道儿子的心思。她下马，走过来，从我手里拿过马缰，把马牵到我们的帐篷跟前，才要我下马回家。

是的，阿爸煮的羊肉真香，整个帐篷都在流口水。我进去，抓起一碗奶茶喝了下去，青稞面和茶叶混合的味道在我的舌头上泛起苦涩。我拿了阿爸的苁蓉酒，倒了一碗，又一碗，再一碗……我喝下去了。阿爸看到的时候，他新泡的两斤装的青稞苁蓉酒快见底儿了。阿爸大喝一声，夺过我手中的酒碗，斥责说，好久没好好吃东西，这样会把身子喝坏的。我没有吭声，阿妈拉了拉阿爸的袖口，使了颜色，把阿爸叫出了帐篷。

提前的皱纹，苍老和腐朽

暮秋，古日乃的四周长满了一人多高的芦苇，白色的头颅在西风中摇晃，悄无声息，但整体悲壮。阿爸说，沙漠的芦苇是最柔韧的，剥开一丝，可以做刀子用，再坚硬的肌肉都会被划开。我没试过，这么多年，在古日乃，每年秋天看到这些芦苇，我只当是风景，是一种包围，从来没有想到要把它们割掉。我一直觉得，在沙漠当中，什么样的植物都是金贵的，不可以斩杀它们，即使烂掉朽掉，成为灰烬或者尘土。

一天傍晚，阿爸说，割一些芦苇回来，我们做床席，夏天放牧带上，睡着凉爽。我不想去割，阿妈说，要听你阿爸的话。我看看父亲皱纹深陷、胡子拉茬的脸，犹豫了一下，就出了帐篷，找了一把刃口锋利的镰刀，一个人，绕过连在一起的帐篷，向后面的长满芦苇的水塘走去。

远远地，芦苇出现了，大片的芦苇，白茫茫的一片，它们在风中不停地摇动，干枯的叶子垂下来，像是一把把锋利的尖刀，只是颜色发黄，有些已经焦脆了，一碰就折。

天气还早，我坐下来，温热的沙子给我一种肉体的触摸感。我想到，女人的身体是不是就像这沙子呢？蒙根沁乐的身体一定比沙子更加温暖，她是一团火焰，又是一汪清水。我不知道自己为什么这样想，要是蒙根沁乐知道了，她一定会甩起那支长鞭，在我身上响亮地抽三下——其实那样也好，在古日乃，还没有一个小伙子挨过她的鞭子，这也是一件很光荣的事情。

而事实上，蒙根沁乐即使知道，也不会用鞭子抽我了。

我唱起了歌，蒙根沁乐她不会听到了，我也不要再害羞。我站起来，对着西边空旷的苍茫戈壁，我唱起来了。

呀呵呵，呀呵呵呵呵呵……呵呵……呵呵呵呵
阿爸的鞭梢甩响了
阿妈的歌声响起来
美丽的姑娘出嫁了

呀呵呵，呀呵呵呵呵呵……呵呵……呵呵呵呵
骏马奔驰向着远方
帐篷扎在草原上
大风吹不完的思念呀
哪里才是我心中的家

我唱着唱着，黑夜降临，古日乃又一次黯淡下来，我的歌声在黑色的戈壁上游荡。唱着唱着，我的嗓子哑了，我也听不到自己的声音。这时候，大地是混沌的，远处没有灯光，我身后的帐篷完全隐没了，就像消失了一样。

再一年秋天的一个早晨，我骑马去了达来库布镇，买了青稞酒、香烟，布匹、面粉、清油和蔬菜，晚上，在一个小酒馆里一个人喝酒，我在那里没有朋友。我想有个人一起喝酒，说话，我要告诉他，我想蒙根沁乐，那个远走的姑娘，她带走了我的命。

　　而我没有——一个人都没有，对面喝酒的人早就醉了。我一个人出来，骑马往回走。我不知道时间。清冷的水泥路面过后，冷风吹拂，我的脑袋晕起来。我在一片胡杨林里停下来，把马拴在树干上。金黄的叶子簌簌飘落，在风中飞卷，夹杂着大量尘沙。我坐下来，一会儿又躺下。蒙根沁乐，蒙根沁乐，我不自主地叫着，大声叫着，扯开嗓子叫着，大风劲吹的暗夜，再好的耳朵和内心也不会听到。醒来之后，稀薄的阳光照在身上，我拿出给阿妈买的镜子，在晨光中，我看到了皱纹，看到了迅速袭来的苍老和腐朽。

秋风帖

　　秋天了，叶芝说："树林里一片秋天的美景，林中的小径很干燥。"这个诗句于我没有特别的意义。而对于我个人生活，秋风来到，大地萧索，最直接的影响是身体。要是在古代，有一些水墨纸张和书籍，安身立命的粮食和衣裳，简单的物质足够我过活了，而现在，我也已不需要了，有一些衣服我去冬已经穿过，它们还在壁橱里，等着我又一年的身体；还有一些新的电能和煤炭，会在又一个冬天将我的处身之所烘得温暖，确保我会安静地度过又一个人间的冬天。我应当无所欲求了，可是不然，最近一段时间，我特别想在某一时刻发生一个故事，遇到一个人……如果可能，我还想趁着冬天还没来临之前，在秋风之中，自己为自己写一首诗歌。

　　事实也是如此，这些天，不会有人注意我恍惚的内心，乃至一些不可思议的举动。八月初，在路上，两边的杨树开始掉下黄色的叶子，从我的头顶，再到脸颊、胸脯和脚下，下落的姿势像是一首诗歌，古代的，苏东坡、辛弃疾或者黄庭坚的诗作——我蓦然惊诧了一下，秋天就要来了！树叶在向我们告别。这是令人沮丧的，我怔怔站住，在还很热烈的阳光下面，像是一个突然中风的人，脑袋急速晕眩，就要摔倒。由此，我也才发现：我的身体已经虚弱到忍不住一片落叶掉落的震动了，这是多么悲哀的事情！

这时候，我总是想起夏天里吃的那些中药：熟地黄、淫羊藿、苁蓉、枸杞和淮山药是它的主要成分。还没有起床，就嗅到中药的味道，在母亲房檐下，似乎一片无声的呼唤，叫我意志清醒，有一种又生于世的新鲜感。起床，吃饭，熬好的中药不再滚烫，我坐下来，大多时间站着，扬起脖子，一口气将满满的一碗中药喝下去——苦涩占据了我，分布在我的舌苔、咽喉和下颚。

暗红的汤药绝对是一种挽救。不长的时间，我就感觉到了它们的力量，纠正了我的体内一些器官的错误，衰弱的得以进一步加强，稍微受损的开始恢复正常……中药，在那些天，使我觉得亲切，可靠，它让我再一次怀疑和远离生物合剂——中药对于一个人的身体就像一次春天，在暗处发生的疾病是否就是秋天呢？我知道它们有着内在的类似和联系，也知道，秋风之中，人的身体开始紧缩，张开的毛孔必将慢慢收紧，向内运转。

第二天早上，上班路上，看到很多的落叶，虽然还不能掩盖什么，但每一片落叶都是一场灾难，树的，人的，大地的，人间的和生命的。如此，谁都会原谅普天下人类所有的惋伤乃至矫情的叹息。一棵棵的杨树在风中摇动，身上的叶子鱼鳞一样抖动，阳光照耀的碎片是没有意义的，类似回光返照，类似一个人对另一个人的最后抚摸——伤感占据了整个内心，似乎一把宽阔持久的刀刃，挨着人群和众生，一以贯之，无一幸免。迎面的秋风掠过衣裳，我哆嗦了一下，我情不自禁说出博尔赫斯的诗句："散落在时间尽头的一代代玫瑰，但愿有一朵免遭遗忘。"

近处的戈壁是黑色的，大小不一的沙砾密密挨挨，铺排成一个庞大无比的传说。不远处的山岗或者沙丘是荒凉的，没有人，骆驼和黄羊、沙鸡和野兔偶尔经过。风是经常的过客，我看到它长大的风衣，拖着浓重的灰尘，向未知和已知的事物，曲折奔跑——这就是秋风了，地平线或者海平面，秋风，在尘世之上发生，而没有看到它的起源。就像故事，或者诗歌，谁也无从猜测。

我又忍不住叹息一声，在办公室，窗户敞开，秋风在窗棂的玻璃上发出击打的声音，像暗夜深处一个男人的压抑哭泣，像一只大雁或者苍鹰高空中的坠落。桌面上都是灰尘，细碎的，被风碾碎的沙漠之物，来到并贴近了一个人的感官和身体。我感觉到神奇，活动的和僵死的事物，在某一瞬间的汇合，像是没有来由的梦境，一场前因不理后果的命运瞬间。

第二天上午，阳光是个存在，大地只是它的一个倒影。我一个人，开始去一个地方，向北，是一个牧区，在戈壁深处，百公里的路程，先前的草原已经成为传说，穿梭在即将枯干的沙枣树丛中，斑鸠或者沙鸡，灰雀还有蜥蜴，它们干燥的奔跑和飞翔让我感觉到了荒凉的明亮。我不知道前方究竟是什么，也不知道自己究竟要到哪里，这种行走的状态和意识是最为松弛的，一个人，形同一片树叶、一粒沙子，没有方向，处处都是方向，没有同伴却处处是同伴——在我和非我之间，我相信，有一些生命，有一些事物，始终相互勾连。

进入的沙枣树林看起来阔大，其实，不过 1000 平方米的面积，也很稀疏，一棵和另外一棵相隔 5 米甚至更远。它们之间是开阔的，要是建造房屋，不用伐掉任何一棵。再向前走，遇到几个羊圈和骆驼圈，一边的低矮房屋木门紧锁，里面的床铺上堆了一层厚厚的沙子，破旧的家什尘灰满面，出土文物一样。干燥的骆驼和羊粪味道在空气中徘徊，我使劲吸了几口，有一种腐烂之后晒干的青草气息。在一所荫凉处坐下来，中午的秋风还有一些灼热，烧过面颊，我喝水，吸烟，耳朵捕捉周围的动静——这里是最为安静的，除了风，除了动物的蹄子和破空声，没有一个人。

我感到孤独，一种被抛弃荒野的恐惧。正午的安静当中似乎夹杂了太多的不愉快信息，我知道，一个人的途程，在沙漠之中，注定是惊悸和绝望的——不存在拯救，也不存在幻想，行走成为了逃生和存在的唯一方式和路径。继续向北，遇到几个长满低矮芦苇的水塘，好像有水，但看不到；水中泥土和昆虫混淆在一起，我闻到了它们尸体混和的味道。

傍晚，西边的夕阳余光如血，将沙漠涂成一片汪洋。站在一座沙丘上，回首的西方，大地连绵无际，近处的沙丘像是一群集体出嫁的新娘，从头到脚的红色婚纱，让我想起了美好的祝福和最深的悲伤。风的确凉了，凉得把骨头打疼，把心脏吹硬。我知道这是秋风，中国西北大陆的，在沙漠和戈壁，我的行走之中——就像一个尾随的轻盈魂灵，跟随一张白纸的墨汁和笔尖，像一个人一生都无法去除的爱情和疼痛。我裹了裹单薄的衣裳，收紧身体的温暖，继续向北行走。

夕阳之中，脚下的声音越来越响亮。黑夜正在降临，四处的黑，像善于包抄的敌人，蜂拥而上。秋风又紧，凉开始穿透身体，我找了一座废弃的羊圈，靠着搭在一起的枯了多年的胡杨树干，不一会儿，来自另一种事物的温暖开始发挥作用，从身体外传递另一种体温——我知道，这是它们的赠予，是两个物质在秋风之中的相互体贴。我笑了，对着更大的黑——有人看到的话，肯定说难看或者很傻，这些，我是不在乎的，在一个人的沙漠，没有什么比发自内心的笑容更为亲切了。

夜晚，秋风呼啸。犹如巨大的水墨画，招贴在巴丹吉林沙漠上空和腹部，骨头乃至干枯的血液上，我在其中，戈壁的一部分，类似一棵树或者一株草，秋风吹袭，秋风飘摇，到处都是它自己的歌声。在这里，我只是一个人，大地的孩子或者草籽，只能听之任之、随波逐流。午夜时分，星星格外明亮，在人间的高空，在深蓝色的天庭，那么多的眼睛，不停眨呀眨的，看着我一个人。那时候，我浑然忘却了寒冷，忘记了秋风之中的晦涩进行，只是仰望，脖子都酸疼了，还不肯低下头来。

凌晨时候，是最寒冷的，秋风丝毫不减，而且加大了吹动的速度和频率。沙子像是凝固的雪粒，触手一阵冰凉——曾经热烈的事物在秋风之夜消耗了全身的温度，需要再次地唤醒和聚集。这时候，我发现自己的身体是空的，空荡荡的空，无所附着的空。希姆博尔斯卡说："我身上这片寂静空地从何而来，我不知道。"我也不知道，我只能使劲抱紧自己，瑟瑟发抖，似乎一只脱离羊群的羊羔，在孤苦的环境中，唯有低声呻唤，等待新一天阳光的来临。

太阳升起的时候，我心怀感激，眼泪流了下来，像是一个流浪多日终于回到家里的孩子。看到它站在地平线上的时候，我想到了上帝和母亲，想到了最为肉麻的赞美词。我忽地站起身来，面对着它，伸了一个懒腰，打了一个呵欠，掏出毛巾和水，简单冲洗了口腔和脸面上的灰尘，背起行囊，继续向北，向巴丹吉林沙漠的深处行走。这一天，我到达了古日乃苏木（乡）所在地，简陋而少的房屋，院外和墙后都是厚厚的黄沙，张着刀刃一样的口。

早些年，我在这里认识一个叫巴图的牧民，50多岁的年纪，脸膛黑红，身材高大，经常骑着摩托在戈壁和沙漠之间穿梭，是一位典型的戈壁牧人。很容易找到他的家，一个小小的四合院，大门极窄，只可容两匹马同时走过。到门外，我叫响了巴图的名字，好几声之后，没人应答。转到屋后，看到一个老妇人在给一大群骆驼饮水，我走过去，站在弯腰汲水的妇女身后，叫了一声大妈。

她是巴图大叔的爱人——脸膛黑红，腰身肥壮。前年夏天，巴图的大女儿出嫁，邀请我来。那时候，夏天在古日乃只是多了一些绿色的草，瘦小的羊群已经丰满起来。大女儿叫多琴，小女儿叫格娜。开门进到房间，蓦然嗅到一种淡淡的花露水味道，从叠放整齐的房间漫溢出来，我揉了揉鼻子，但还是打了一个喷嚏。还没到上午，巴图回来了，还有她的小女儿格娜。没说几句话，巴图出门，到在附近吃草的羊群里顺手抓了一只不大的羊，飞快宰了，鲜血在羊的呻吟声中，落在一面黑色的塑料盆子里。中午，手抓羊肉的味道，苁蓉酒的味道，将巴图女儿的花露水味道冲得无影无踪。

我们吃，巴图的夫人和女儿也在，但她们不喝酒，只是看着我们喝。酒是烈性的，有点甜，但到了肠道，就像火焰一样。喝到中午，巴图的女儿唱起了歌，牧歌，蒙语和汉语都有，她的声音是我听到的最为高亢的声音，虽不甜美，但有着沙子撞击的清脆和大风吹动戈壁的辽阔。喝到醋处，巴图拿出了自制的马头琴，借着酒意，坐在沙发上拉动，我在那里坐着，在悲怆的音乐当中，倾听，想起昔日辽阔的古日乃草原，马背上的人，在风尘和草地上驰骋。

醒来已是深夜，口干，喉咙疼。开灯，看到晾在床头的茶水，一口气喝了下去，说不出的舒畅。躺下来，听到外面的风，秋风在戈壁之中的古日乃，像是成群的野兽，在黑夜的天空和大地，重复践踏。我想到昨天——手抓羊肉，苁蓉酒，巴图的马头琴，格娜的歌声——我笑了一下，有一种感动，或者熨帖心灵的东西，让我感觉到了一种从来没有过的快乐。

第二天一早，起床，我还想要继续向北，一个人走走，巴图说，那边都是沙漠了，一个人去，绕来绕去，肯定出不来。我知道，出了沙漠，就是阿拉善右旗，我从来没有去过，很想一个人走到那里，看看，走走，再返回来。好像是惧怕，我依从巴图的劝说，决定返回。巴图叫女儿格娜牵了一峰红色的骆驼，装上驼鞍，我也牵了一峰。两个人，两峰骆驼，在戈壁之中，向南行走，因为有风，太阳不热。同行的巴图女儿身体随着骆驼摇摆，姿态婀娜，像是在跳舞，忍不住让人想入非非。我说了好多话，而格娜却说得很少。她只是告诉我，她热爱这里的生活……最想去的地方是北京、呼伦贝尔大草原和塔克拉玛干沙漠……如果将来有人娶她，阿爸阿妈会赠送给他们至少 30 峰骆驼和 200 只羊。

格娜还告诉我，这里300多年前还是另一个部落的驻地，直到流徙于伏尔加河的蒙古吐尔扈特部于清康熙年间返回，他们的先祖才开始在这里游牧和定居……格娜似乎对此知之甚少，当我再问的时候，她抿了嘴唇，好长时间不说话。直到远远看到我来时路经的沙枣树林，她扬了驼鞭，指着稀疏的沙枣树林说：我们家以前在这里有个夏牧场，我小的时候，这里的树下还有不少的青草，现在都成沙子了……说到这里，她黯然了一下，转头看我，我不知道说些什么好。抬头看看天空，已经是下午了，我停下来，让骆驼卧倒，下来，对巴图的女儿说，不要送了，我自己走。她好像有点吃惊，但很快恢复了平静，眼睛奇怪地看着我，然后调转骆驼，向回走了。我站在当地好长时间，看着她和骆驼远去的背影，猛然在自己胸脯上打了一拳，疼，蹲下来，继而坐在沙地上……那些沙枣树似乎也感觉到了秋风，叶子落在地上一层，黄黄的，像碎了的金子，我捡起一片，放在嘴巴里，有点甜。这时我才发现，树下有不少的蚂蚁窝，黑色或者红色的蚂蚁忙忙碌碌，衔着或者推着庞大的树叶、羊粪或者昆虫尸体，吃力而又整齐地走在回巢的路上。

　　又是傍晚，秋风又起，一阵比一阵大，我的身体和

沙枣树一起摇晃，鼓胀的衣裳像是一个充气皮球——我
的脚步趔趄，身体不稳，随时都会被吹倒在地。我想格
娜一定走远了，如果让骆驼奔跑起来，应当会很快回到
家里的。相比来时，夕阳的色彩黯淡了好多，红色之中
有一些淡黄，落在戈壁和沙丘上，再也不是血红的颜色
了。这时候，我不会想起谁的诗句了，一个人，走在秋
风的核心之内——这是不是一首诗歌呢，没有流传的，
于秋风和戈壁现场，用身体和内心书写的诗歌。

回到宿地，已是深夜，万家灯灭，秋风劲吹，在
黑暗之中，踩到新落的叶子，窸窸窣窣地，清脆，悠
远，在两边的楼壁上，壁虎一样匍匐。我又忍不住想到
巴图的女儿——到底回家没有？不能因为送我，而像我
一样，在秋天的戈壁被秋风搜刮、着凉……希姆博尔
斯卡还说："对那些我不能够爱的人，应当感到深深
的自责。"

这一引用，似乎会产生一些歧义，但是，引用的
本身就存在着某种混乱性，就像我，一个人，在秋风之
中，沿着戈壁行走两昼夜之后，事实上一无所获。感觉
自己的行走不过是秋风中的一种自我飘行，就像一片叶
子，一根香烟一样，点燃一次，必定会有灰烬产生。

在这个秋天，我依旧是个多病的人，从夏天开始，

到秋天，不过将纯草药换成了中成药和生物合剂：桂附地黄、和中益气、五子延宗、蛤蚧大补等中药丸剂，以及999胃泰、盐酸雷尼替丁胶囊和润舒（氯霉素滴眼液）等生物合剂……听到和看到很多新闻，其中，印象最深刻的是：台风达维在海南登陆、飓风"丽塔"登陆美国海岸，强度三级，海浪高达6米……此外，还无意知道了一个新汉语名词——"控负"。除此之外，从入秋的第一天开始，每周都要去乡村医生的诊所拔一次火罐，后背和腰部一直郁黑。药物和疼痛在身体之上，而秋风，贯穿内外……魔法般留存。

能不能在传说中找到你的名字

出大门不远，可以看见和到达一个镇子，就像没有多少人知道鼎新这个地方一样，也很少知道鼎新以前的名字——毛目，这有些匈奴或者突厥语的味道。它的房屋大都是黄土盖起来的——里面掺了草芥和木板。人工砌起的干燥黄土房屋始终洋溢着土腥味。沙子、风暴、羊群、炊烟、车辆和人混杂着烟尘、土尘和声音。夏天的大片杨树容易让人想到一些有关绿洲的诗歌。冬天充满风尘，春天令一些花草和鸟儿们心情愉悦，旁边的弱水河苏醒了。很多年前，隔着树木和沙土，我总是看见，而没有真的走进鼎新。

但总有一些事情从那边传过来，经由他们和我们的嘴巴。一天傍晚，同室的陕西籍某人尘土满面回来说，鼎新发生一件诡异的事情：一个读高中的女孩突然死了。几天后，她的一个男同学骑着摩托车去赶集，路过一个商店，后面有人叫他停车，他停了。他清楚看见那个女孩下车，买了两听饮料，又跨上他的摩托后座。到集市后，他们下车吃饭。结账的时候，饭馆老板说，你带着那个女孩子不是马家丫头秀美么？他回答说是呀。

老板说，那丫头不是前些天突然害病死了么，怎么还在这儿？

　　要是老板不说这句话，这个男孩子也许不会想起。这一句话的结果是：男孩一溜烟一样，骑了摩托往回赶。路上，大风骤起，尘土弥漫，不知由于车速过快，还是有其他什么问题，车子撞在一棵老了的杨树上——男孩死了。后来同室的陕西人还说，这是那个姓马的丫头死了后害死的第三个男孩。我和其他在场的人听了，头发蓦然竖了起来，虽然是炎热的夏天，身上似乎有一层冰雪滑过。

　　这个诡异故事，很长时间笼罩着我的心情，觉得不可思议，时常有一种诡异的隐痛。后来传来的消息是：这些诡异事情接连发生后，马家的人就把埋在戈壁滩里的女儿尸体挖出来——多天后，她的尸体竟然完好如初，脸色红润，就连眉毛和头发都没有太多的脱落，这确实匪夷所思。她的家人和村人尽管惊奇不解，但还是依照术士的说法，在女孩尸体上浇了汽油，烧掉了。当地一律将未婚夭亡的男孩女孩尸体烧掉的风俗似乎由此肇始。

　　这个虚幻的故事长时间占据着我，多年过去了，许多事情忘却了，而它仍在。换了一种身份之后，我往来鼎新的次数多了起来。1997年秋天，正是羊只膘肥体壮的时候，当地一个在我们单位务工的男孩子要我和其他人到他家里吃羊肉。刚到村子大门前，羊肉的膻味就扑了过来。在吃喝中，我就马家丫头的事情询问了他年长的父亲。我还没有说完，他就肯定地打断了我的话。

我不知道民间为什么会有那么多的诡异事情。在这个世界之外，是不是真的有一些东西在我们周遭漂浮？那天，本来喝酒多了，再次提起这个事情，头脑便又清醒了许多。同去的一个同事说，想不到在科技昌明的今天，还会有如此怪异的现象发生。那个男孩子的父亲还给我们说了一些其他的事情。他说，有些事情确实怪异，很多人死后，埋在戈壁滩中，过了上百年，后代们搬迁坟茔的时候，尸体竟然还完好如初。尽管很少见，但村庄里所有的人对此都并不陌生。同年春天，鼎新镇右边的戈壁滩中就出土了一具大约葬于清朝中期的女性木乃伊。他还告诉我们：在弱水河对面的天仓乡政府左后3里的山中，有一个不大的洞穴，墙壁上画满一个长须老人和女孩子行床第之欢的壁画——我知道，那是传说中的彭祖。后来村里人觉得丑陋，便用铁锨铲掉了。

老人还说，弱水河边还有一种奇异的植物，长在湿沙中，形状像是马莲的草，采其腰部部分，与蛇心一起捣烂，于午夜时悬挂在红色的腰带上。次日正午出门，不管什么样的女子，只要遇见，就都会情不自禁，走到哪儿跟到哪儿，似乎完全丧失了理智，即使被肆意侵犯和痛然刀割也浑然不觉——只是现在很少有人知道和使用这种比杀戮更残忍的方式了。他父亲还告诉我们，以前，还有一些找不到媳妇的大龄男人以此方式获得片刻的欢愉。他举例说，他们村子前年去的独身男人章大声就用这个方法要过一个背地里相思多年的妇女。

在人群迅速失忆的时光中，对于民间秘史的记忆和流传越来越稀少。这些年已 70 岁左右的老人可能是最后一批民间秘史秘事的拥有者和捍卫者。次年夏天，我和裴云开车去了一次彭祖待过的洞窟，干硬的山岭上，每隔 5 华里就有一座秦汉烽火台，残缺的垛口，风蚀的身躯，裸露的木板和草芥像是一具不朽的庞大尸体。躬身走进洞窟，沙砾差不多把它全部埋住了。拨开和擦掉灰土，铁锨铲的痕迹仍很明显，壁画只剩下了模糊的轮廓。我数了一下，一共是 12 幅——十二年一个轮回，传说中的彭祖日御百女，御而不泻，因而活了 800 多岁。以此计算，内心难免有些激越和伤感。

弱水河是一个古老、禅意、诗意的河流，用现代官方的话语说，这是中国唯一的一条倒淌的季节河。佛

家和俗世的诗人们都为它说过话，写过诗。据说，晋高
僧、苏武、张骞、唐僧、张大千、林则徐、左宗棠、彭
加木等人都从此路过，想必也曾经在这儿饮水充饥。每
次到酒泉或酒泉卫星发射中心，就从它身上路过，或者
干涸得尽是焦白沙砾，或者白冰千里，或者水流泱泱。
有很多次，周末去那儿的水库和鱼塘钓鱼捉鱼，见到了
狗尾巴、马兰、芨芨、马耳朵等等花草，而没有真的见
到那个老人家所说的那种草——或者见到了无法辨认。
大地的神秘总是挑动人类的好奇，而对于这种草的好奇
又暗含了一些令自己茫然兴奋的因素。

这么多年过去了，蓦然想起这些隐秘的事情，总觉
得有一种疼痛和冲动，疼的是那些还没有完成生命旅程
就匆匆逝去的人；冲动的是对那些神秘事物的渴望。近
些年，类似于马家丫头那样的诡异事情似乎少了。但最
近来自鼎新镇芨芨乡的一个消息再一次让我懵懂起来。
一个男人的妻子和丈夫怄气，在沙子上躺了一夜，没多
久，便无故死去了。三年之后，男人又和一个寡妇联
姻，寡妇每次回娘家都要路过他丈夫前妻的坟茔——每
次路过她坟前，寡妇就突然昏厥栽倒，口吐白沫，不省
人事。

这又是什么原因呢？有人说那寡妇总是犯病，而奇

怪的是，为什么每次都是在路过他丈夫前妻的坟前才犯病呢？也许，人一直会竭力捍卫某个东西，即使肉体不存在了，但捍卫的决心和能力并没有因此削弱。爱尔兰诗人叶芝在《尘土蒙住了海伦的眼睛》中也说出了关于一个叫玛丽·海娜女孩（叶芝说她是"天堂的尤物"）的怪异故事，说到了可以医治一切丑恶的"流水间的苔藓"、黑暗水中跳出来的鱼等等，还引用了爱尔兰诗人拉弗特里专门为玛丽·海娜写的诗句。我在读的时候，有一种强烈的温情的魔幻主义味道——但我否认他在虚构，而坚信他确实看到、发现并说出了人乃至大地当中一些最底层的秘密。

以上的情境我不止一次和他人说过，不在这里的人大都表示了鄙夷，也有些人半信半疑，但没有人像我一样专门去核实某件诡异的事情。就在前天，我在搭乘附近一个乡亲车辆的时候，我也向他就上面的事情进行了询问和证实，他竟然全都知道，这使我有些惊异——尤其是马家丫头的那个事情，多少年过去，他竟然也还记得。

除此之外，他还告诉我一个关于沙漠红狐的故事——也还是一个男孩和一个狐狸之间的事情，就像传说那样。但有一点不同的是：那个男孩被狐狸娶走了。

司机告诉我，那是久远年代中的一个傍晚，在东岔村，落日熔金，暮色四合，远处的山岭上突然来了一队披红挂绿，吹打着锣鼓唢呐的人，当着家人的面，就把男孩背着娶走了，没有留下任何东西。多年之后，那个男孩以老年人的面目回来了，带着一个女儿和一个儿子——而独没有和他一起生养儿女的妻子。十多年后，儿子娶妻女儿出嫁之后，老人才无疾而终。

据说，老人临死，才说出了一些秘密——他年少时候，有一次，在山里挖苁蓉和沙葱，在风暴中被一块石头打晕了，醒来躺在一个女人的床上，那女人告诉他自己是狐妖，想和他一起生活。他为了报答救命之恩，便答应了。至于狐狸妻子怎么没有跟他回到村庄，他没有说出。他已经娶人和嫁人为妻的儿女也没透露丝毫——天方夜谭，典型的聊斋。司机说完，我只是笑笑，然后转头看向前方，巨大的戈壁在正午阳光下烈焰蒸腾，飞窜的气浪，火焰的核心，更远处悬挂着灰色的苍茫。

从 2001 年到现在，又两年多了，我再没去过鼎新镇，倒是还可以常常听到它的一些事情，但大都是携带着真实的人间烟火，类似以上的诡异现象似乎再也没有过——它构成了我没有再去的一个内在因由。有一段时间，我读海子诗歌。写这个文字的时候，想起了海子

《魅惑》中的这句："我感到魅惑，小人儿，既然我们相爱，我们为什么还在河边拔柳哭泣。"与此同时也想起了一个叫莫泰尔的小男孩的一首诗："一个小花园，和一个小男孩走在它旁边。当花朵开放，小男孩将再也不在。"这两个人的诗歌让我蓦然惊异，虽然和这个文字没有太多的关系，但它们似乎向我说出了一些什么——有些事情和声音不是故意发生和出现的，它们从另一个方向，用虚幻的方式，让我们在某个时候内心悸颤，微微发疼。在这些传说中，我时常不自觉地想，谁可以有这样的故事，在它们当中，能不能找到你自己的名字？

有关鼎新镇的青春往事

它是距离我最近的镇子。因为紧靠沙漠，再繁华也显得落寞。沿着额济纳通往酒泉的公路到鼎新绿洲，沿途的村庄聚集了太多的黄土：黄土做的房子，供人居住；黄土的围墙，是牲畜的家。偶尔冒起的楼房都刚修不久，在成片的黄泥房屋间显得特别孤独和另类。面朝马路的店铺门上，一年四季吊着一张灰色或白色的布，在干燥而充满灰尘的风中，舌头一样飘动。

十八年前，我从南太行乍然进入戈壁，让人心生绝望。长年累月整齐划一地集体生存，在风吹如雷的戈壁上，鞋里灌满沙子，身上粘着一层细微的尘土。一年的时光总是原地打转，从这里到那里，再从那里到这里，如此的往返让我内心局限，感觉迟钝，浑然忘却了巴丹吉林沙漠以外的世界。皮肤一天天粗糙，胡须顷刻间布满双腮。整整两年，我没有走出过时常敞开的大门。

郁闷的时候，一个人沿围墙散步，踮着脚尖，冲外面张望。苍茫天际下，一小片绿洲就像一场丰盛的宴会，郁郁苍苍的白杨树从村庄开始，包围了人们的田地乃至牲畜的牧场。春夏交替时，到处都是花香，尤其是沙枣树，苍灰色的叶子间挂出数万粒小米一样的黄色花朵，含着丰饶的蜜香，把人的鼻子抚摸得酥软异常，将人的意志和心绪浸泡得单一而又纯粹。

为数不多的林木间，盛放着一面面镜子一般的海子，悠闲的马、驴子和牛投在水面上的影子，不时被跳跃的鱼儿打碎。附近的田地里长起枝叶高挑的棉花和玉米，五月的麦子在爆裂的日光下一片金黄。满地苜蓿，像是无边的青草，青翠得让人心疼，在四边焦白盐碱地及寸草不生的戈壁滩之间，显得格外醒目。

那时候，我不知道这里是哪里，村庄分别叫什么名字，也从来没有产生过去看看的想法——大抵是不热爱的缘故，心里一直在有意无意地排斥和忽略。这样的境况一直持续到1994年暮春。一天傍晚，同乡许生打电话邀我一起去鼎新镇玩儿。那时候，我不知道鼎新镇在哪里，距离多远。许生说我太孤陋寡闻。还说，鼎新是附近的一个小镇，从单位，买3块钱的车票就到了。

旭日像是个懵懂的胖小子，从远处沙漠上，嘻嘻笑着向天空爬。乘着清风，在大门与许生会合，上了一台破旧的"驼铃"牌客车，引擎轰鸣时，就发出一阵聒人的铁响。驰过一段土石路，再穿过一面草滩，进入第一座村庄。这村庄比我想象的还要低矮，黄土的房子呈四合院状，一排排地挤在一起。新鲜的杨树叶子在风中不停旋转，发出哗哗响声。成片的沙枣树树枝虬张，伏在黄土房顶和茅草覆盖的牲口圈篷上。

田里的春麦刚刚出苗，在焦白的土地上，像是孩子们使用的方格本。棉花和玉米已经成形，穿着绿衣，在田地间摇头晃脑。村庄与村庄之间的空闲地带，是长长的草滩，不大的海子天空一样的蓝，丛生的红柳红得如同新婚女子的脸，一些黑色或者白色的马匹、驴子和牛，分别撩着春天的蓬松尾巴，咴咴嘶鸣，低头吃草。

接连穿过的十几座村庄和草滩大抵如此，转过一道弯，迎面就是鼎新镇。许生脸色涨红，不住贴近车窗朝外张望。看到鼎新镇的时候，不禁满心失望，所谓的镇子，不过几十座房子、几家店铺而已。最高的建筑是政府办公楼、银行等。依次排开的各类广告牌被灼热阳光烤得油漆剥落，被风撕扯得残缺不全。

这是一个典型的西部小镇，人口不是很多，商贸自然也不发达。跟着许生下车，站在一棵垂柳下面，举目张望，鼎新镇竟然只有一条主街道，从西到东，像是穿肠而过的一根木棍，两边参差不齐的店铺门门相对，遥相呼应，但又互不干涉。最好看的是中学院子里一座雕塑，还有围在四周的野玫瑰及菖蒲花。

　　与许生穿过几家顾客寥落的店铺，到一家美容美发店前，许生一把掀开帘子，率先走进去。我紧跟而入，抬头看见一个轮廓很美的女子，心忽然跳了一下。那女子对我瞥了一眼，目光又转到许生脸上。许生笑了，在不怎么明亮的店铺里，显得满足而灿烂。女子抿了一下嘴唇，轻声对许生说，里屋有饮料，快去拿着喝吧。许生说不渴。那女子笑了一下，说，你不渴你朋友不渴吗？

　　许生哦了一声，才介绍了我。她冲我很自然地笑了笑，露出一口很白的牙齿，现出两个很深的酒窝。我一阵惊慌，心里像悬了一只鼓槌，左右摇摆不止。我想，许生什么时候在这里认识了一个这么美丽的女子呢？看到许生和那个女孩的亲热劲儿，心里忽然不舒服起来，有些沮丧，也还有点不安。自从出了校门，我就再也没有这么近距离地接触过女性，也没有一个漂亮女子主动向我笑，说过一句话。

　　笑容还没合上，我觉得脸庞发烧，而且火势很大。我转过身子，走到门外，一阵风吹来，挟带着细微的尘土和菜叶腐烂的味道，从鼻尖掠过。

　　站在树荫下，看着没多少行人的街道。我思绪纷乱，心里沉寂的水一下子被激荡开来。我有点羡慕许生，他怎么能够找到这样美丽的女朋友呢？他在找对象、追女孩子的时候，我在做什么呢？想到这里，我不禁怀疑自己以前喜欢或说尊崇的"安静"和"守纪"是不是有些荒唐和过分理想主义呢？

这一个突如其来的念头，像是一场无来由的大风，把我内心最真实的欲望及梦想揭露了出来。在此之前，我确实没有认真想过爱情和婚姻。十七八岁的年龄，总以为还是小孩子，距离死去活来的爱情及深不见底的婚姻还有很远一段距离。可仅年长我一岁的许生居然展开了这一种奇妙而丰饶的情感旅程。

事实上，我也隐约觉得了某种无可逃避的本能和欲望——对于异性，我的渴念一点也不亚于许生。在巴丹吉林沙漠，有很多时候，我强烈地感到了生理本能的强大，乃至内心情感的激越、浩荡。在无数星月临窗的黑夜，也曾一个人睁着眼睛，幻想过许多美妙的爱情奇遇。但当再一次醒来，这些泡沫式的思绪就被繁忙的日常工作冲刷得了无踪影了，在井然有序的集体生活中，一个人，不过是一颗钉子，一只循环不尽的齿轮。

可是，偶然的鼎新镇之行，闪电般唤醒了我内心的风暴。我不得不承认，与许生恋爱的那位女子落落大方，大大的眼睛上，有着弯月样的眉毛，高挺的鼻子下翕动着两瓣红艳艳的嘴唇。丰满的身体充满弹性，即使一个细微动作，也都蕴含着说不清楚的妩媚。在外面站了一会儿，我觉得百无聊赖，咳嗽一声，走进店里。此时，许生坐在理发椅子上，那女子伸出双手，把一些白色洗发精抹在他的头发上。

那女子努了努下巴，示意我坐下。我嗯了一声，坐在凳子上。那女子双手继续揉搓许生头发。许生嘴巴不闲，与那女子说起自己的父母、家里的状况及以后的打算。那女子也有模有样地答着，每一句话都与许生不谋而合，格外投机。说到高兴处，两个人还不时发出愉快的笑声。

我再一次焦躁起来，心里腾起一团火焰。我知道那是恼怒，还有嫉妒。起身，快步走出去。在原来的树荫下站了一会儿，又觉得自己不应当这么暴躁的。想进去解释，又觉得没有必要。转头到一家店铺买了一包香烟，狠狠地抽了几口，情绪才逐渐稳定下来。

这时的街道上突然热闹起来，不知从哪里来的小贩们在路边依次摆开摊子，售卖衣服、蔬菜、小孩玩具、耗子药，乃至各类蔬菜种子。路边成行的柳树不停摇着枝条。不断有摩托车呼啸来去，意气飞扬的小伙子后面大都载着浓妆艳抹的姑娘。

我低下头，心里像是被什么狠狠凿了一下，有一种不明所以的疼。沿街道向南，穿过低垂树枝，举头可以看到终年洁白的祁连雪山，大片的阳光打在上面，反射出一种类似天堂的光。路过鼎新镇政府大门时，看到分立两旁的石狮子，忽然很气恼，抬起一只脚，狠狠踢了一下。

石狮子依旧威武，脚疼得我龇牙咧嘴。又走了几步，看到一家照相馆，几乎没作犹豫，就跨了进去。迎面看到一个个子稍矮的男人，坐在桌子边鼓捣相机。不大的相馆墙壁上挂满相片。矮个子男人说，这些都是他的手艺。我象征性地发出一声赞叹。浏览间，蓦然看到许生和那个女子的合影——许生的表情之间有一种说不出的自信和妥帖感。那女子的眼睛里似乎盛满了清水，叹一口气，似乎就能荡开无数涟漪。

我叹息一声，扭头走出来。扬起脑袋看天，那么高远又那么深邃，蓝得叫人心生嫉妒。快步穿过马路，走进了对面的新华书店。书店很小的，各类教辅书籍占了大部分木架。我一眼掠过，在很偏僻角落，蓦然看到斯文·赫定的《戈壁沙漠之谜》和《金塔史话》。

抓在手里，翻了几页，就决定买下来。走出新华书店，心情好了许多，跑到许生所在的理发店，掀帘进门，屋里空无一人。脑海里迅速闪过一个难以启齿但却令人心神激荡的想法。我不知道该不该喊许生。在镜子前怔了一会儿，自己竟然满头大汗，脸红得像个大灯笼，胸脯急剧起伏。正在这时，里屋的门吱呀而开，许生咧着满口的白牙探出脑袋，诡异地看了我一眼。

许生说，中午了，找个地方吃饭吧。我看了看他，又看看那个女子，大声说，那就吃饭呗！那女子锁了店铺，胳膊套着许生，我走在他们身后。到一家饭店，苍蝇乱飞，食客倒是不少。许生说，这里的饭店没有大米炒菜，吃炒面吧。不一会儿，一个满身黑垢的中年妇女为我们端来了大碗炒面，还有一份黑色面汤。

吃饭时，许生和那女子挨得很近，让我想起"耳鬓厮磨"这个两情相悦的词语，也觉得了一种莫名的孤单。从饭馆出来，许生提议说去弱水河边走走，我开始不想去，许生和那个女子一再邀请，只好硬着头皮跟了去。

穿过人群，路面换成土石，成行的杨树一字排开。再往后是一面不宽的戈壁滩，长着稀疏的骆驼刺、马兰和沙篷。头顶的太阳像是一只硕大的聚光灯管，把所用的光热都倾泻在我们头上。我满头大汗，许生和那个女

子却兴致盎然，你帮我遮阳，我帮你擦汗。

我再一次感觉到了愤怒，大喊一声，提着两本书，向不远处的弱水河狂奔，气喘吁吁地钻进扭曲但却茂密的沙枣树林里，只见一道宽阔的河床划开巨大的戈壁，不多的流水无声无息，在近岸小水道里缓缓流淌。对面隐约着几座低矮村庄，孤立成片的杨树将它们亲切地围在其中。

河堤上到处都是枝条泛红的红柳树丛，走近水流，可以听到细微，甚至有些悦耳的鸣声。许生和那个女子站在一起，与我相距上百米，小声说着什么。这使我再一次觉得了一种不可言状的孤单感觉，一个人沿着弱水河岸，走进一片胡杨树林——枝叶大都干枯了，但仍旧高举。还有不少新生的叶子稀稀落落地附在活着的枝上，在风中不停抖动。

不远处的草滩上，落着几只黑颈鹤，见我来到，忽地一声，展开翅膀飞进了炙热的空中。一汪水潭，不断有鱼儿冒起的水泡，珍珠一样闪亮。

我从没想到，沙漠里竟然还有这么美丽的地方。除了因嫉妒而导致的愤怒、幽怨，自然的美景是对孤独者内心最真实和有效的抚慰。日落时分，坐在回单位的班车上，打开《戈壁沙漠之谜》，从第一页看起。到单位，夜色已经漫进眼眶。草草吃过晚饭，躺在床上继续读。

鼎新镇从前叫毛目，民国时期还设立过县政府。斯文·赫定书中写道："毛目县的邮局局长来这里（指斯文·赫定等人当时在额济纳设立的气象站）旅行，少校希望跟他谈谈，想与他协商气象站和小镇之间的邮政关系。"此外，我还得知，"毛目"（鼎新）出自匈奴语，曾是乌孙、大月氏和匈奴的领地。我看到的弱水河（当地人称作"黑河"）之名出自《山海经·海内西经》，唐代诗人杜牧有诗："昭君墓前多青草，弱水河畔尽飞舟。"弱水河的尽头是居延海（今额济纳境内）。

我浑然忘了一天的不快，内心反而滋生出一种极其美妙的感觉，不由自主地产生了许多虚无缥缈但却美丽绝伦的旖旎联想：古老且类似神话的弱水河、有邮局的县城毛目、斯文·赫定的探险队、额济纳吐尔扈特王子、活佛，乃至有毒的蜘蛛、蝎子等等，就像置身于一个充满神性的梦境一样，从里到外都觉得了一种活泼的灵性。

关掉台灯，看着窗外的夜幕——满天的星斗在风中纹丝不动。凌晨醒来，我还在想昨天的事情，忽然觉得，许生和那个女子的快乐和幸福，与我在书中的发现，其实都是幸福的瞬间，只不过，前者更贴近心灵，后者是一种浪漫精神的抚慰。

几天后，许生又打电话来，问我这个周末还去不去鼎新。我开始说不想去了，忽又想起书中的那些记载，就又改口说去。当晚，和几个同事聊起去鼎新镇的情景，也都觉得很美好。其中一个同乡说，许生在这里谈对象的事儿基本上都知道。还告诉我说，许生谈的对象叫赵晓莉，家在酒泉市，父母都是做生意的。

再次去到鼎新镇，除了想在物是人非的街道上找出斯文·赫定记述的某些蛛丝马迹外，心里却又多了一件事——眼睛像狼一样在街道上巡视，内心那么强烈地渴望奇迹。许生似乎也看出了我的心事，用明显的优胜者口吻说：不要急，这事儿是讲缘分的。缘分到了，十匹马也拉不住；缘分没到，十万伏的电压也还是白搭。

那个女子——赵晓莉——也附和许生的说法，令我再一次觉得沮丧。赵晓莉咯咯笑了几声说：杨大哥，这事急不得，要是遇到漂亮的，我保准给你介绍，做红娘。我说我根本没那个心思，只是看看现在的鼎新镇，究竟在哪儿和以前的毛目城不一样。许生和赵晓莉听了，相互看了看，又一起笑了起来。

三个人走在鼎新的街上，我真的想起了"毛目"这个名字及斯文·赫定书中的那些记载，蓦然觉得一种恍若隔世之感，也对这个偏僻简陋的小镇有了和从前不一样的感觉和看法。时间真是消弭一切的无形战力，上百年过去了，那些人及其痕迹都已荡然无存，唯独文字和传说，还在世间流传。

下午，租车去弱水河右岸，一个小时后，到达鼎新镇对面的天仓乡政府所在地。去商店买水时，忽然发现售货的女子很美，二十岁左右，个子不高，脸色白皙如玉，清秀的眉目间漾着一股玲珑剔透的青春气息。我一下子愣住了，目不转睛地看，浑然忘了自己身处何地，要做什么。她好像觉察到了，猛然把头转向黑白电视屏幕。

许生叫我名字，我哦了一声，收回目光，拿货，付钱。退出商店的时候，差点被门槛绊倒。许生和赵晓莉看到，站在对面树荫下咯咯笑。我走过去，把水递给他们，然后转过脸来，却发现，那个女子斜倚在门框上，看是似无地朝我们看。心一阵狂跳，像是傻了一样，站在原地，看着那位女子。

许生和赵晓莉似乎知道了什么，止住笑声。赵晓莉说，先去看烽火台，回来再想法接近不迟。许生应了一声，拉了一下我。我扭转头，跟在他们身后。走过一道秃岭，再上到另一道岭上，回身再看，那女子已不再斜倚门框了。我想，她可能在屋里。赵晓莉笑着对许生说，看杨大哥魂儿都没了。

气喘吁吁地在依旧完好的汉代烽火台下站定，俯看天仓乡政府及周边村庄蓦然小了许多，若不是成片的杨树，就像是一堆磐石。

身边这座烽火台夯土版筑，成堆的黄泥间夹杂着一层层芦苇秆，还嵌了数根长约五米的木板。沿一边的坑槽爬上烽顶，本来不怎么猛烈的漠风陡然雄浑起来，呼呼地，在耳边咆哮，吹得人站立不稳。放眼戈壁，阔大无际，寂寥而苍茫，远处蠕动的骆驼像是奇怪的石头。远处巨大的河床泛着黑黢黢的光，白色的流水如同洁白的腰带，在焦躁的沙漠戈壁当中，细蛇一样曲折缠绕。

再向北，晋高僧、蒙恬、张骞、霍去病、唐玄奘等人当年走过的路上，散落着更多的烽火台，西汉设立的肩水金关、地湾城、大湾城分别散落在弱水河两岸——斯文·赫定等人曾在此挖掘并带走了大量汉简、瓷器、陶罐和佛像。与初始印象不同，我觉得，沙漠并不只有贫瘠和荒芜，到处充满干渴和死亡威胁，在人类文明史上，沙漠及其创造和诞生的文化也是其中不可或缺的重要构成。

在烽火台上向下张望，感喟一番，急匆匆地返回天仓村。我又跑进了刚才的那家商店，在面前出现的却是60多岁的老太太。心骤然冰凉，瞬间坠入雪谷。我站在空地上，脑袋一片空白。老太太问了几声，我似乎听到了，又似乎没听到。胡乱买了几瓶饮料和矿泉水，低着脑袋走了出来。

许生从我表情中得知了什么。赵晓莉快步走过去，在商店里转了一圈，也脸色沮丧着出来了。许生没有说话，拧开矿泉水，仰着脖子灌了半瓶。

坐在返程车上，谁都没有说话。好久，赵晓莉问司机说，那个商店的女孩子是哪里人？司机说，那个商店嘛，是国光村李长文开的，咱们回鼎新正好路过。赵晓莉扭头看了看我，我点了点头。

国光村和其他村庄没什么两样，房前屋后栽满苹果梨树，各家门前也都有一片绿油油的葡萄架。几个人端着碗蹲在阴凉下吃饭，几个孩子带着一身尘土，在不宽的街道上狂追猛跑。车子还没停稳，孩子们就呼啸而来，有一些成年人也站起身来，看着我们这几个不速之客。

许生和赵晓莉抢在前面，询问一个胡子长长的老人。老人扬起手，朝北边一座四合院指了指。赵晓莉和许生拉着手跑过去，敲开了李长文的家门。我跟在他们身后，进到院子里，心里又高兴又害怕。

　　接待我们的是一个年届七十的老人，许生旁敲侧击地询问了老人家里的状况，又问老人说，在商店的那个女孩子在家不？赵晓莉嫌许生问得直接，抢过话头说她在鼎新镇开了一个理发店，正缺人手……老人抖着满嘴唇的白胡须说，兰兰刚走。赵晓莉问，去哪儿了？老人说，兰州。许生说，在兰州工作还是……老人说，俺兰兰在兰州上大学呢——我浑身软了一下，差点跌倒。许生和赵晓莉相互使了个眼色，我知道他们的意思，没说一句话，就出了老人家院门。上车时候，我特意多站了一会儿，把这个村庄，尤其是兰兰的家又看了好一阵子，我想把它刻在心里，一辈子都不忘掉。

　　赵晓莉和许生沉默一会儿后，说起有关鼎新镇的一些趣事。她说，天仓这地方以前有很多红狐，就住在附近的合黎山。有一年，一个小伙子去山里挖沙葱（巴丹吉林沙漠附近戈壁盛产的野生植物，煮熟后凉拌吃，味道极美）和锁阳（野生于沙漠戈壁，零下 20 摄氏度生长最宜，生长之处不积雪、地不冻。具有补肾、滑肠、强腰膝的功用，主治男子阳痿、女子不孕、血枯便秘、腰膝痿弱）突遇沙尘暴、流沙吹袭，沙丘移动，村人都以为他不可能生还，正在办丧事的时候，那个小伙子突然返回，还带着一个美貌的女子。那个美貌女子与那个小伙子一起生活了很多年，小伙子变老，死去的次日，女子也失踪了，就连他们的三个女儿也都不见了踪影。

还有一个更离奇的故事说，弱水河边有一种奇怪的草，俗名"经叶子"，据说是唐玄奘到西天取经路过弱水河时，胯下白马打了一个趔趄，背匣里一页经卷掉在水中，衍生出这种草，中毒的人喝了经叶子草煎的水后，可以起死回生。

我不知道两个故事是真是假，赵晓莉说这些，原意是安慰我。可我听了，却无端地悲伤起来。前一个故事像是一个梦境，后者是一个传说，诸如此类的故事在大地上俯拾皆是。而它们所包含的美好情愫及愿望，却使我真切地感到了一种虚无的缥缈感乃至无可接近的疼痛。

或许是我太渴望一见钟情，或许只是想像许生那样，有一个相爱的异性，温暖地在沙漠中相依相伴。我也不知道自己为什么刹那间喜欢上一个陌生的女孩，也不知道喜欢她什么，更不知道她是否会喜欢我……再后来，我一个人，先后去了国光村十多次，可再也没有见到过那个叫兰兰的女孩子。

　　我觉得，兰兰就像是一个传说，或者神话中一只美丽红狐，她给我的美和渴望只是一瞬……我去的那些年，兰兰也回来过几次，可就是阴差阳错，再也无缘见到她——对她而言，只有一面之缘的我，可能早已灰飞烟灭了。要不然，她一定会让我在国光村见到的。

　　这一年冬天，赵晓莉结束了在鼎新镇的理发生意，回到酒泉。第二年夏天，许生带我和几个老乡去了赵晓莉家，赵晓莉做了一顿丰盛的晚餐，和我们几个老乡一起吃喝玩笑。再两年后，我去上海上学，等再次回到巴丹吉林沙漠，许生早已离开，也没有留下联系方式。有一次，在酒泉街道上看到一个女子，特别像当年的赵晓莉，穿着一件黑色长裙，牵着一个五岁多的孩子，蝴蝶一样飞过，我怔了一会儿，张了张嘴，也还是没有叫出声音。

　　2003年夏末，忽然收到一封发自署名尕兰的挂号信，把我的地址写得极其笼统，若不是当地邮局有个同乡，恐怕难以收到。尕兰在信中说到一些令人哀婉的个人经历及颓废的人生感悟。阅读间，心神凄怆。国庆"十一"长假，我专门去了一趟兰州，在黄河铁桥西岸的花圃边，一个人徘徊了两天，也没有见到那个署名尕兰的人。

又几年过去了，现在的鼎新镇越来越像镇子了，路边的村庄突然竖起了一排排整齐划一的楼房，铁门铁窗，院子里还种了葡萄、草莓和桑葚，不知名的花朵滋味芬芳。鼎新镇内，不断崛起的楼房逐渐代替了黄土房屋，街道重新铺过，还搞了绿化。有一次去，看到一个老人也拿着手机接听电话；店铺增添了好多，广告牌也多了高了。站在新修的弱水大桥上，看着流水上的飞驰的黄叶，想起旧年情境，忍不住感伤，也忍不住拍拍栏杆，仰起脑袋，看着天空中丝绸般的流云，再一次觉得了天地的苍茫，人生的匆促，不由重重叹息，想起一面之缘的兰兰，不知结局的许生和赵晓莉，还有消失的青春岁月……一时间恍然如梦。

唇齿之间的痕迹

2008 年夏天，我在额济纳消磨时光，天气稍微凉爽时，在这里生活多年的诗人江布时常开车四处溜达，其中一次，他把我带进了一座陌生偏僻的村庄——地处巴丹吉林沙漠西边，鼎新绿洲以南，在那里，曾经有过乌孙人与月氏人、匈奴帝国与汉帝国之间的多次战争。最近，有人在那里发现了冰川纪的地质遗迹。土尔扈特人称为"海森楚鲁"，江布他们叫作石头城。江布带我进入的村庄，距离海森楚鲁不过一个小时车程。这个村子名叫"芨芨"，与沙漠戈壁当中生长的一种草本植物的名字相同。

村庄内外是一丛丛的芨芨草，茎秆柔韧可做绳索，在蓖麻的种子还没有从中亚被张骞、堂邑父、甘英等人带回的时候，生活在这里的羌人、乌孙人、月氏人和匈奴人，就用这种草拧成的绳子捆绑敌人和犯人，可能还用来拉动木车，甚至用作马缰。

芨芨村人口不多，房屋是一色的黄泥建筑，房顶也是，若是雨下得稍微大些，屋里肯定也会细雨连绵。

踩着细尘铺满的道路走进村子，蓦然觉得一种安静，身后的城市及人间的喧嚣都遥远如梦，唯有自己的脚步，不间断的阳光，持续的细风，在身体四周，从各个方向，把肉体照亮。

江布说，这个村子每家人都有一个有意思的来历或充满传奇色彩的秘史。说着，手指了一下东面山坡三棵杨树下的韩家人，据说先祖是西汉孝武皇帝时期的韩延年，做过酒泉副校尉，顶头上司是飞将军李广之孙、时任酒泉骑都尉的李陵，后随李陵出战匈奴（公元前99年），在竣稷山（今阿尔泰山中段）与匈奴主力激战七昼夜，韩延年阵亡，李陵投降，终老西北。

敲开大门，一个胡子雪白的老人探出脑袋，皱纹密布的眼睛盯着我和江布看了好一会儿，才开口问道："你们？"。江布说："老大爷，我们走路渴了，想讨碗水喝。"我也把眼睛投向老人。老人吱呀一声打开大门，扭头，一句话也没说，径自向内走去。

院子不算大，四面的房屋将头顶的天空切成方块状，夏天阳光爆裂地打在院子当中一堆蔫了的棉花枝干上。我端详了一下，觉得这房子的结构有点像北京四合院。老人提着一个暖瓶，手里端了两只大碗，走到院子左侧靠墙的一张木桌旁放下，拔开壶塞，哗哗的水冒着热气，在瓷碗当中打着激烈的旋儿。江布把行包放在另一张凳子上，眼睛看着颤巍巍的韩姓老人。我掏出香烟，递给老人一支，老人接了，江布顺手打着火机，点着。

老人站着，深吸一口香烟，然后慢慢吐出，烟雾绕过房檐的阴影，消失在天空。我扶老人坐下，和江布分坐两旁。老人只是抽烟，脸色沉静肃穆。江布看看我，我问："老大爷今年多大了？"老人嗯了一声，说："过了这个年就七十八了。"江布又说："看您身体挺好。"老人呵呵笑了，掐掉烟头，说："年龄不饶人啊。"

我喝了一口水，有些咸涩。江布说起上次在芨芨村听到的一些事情。老人听着，不住说："就是的，就是的。"我见老人兴致来了，不失时机地说："据说您祖上是西汉将军韩延年？"老人眼角一抖，闪过一道光亮，说："可不就是的！"我哦了一声。老人说："据俺祖上传下来的说法，霍去病从额济纳（居延）打进来，把匈奴的浑邪王赶到新疆和蒙古，在河西走廊建了武威郡和酒泉郡。再后来，李广孙子李陵在酒泉当骑都尉，俺先祖韩延年将军是副校尉。后来随李陵战死在蒙古。"老人说到这里，脸色充盈着一股悲怆和惋惜。江布说："李陵也算是古今以来西北第一伤心之人了。"我说："韩延年之忠勇，后世人提及极少，这多少有些不公。"老人听了，叹息一声，转身回到屋里，而后传来开柜子的响声。少顷，老人手里捧了一个红色包裹，走到桌子前，打开，里面裹着一面铜镜，个大而圆，光亮可鉴，美中不足的是，其中有几个深槽，像是石头砸的一样。

令人欣然的是，二千多年后，韩延年后人仍旧保存着先祖遗物——那面铜镜，竟然是韩延年当年与"教射酒泉"的李陵一起演练兵马、挥刀作战时用过的。韩延年在阿尔泰山阵亡后，留在酒泉的家眷并未得到朝廷优抚，而逐渐败落，辗转数地，最终落在了巴丹吉林沙漠以西，几乎与世隔绝的苍芨村。

二百多代人，延续了这一古老的姓氏，保持了家族的一些传统。我想，这其中，一定有一种可能比时光还要坚韧的东西。

从老人家出来，往另一户人家走时，心情有些沉重。据我多年的观察和实地了解，自陇西向西，儒家文化及其影响逐渐减弱，尤其是在各个朝代被皇帝们移民屯边的中原将士耕夫的后代之间，其理解和遵循能力，与中原及北方大部地区都迥然有异。江布说："这里自古就是混血地带，民族迁徙频繁，尤其是汉匈战争后，武帝的移民屯边政策，使得陇西以西居民杂糅的浓度逐

渐加大。至盛唐，河西走廊乃至整个西域之间的民族
战争、联盟和通婚、贸易，佛教流传和多文化及文明的
习染，致使西域之地的外来居民在很大程度上处于汉文
化与游牧文化之间，兰州附近的黄河乃至武威以东的乌
鞘岭，大致可以看作是一道明确的分割线。

这个分割线看起来无形，外来者时常被当地人的
装束和习惯等等表象所迷惑，而一旦深入其中，便会发
现很多差异。比如，芨芨村及其周边村庄，大多土著当
中，至今沿袭和保留了来自河南、陕西、山西和河北等
地的一些方言和习俗——既有华北一带的儿化音，还有
陕西的重鼻音、山西的卷舌头。再如他们所操持的农
具、镰刀，酷似匈奴、月氏、乌孙等早期游牧民族惯常
的弯刀；爬犁和芨芨草编制的篮子，在做工和外形上都
与河北太行山一带的木头犁和荆篮子异曲同工。

到另外一家，房屋建筑和韩姓老人家差不多，只是
门板新换过。开门的是一位不到三十岁的年轻媳妇，头
发蓬乱。她坚持问我们是做啥的，江布笑笑说："我们
是打这里路过的，觉得这村子很有意思，就想转转。"
她理了下鬓边的散发，脸上飞起一朵红晕，说："这地
方有啥转的。"正说着，从一面被柴烟熏黑的门洞里走

出一位大约五十来岁的妇女，用诧异的眼光看着我和江布，再看看年轻媳妇。媳妇对她说，"是闲转的。"

老年妇女哦了一声，走到我和江布的面前，堆满皱纹的眼睛在我们脸上打转。我急忙说明原委，老年妇女告诉我们："他（自己男人）到地里掐棉花头了，儿子在鼎新铁矿上班。姓虎，老虎的虎。"这个姓氏也不常见，我觉得这家人祖上肯定是异族人，最大可能是匈奴、鲜卑，这两个民族，在西汉至北魏年代，在河西走廊甚为活跃。至武则天当政时期，贬逐了不少异己分子，并分别以动物为姓，以示惩戒。

正想着，大门吱呀开了，一位六十多岁的老人，扛着一捆青青的棉花枝叶进来。我急忙放下行包，快步走过去，帮他把棉花枝叶从肩上放到地上。或许是因为我的善意，老人态度很好，不仅倒了水，还吩咐屋里的（妻子）给我们做饭。老人十分健谈，抽着香烟，将自己知道的姓氏渊源细细讲了一遍。果不其然，老人的虎姓，还真的出自鲜卑族（鲜卑和乌桓同为东胡之后裔），为唐朝立下了汗马功劳，多少有些鲜卑血统的唐太宗李世民对其更是礼遇有加，但被武则天进行了较大规模的压制，大多数人勋爵被削，甚至被逐出长安。虎姓老人的先祖，因出身西北，便主动被请往，武则天"恩准"之后，为防止贬臣就近勾结作乱，分别赐姓，刻制腰牌，交各地刺史，专批地域安置，并实行军队管制。

老人说，他们先祖，是吐谷浑慕容家族的一支，唐初做过朝廷刺史，辖地张掖（甘州），后来与酒泉一起并入凉州卫。祖上虎永南，曾参与镇压回鹘人的叛乱。后调任京官，与太平公主交厚，后勋爵被削，流放至流沙（今内蒙额济纳）。老人还说，他的许多本家人现在江浙一带，还有云南、贵州，但从无来往，虽历代有人主张认祖归宗，但路途遥遥，兵祸不断，几次动议，都没有成行。

虎姓老人一番说辞，叫我们将信将疑。这么一个家族，牵扯了太多的历史，时间可使任何事物都变得模糊不清，真假难辨。老人似乎看出了我们的疑窦，取出一张油皮纸。仅这纸张，至少也有百余年的历史了，至今不见松脆和破裂。里面包了一叠叠草纸，毛笔字工整匀称，错列有致。其中一张这样写道："余等虎氏先祖慕容，考曰鲜卑之后，北魏拓跋，显赫至极……今余脉栖止流沙，逾千有四百八十余年矣……"日期为光绪十三年谷雨。我和江布小心翼翼地翻看，只见密密麻麻的汉字，其中有本支虎姓家族几位贤达人物生卒年月及主要事迹。

大致而言，芨芨村这支虎姓家族中，寥寥可数的几个出色人士，最高官至廷尉（相当于现在的公安局长）、其他两个分别是明朝英宗和清朝乾隆年间的秀才和进士。至近代，有一个名叫虎年的人，参加过剿灭马步芳军队的战斗，并牺牲于甘青交界处的窟窿峡。

我们看完，老人小心翼翼包上。江布想拍图片，老人断然拒绝。到另外一家，房子是新盖的，门墙贴了白色的瓷砖，其中有些象形图案，远看喜庆整洁，大致是芨芨村最漂亮的一座建筑了。敲门进去，主人似乎从韩姓和虎姓家知道了我们的来意，有些不欢迎。我和江布也觉得有些不好意思。这家主人姓前，怕我们听不清当地方言，特地解释说：前进的前，可不是钱财的钱呦。

前姓似乎和虎姓老人差不多，也是皇帝赐给犯官流人的姓氏，但没有相关的家谱或其他证据可以佐证——接待我们的这个前姓户主年纪四十来岁，说起来浮皮潦草，一遍遍说自己对祖上的事情都记得不是很清楚，要不然，可以再去问问他的大哥前新辉。说着，手指了一下房子背后。稍后，又咕哝说："俺们前姓祖上原先在武威，不知道是哪一代迁到这里来的。要是按坟头数，应当是第十六代了。"我听了，想起来路上在戈壁上看到的沙堆坟茔，觉得他最后一说较为可信。

到另外一家，居然和我同姓，甚至说自己是北宋杨继业的后代。我睁大眼睛。他继续说："宋朝皇帝亏了俺老杨家。宋朝灭了的时候，俺祖上从山西迁到了天水，再后来不是逃饥荒就是躲战乱，最后找了个这么个偏地方。"

我说我也姓杨，他猛地回头，眼睛在我脸上逡巡。我拿出身份证，他接过去。江布说，这一点都假不了。他问我是哪儿的人，我说老家在山西，现在河北。他哦了一声，有点激动地说："那你们也是杨老令公的后代了。"我笑笑，算是回答。

其实，在我们这支杨姓家族当中，虽然有自始至终的"官讳"序列，但没有相关家谱。杨继业在北宋前期的武功作为，史书上并没有太多记载，倒是民间话本《杨家将》流传甚广。我小时，遇到关于杨继业及其后代的戏曲、电影、小说和故事之类的，也都竖了耳朵听，并在内心对自己的杨姓——作为杨继业的后代——而时常欣欣然，豪气满胸。

他忽然变得很高兴，忙不迭问我排在哪一辈（官名中间一字），我说："我记得大致是'万元恩志大、光升玉清明'，我这代占'志'字，但至今没有像父亲那样起一个像样的官名。我们家第一代先祖叫杨怀玉。"他咧开嘴巴，从胡子间隆起一堆笑容，忽地站起身来，右手张开，冲我伸了过来。他把我和江布让进房子，在沙发上坐下，大声呼叫屋里的杀只鸡，再买瓶汉武御（酒名）。

杨姓同族的热情，使得这次寻访增添了许多意想不到的快乐。喝酒的空当，他叫自己的丫头找来其他几户人家的户主作陪。其中一个三十多岁的年轻人说，他姓年——年羹尧的年，并且把自己的家族渊源和年羹尧联系起来。另一个说自己姓李，是陇西飞将军李广的后代。但特别的是，他们这支李姓是李陵的直系后代，并立有李氏祠堂，说着，还拉我去看。在村子终年不见阳光的南边山坡下，果真矗立着一座形如北方土地山神庙的小黄土房子。他站在密祠堂前，还特意将李陵《泣别苏武歌》背诵了一遍——径万里兮度沙幕，为君将兮奋匈奴。路穷绝兮矢人摧，士众灭兮名已颓。老母已死，虽欲报恩将安归！

江布闻声，脸色肃穆，我也忍不住潸然泪下。

想起李陵率兵五千径取匈奴单于庭，在阿尔泰山被围，激战七昼夜，将士大半死难，降匈奴，历四任单于（乌师庐、响黎湖、狐鹿姑、壶衍 ）而不为之"画计"，满怀悲愤，终老于大漠之中，自然令人悲伤。而原先的韩姓老人也脸色沉肃，眼神恍惚，似乎在努力冥想迢遥岁月中的模糊往事。

另一个中年妇女说，她娘家父亲姓呼延，据说也是鲜卑后裔，再先，是匈奴的呼衍家族（《史记·匈奴列传》载：呼衍氏、兰氏、须卜氏，此三姓皆贵种也）。另一个中年人说自己姓郎，大致也是出自匈奴（与匈奴的苍狼崇拜吻合）。另一个人说自己这个姓氏跟汉朝吕太后有关，祖上吕产，满门被杀，唯吕产逃得性命，先至居延，后转徙苂苂村。另一个年轻小伙子说自己姓雒——这一姓氏也极少见，他说自己祖上原是汉朝肩水金关的一个步兵，在当地娶妻定居，是苂苂村最早居民之一。

说到最后，我和江布有点微醉，逐一告辞，沿着村道向马路走，几个小伙子和中年人跟着下来。八月，晚上九点钟了，太阳站在了祁连雪峰上，沟里的棉花地沉浸在阴影当中；山头上的玉米、各家果园当中的葡萄正在成熟，苹果梨和大枣、苹果等等在绿叶之间随风摇荡。李姓小伙子说，他们村和鼎新绿洲之间的大小村庄一样，棉花是主要的经济作物，还有麦子和玉米。以前大量种植苜蓿、甜菜等，用来喂养牲畜。因为远离公路，平时很少人来，村子的人也很少出去。

坐在车子上，我想，这个村子是有些奇怪，异族之后和中原移民的混血之地，尤其是其中的呼延、前姓、虎姓和郎姓，依稀保留了传说中匈奴人外部特征：阔脸、塌鼻、宽嘴巴、上唇无须、头发发黄而卷曲、个头不高、双腿有些罗圈。那些杨姓和吕姓人，看起来更接近于中原人的基本貌相。

江布一边开车，一边对我说：很显然，这些人先后聚集在这个偏僻地方，躲避战乱和朝廷追杀是最大的动机。李姓是其中最严谨的家族，或许他们根本就不是李陵的后代。我嗯了一声，说，即使不是李陵的直系后代，但他们对于李陵的家族认同，以及对李广父子的敬仰，尤其是那小子当众背诵李陵的诗歌，及其家族修建祠堂的用心，这却不是一般的"敬仰"可以做到的。

或许，每一座西北的村庄都像这里，每一个人，每一个家族，都有着这样或者那样的历史——平民的历史，民间的断续记忆，芨芨村不过是其中较为特别的一个。从言谈看，那些人，其实对自己家族准确的发源和迁徙情况不甚了了，也极少花时间深究（繁重农事、俗世功名、人身保全的躲避及时代与环境的种种限制）。每一个家族的兴衰史和迁徙史，在很大程度上即是一个王朝的局部影像，也最能触及王朝的本质和内核。只是，平民的历史无法也无人留心考察和书写。往事在人唇齿之间的零星痕迹，只能由他们自己用舌头和脑袋记忆与转述。

再次路过海森楚鲁，我们特地绕进去。悠长的峡谷，几乎每一块临谷的石头上，都有一眼犹如佛龛的窟窿，四壁光滑，犹如水洗，人端坐其中，俨然涅槃的佛陀。河谷里的流沙上漾着一道道美丽波纹。其中一座石山，似乎一座大海龟，从东面看，则像是蜷缩在母腹中酣睡的胎儿。还有一座，像是望月而鸣的蟾蜍。我说，当年的乐僔和尚若是先途经海森楚鲁，这里定然就是莫高窟。

落日余晖如血，从芨芨村方向，漫过鼎新绿洲以北的戈壁，将弯曲的炊烟和逐渐黝黑的田地乃至戈壁上稀稀拉拉的坟茔，一起收敛其中。前方沙丘耸起，犹如凝固的乳房。骆驼们卧在其中，像是一堆形状奇特的石头。我们刚刚走访的芨芨村，也很快消隐在阔大戈壁之间，在我们回首的目光之中，与突兀的沙丘和石山一起，毫无痕迹地被夜幕笼罩，唯有幽深高远的天幕上闪烁的星辰，矗立在人类上方，像一个充满暗示的隐喻，一个经久轮回、万世不灭的精神象征和时光见证……

胭脂花

　　与任艳艳认识，要比呼吉雅早。前者是祖籍河北邢台，但在甘肃玉门出生、成长并结婚，大学毕业任教于当地一所中学；后者是甘肃土著，常年生活在肃南裕固族自治县的山地牧场，曾有一段时间在马蹄寺石窟景区以租马为业，我和她就是在那里认识的。

　　2007年暮秋，我和诸多人去了肃南县境内的马蹄寺游玩。马蹄寺是北魏时期开凿的石窟，所在的临松山还是匈奴别支卢水胡沮渠蒙逊的故乡。虽说现在已经成为藏传佛教在河西地区的寺庙之一，但人天性都是猎奇的，也对历史有着持久而深远的探秘欲望。马蹄寺下，尽是各类帐篷，中午时分，歌声不断，酒味溃散，弄得整个山间都热烈异常。从马蹄寺下来，活动组织者派人去帐篷敦促午餐，我们这些吃粮不管闲的随从人员，便四处游散。

　　这是一条狭长的山沟，顶头是祁连山，山脚下有一片数百米大小的松林。两边分别有一片不大不小的草地。正是暮秋，群草枯黄，石头纷纷探出脑袋。刚走到草地边，就有一些当地人牵着各种颜色的马围过来。对于骑马，我一直情有独钟，也始终觉得，马背是英雄和勇士的象征，也是一个男人张扬性情、提炼血性的形式之一。在诸多面带期望甚至哀求的老人妇女之间，我选择了呼吉雅和她的马。

呼吉雅的马是一匹公马，通体红发，只腹下一片不规则的白，屁股上也有点黑。在众多马中，呼吉雅的公马个子最高，看起来也最威猛。我心想，山丹马以个小善走闻名，曾是成吉思汗大军远征欧洲的超强战力主要构成。我当即就问她说，你这马不像本地的啊？不用细看，呼吉雅就是西北土著，裕固族—突厥人的特征虽然不怎么明显，但还是与内陆农耕区的人有一些差别，尤其是她焦黑且有些粗糙的肤色，小的鼻梁和方形的脸盘，再加上稍显木讷与迟钝的神情，更使得她与众不同。

肃南这地方虽也高海拔，光照强，但呼吉雅脸上却没有"高原红"，从脖颈到额头的肤色基本相同。听了我的话，呼吉雅笑了一下，露出两排整齐的牙齿，一手搓捏着缰绳说，就是本地的，不过是杂交的。我走到马跟前，翻身上马。呼吉雅正要把马缰递到我手里，那马忽然向前快步跑去，呼吉雅也猝不及防，缰绳脱手。别看影视里骑在马背上的人雄姿英发，一派豪情和飘逸，引得人心驰神往，无限遐想，但真的上了马背，却又是另一种情境和体验。惊慌之余，我上身前倾，身子歪斜，从马嘴上捡起缰绳，再抬头一看，那马已经驮着我奔进了森林。

肃南山地草原的松树，受高寒气候影响，多半不会长高，且扭曲，虬枝众多，一匹马进去可能回旋自如，不挂不碰，但加上一个人，其难度可想而知。果然，我还没做好准备，一下子就被一棵松枝挡住了，马则不管我，继续向前跑去，我一个跟头翻滚下来。那一刻的惊慌与恐惧，也好像经历了一次生死。幸亏，前些年我在兰州的皋兰山和嘉峪关外的荒滩上都骑过马，知道骑马时候不可将双脚全部塞入马镫，仅脚尖即可，这样的话，一旦从马背上摔下来，也不会被马拖着走，发生生命危险和其他意外。我正惊魂未定，却见又一匹马冲了过来，我赶紧打了一个滚避开，正在撅着屁股爬起，却听到一声轻笑。

是那种压抑不住的笑，可笑的笑，没有任何顾虑与想法的笑，清爽而自然。我抬头一看，是呼吉雅，她又骑着一匹马追来。她，是怕我有什么闪失，她也会担责任，便向与它一起租马盈利的同乡人借了一匹马追来。起初，她的心肯定七上八下，满是惶恐，但途中见我滚落在地，还能活动，便知道没什么大事，才被我笨拙的动作惹笑了。下马，呼吉雅走到我面前，脸色忽然很严肃地问，先生，没事吧您？说着话，两只小眼睛里还闪着一些担忧与不安的光。

第二天腰椎疼，而且没法起床。这时候我才知道，疼痛也是有潜伏期的。我如实向妻子说了昨天的情况。她说，你当时就应当到医院检查一下，今儿个，即使再找到那个租马的人，没有证据，啥也说不清了。我有点幽怨地看着妻子。妻子说，先不说这些，我找几个人帮忙把你抬下楼，去医院检查，该怎么治就怎么治。

听了妻子这句话，我才长出了一口气。对我自己来说，这件事已经不再只是一个摔伤事件了，还有一些难以启齿，更不能让妻子知道。妻子打电话的时候，我挣扎了一下，梦想腰椎疼奇迹般消失，那样的话，我一切的担忧都会烟消云散。

昨天在临松山从马背上滚落之后，呼吉雅抢步到跟前，象征性地扶了下我的胳膊，然后急切地问，"不要紧吧，先生？"我笑笑，走了几步，又跳了几下，除了右胳膊被松枝划破了一点皮以外，其他地方毫无疼感与不适。就笑着对她说，没事的。呼吉雅的神情才缓慢拉展并有了一些浅笑。我也知道，一个在旅游区租马的女孩子，家庭肯定一般，如果乘客再因为骑乘她的马而摔伤，她几个月挣的钱都未必够付伤者的医疗费。

你的马跑了？

呼吉雅说，先生，你没事就是大好事，马养得久了，它再远也会自己回来的。我说那就好。呼吉雅笑笑，又上下打量了我一下，说，先生您再活动一下，要真的没事才好。我也笑笑说，肯定没事的，我是个男人，从马背上摔下来就有事的话，那可就丢人了！呼吉雅又说，身体要紧，还是确保没事才好。

我依言而行，又走了十多步，扭了扭腰，踢了踢腿脚，一切如常，看着呼吉雅说，我说没事的吧！呼吉雅噗嗤一声笑了，并且下意识地抬起和脸庞一样黑的手掌捂住了嘴巴。奇怪的是，就在那一刻，我忽然对这个裕固族女孩子有了一种怜爱之情，而且汹涌澎湃，不可遏制。此时，森林里除了鸟雀和一匹马制造的声音，一切安静，风在细密的松针之间弹奏音乐。我走到呼吉雅面前，开始想抱抱她，手都伸出去了，可又觉得不妥，急忙收回并垂下来，转了个身，挠了挠头，又猛地转过来。

先生，这是我的名片，下次来马蹄寺，不管是您本人还是您的朋友，只要找到我，我就会让他们免费骑一次马。

呼吉雅的名片很简陋，一张马蹄寺石窟的全景图，再就是她的名字和手机号码。我信手装在兜里，心想，即使下次来，也不会白骑她的马。一个女孩子挣钱不容易，那匹马即使性格暴烈一点，但作为一种具有血性、耐力、英雄气质、感恩品质、合作精神的生灵，在人面前，也是有尊严的。尽管它像呼吉雅一样一时无法摆脱此刻的现实命运，但少一个人骑乘就少一份屈辱。因为，马毕竟是人类有史以来最长久、功用最强，且直接参与文明史当中的动物，沦落到这般地步，已经足够令人痛心的了。

山下传来吆喝吃饭的声音，是我们带队的。呼吉雅说，是不是吆喝你们吃饭去了。我嗯了一声。呼吉雅转身解开马缰，一个飞身，就坐在了马背上。然后冲我招手，意思是让我也上去，我说这不行吧。呼吉雅笑着说，嗨，这在草原上很多，哪一匹马还不能驮俩人啊！说着，就向我伸出了手，我拉着她的手，踩着马镫，一下子就坐在了呼吉雅后面。

尽管我结婚六七年了，和妻子同乘过摩托车和自行车，但男女同乘一匹马，还是平生第一次。坐在马背上，紧挨着呼吉雅后背，我才觉得，这真是一种奇妙的感觉，暧昧而又放达，紧密且又蓬勃，无名之火与现实要求又有极大的疏离与遮挡。尽管如此，但我想抱抱呼吉雅的想法和野心像野火一样的灼烈而又迫切。正当呼吉雅控制着缰绳，将马指引出森林的时候，我的两只手从后面抱住了呼吉雅的腰肢。哦，呼吉雅的腰肢令我想起……是野地里的鸡冠花。这个譬喻是粗俗了，但那个时候，我第一个想到的就是鸡冠花。对，是鸡冠花，那么柔韧、随意、不要任何的培植和看护，身子长到一定的高度，就接连开花，自由自在地开，肆无忌惮、毫不吝啬和做作地开，花儿开得再多，它的身子一直富有弹性，稍微有风一吹，它就背着抱着花朵们打起秋千。

到医院，检查结果是，尾椎骨裂开了一道缝儿。医生说，治疗一段时间就好了，没什么大碍。妻子长出一口气，我的心也回到了原位。到第三天，我已经能够下床行走，尾椎虽还有些疼，但基本上能自理了。中午吃饭时，手机忽然响起，妻子拿给我，我一看，号码似曾相识，按键接听，话筒里传来呼吉雅的声音，想挂掉又不合适，正常说话吧，妻子又在身边。惶急之间，竟然汗水涔涔。呼吉雅说，赵先生，上次的那一下，您真的没事吧？我支吾说，没事的，谢谢你！我想呼吉雅听了这句话会再说一句就挂掉，没想到她却说，当晚她回去以后问了爷爷。爷爷说，一般人摔伤，当时会没事，过一夜才会疼……她爷爷有一种草药，治疗骨损伤很有效，如果可以，她想坐车给我送到酒泉来。

那一天，在马上，我情不自禁地抱呼吉雅腰肢之举，持续了不到一分钟。呼吉雅说，先生您不能这样！我知道那样不对，但还是迟疑了一下，再把手撤回。到吃饭的地方，下马之后，也把自己的名片给了呼吉雅。

这本来是一场偶遇，一个人在外地与另一个人的轻微摩擦。当时，我只觉得呼吉雅有一种野性的天然的美，这种美完全可以忽略脸蛋和肌肤。对于被现代文明驱逐了的游牧世界与大地乡野，人类始终有一种返祖式的怀恋与热爱。对于呼吉雅，我没有任何基于肉身欲望的想法。然而，因为，在马上那一个抱，却使得我心里涌起了一种沉重的负罪感，总觉得背叛了妻子一样。在道德戒律和强大的世俗面前，我必须要承认自己是一个矛盾、轻浮和纠结的人。

放下电话，妻子愠怒地说，你倒是可以，鸡也不嫌狗也不嫌，是母的就要抓挠几下！

坏事了。但还有一个屏障，那就是，妻子不知道我情不自禁地抱了一下呼吉雅。但凡没有肉身上的深度接触的男女之事，都是可以原谅的。妻子却不这样想。我忍着疼痛解释了半个地球，妻子还是气不消，还坚持认为我是见母的就上，不拣美丑大小的。我和妻子认识到结婚已经七八年了，孩子五岁了。我一直觉得，妻子是世上最好的女人，是我这一生当中最爱最珍惜，甚至愿意为她做任何事情的唯一的人。是啊，人前半生可能与父母血浓于水，因为强大而无情的时间，后半生只能和自己的爱人和孩子相依为命。这是悲哀的，也是幸福的。幸福和悲哀参半的人生，就是这样被割裂再缝合起来的。

解释无效。

这是比疼痛更严重的事情。

这时候，任艳艳出现了。我就诊的是一家部队医院，在酒泉市区，除了公立的人民医院外，这家医院各方面条件算是最好的了。病人多，尤其是骨外科的。走廊里都躺着疼得呲牙咧嘴的伤患者。我住在一个大房间，上午刚出院一个，没过两分钟，一个新病人就接替了他的位置。令我惊奇的是，与我邻床的竟然是一位女士，这好像有点不大符合世俗要求和医院规定。但作为一个身份普通的人，我无权过问这些，甚至，邻床来了一个女伤患者，与自己咫尺之距，心里还有些莫名的兴奋与快乐。

她只是右臂韧带重度拉伤，需要住院恢复而已，不用插输尿管之类的，因此也不用忌讳什么男女之别。从外貌看，任艳艳就是那种干练且有好奇心的女人，年龄三十出头，头发微黄，肤色白皙，眼睛活泛且闪烁着诸多的犹疑与猜想。第三天，我的疼痛持续减轻，一切可以自理，我的意思是回家再休养即可，医生建议再住两天较好。也就是在这一天，呼吉雅真的来了，在车站给我电话，问我在哪家医院。我只好如实说了。大概十多分钟，她带着一身热汗闯进了我病房。

我一看，呼吉雅上身穿着一件黑色的长衫，下身一件黑裤子，皮鞋也是黑色的，鞋面上灰土严重。令我没想到的是，呼吉雅脸上还搽着一层粉，而且很明显，两腮上的好像成块的面粉，一动就会掉下来似的；嘴唇好像也抹了很多的唇膏。一进门，呼吉雅在一排伤患者里面迅速找到了我，然后快步走过来，看着我，神情急切地说，先生，你真的不要紧吧！我看看妻子，再看看呼吉雅。心跳如鼓，满身体的风暴雷霆，想说话，却发现舌头根本不听招呼，说出的话连自己都没听清。

　　妻子带着呼吉雅下楼去吃饭了。从她的神情和态度看，她显然打消了对我和呼吉雅的猜疑，甚至对呼吉雅也产生了可爱与怜惜之感。是的，呼吉雅一进门，就递给我一个塑料袋子，说，这里面是她爷爷配制的跌打止疼膏药，药材都是自己从山里采的，有川芎、川羌、红花、骨碎补、川断、秦艽等等，她也记不住。还说，她们那儿的牧人遇到这样的跌打损伤，都是找他爷爷配药，一般不用上医院。说完，呼吉雅又从内衣兜里拿出一个小塑料袋，里面装着一堆十块、五十、五块的钱币，又满怀歉意地说，先生，真的对不起，这是我今年夏天在马蹄寺租马挣的一千五百块钱……再多我也没有。说完，眼神怯怯地看着我，又转向一直在旁边站着的妻子。

　　妻子几步走到床这边，拿起那包钱，笑着对呼吉雅说，你真是个好女子，这事又没有什么证据，还主动专程从肃南跑到酒泉来送药，你这人品现时代少有。这样，药留下，钱你带回去，心意我们领了！呼吉雅说，这怎么行，是先生他骑我的马摔伤的，按道理，该是全付治病的费用的！漂亮的嫂子，您不要嫌少，这真的是我今年夏天挣的钱，幸好俺还没有舍得花一分。

　　呼吉雅说到这里，我忍不住鼻子一酸，眼泪流了下来。

妻子说，姑娘，真不是嫌少，钱不是问题，就冲你这品行！从口气当中，我发现妻子也有些感动。邻床的任艳艳也和一个貌似她妈妈的人说，现在还有这样的人，真是打着五百瓦的探照灯找到的。老年妇女也发出啧啧赞叹声，说，还是山里的女子好，放牧的人太实在了！

这令我心安，一桩尴尬事终于转危为安。可当妻子带着呼吉雅去吃饭的时候，我又担忧起来。呼吉雅人实在，若是把我抱她的事情说出来，风云再起是小事，伤了老婆的心，一百个后悔也拿不回来。正在忐忑之间，旁边有声音说，你遇到了一个好人。我转头，任艳艳正神情庄重甚至有些羡慕地看着我。我笑笑，说，确实的，这个女孩子真的叫人感动，原本她连问都不需要。即使我或者妻子找到她，她也可以矢口否认的。任艳艳又说，这样的女孩子适合做一辈子朋友……不过，她要是在张掖市里就好了。肃南山地草原，好是好，就是太偏僻和简陋了。

我点点头。

聊着聊着，任艳艳自报姓名和职业。还说，我和我妻子的为人也不错。

任艳艳妈妈说听我的口音不像本地人。我说我是河北邢台人，现在巴丹吉林沙漠边缘的一个小镇上做生意。妻子是当地人。她说，俺父母都是河北邢台南宫人，1954 年参加边疆建设，到玉门镇的。她本人也在玉门出生，任艳艳和她弟弟也都是纯粹的甘肃人。任艳艳妈妈还说，已经很多年没有回邢台了，特别是父母过世后，和老家的往来就断了。

我也知道，像任艳艳妈妈及其父亲这样的情况，在西北很多。中华人民共和国成立初期，诸多的内地人支援边疆建设，参加石油勘探、开发、垦荒，核工业研究和建设等等。可时间长了，就分别在西北扎根了，再生子女，便就与当地土著融合了。这种情况，历史中屡屡发生，自汉武帝开拓西域之后，军垦、技术交流、流放、戍边者等便成为中原地带向西北地区移民的主要形式。

正聊着，妻子和呼吉雅回来了，还给我带了饭菜。坐下还没有一分钟，呼吉雅就软软地起身说，先生，那您就好好养身体，俺先回去了。欢迎您和您夫人、亲戚、朋友再到马蹄寺来，俺免费教你们骑马，还可以到我们家吃手抓羊肉。俺妈妈做的酸奶可好喝了。我笑笑，还没有开口，妻子就说，到肃南的班车可能不多，早点回去也好。我点点头，对呼吉雅说，路上注意安全。刚转过身，呼吉雅又扭头过来，伸手从衣兜里掏出那一包钱，看看我，再看看我妻子。妻子抓住她的手说，真的不用，带回去吧，给自己买几件衣服，还有爹娘和你爷爷他们。

啧啧，真是个是实诚闺女。任艳艳和她妈妈几乎异口同声地说。

妻子送呼吉雅，半个多小时回来，说她把呼吉雅送上了酒泉到肃南的班车。从神情看，妻子没有别的情绪，我摸了一把脸，把心放回原位。

第五天出院，世事烦乱，生活仓促。此后一段时间，对于呼吉雅和任艳艳，基本上都是偶尔想起，刹那闪过。时间长了，也开始觉得这两个人实际上和自己毫无干系。毕竟，人都是自我的，也各有社会和家庭归属，相互间均无法替代。没想到，妻子和任艳艳却有联系，2009年盛夏的一天傍晚，妻子开车从外面回来，进门就说，和任艳艳说好去一次肃南，离得这么近，她还没去过，再就是去看看呼吉雅。我说，想去就去。

到酒泉，任艳艳和她丈夫——一个瘦高、浓眉、鼻子细长的男人——一起开车来了。四个人两台车有点奢侈，也不必要，商量后由任艳艳爱人开他们的车去。

出酒泉市区，过清水镇之后，从一条土石公路向上，地势越来越高，道路崎岖，还有几道陡峭的山谷，大约四个多小时，进入肃南县城。整个县城坐落在一座山谷当中，向北的一面草木葱郁，向东的山上寸草不生，中间一条大河涛声灌耳，浪花雪白。

呼吉雅说她家在大岔，是一个牧场。就在县城最里面，一直走到无路可走就是。我们在县城吃饭，找了几家，都没有米饭。也难怪，肃南这地方也和河西走廊一样，当地人都偏爱面食。但这里的羊肉特别好吃，即便做熟了，也还有一股青草的味道。稍事休息，穿过不大的县城，沿着曲折于河边山坡上的窄小公路向上，沿途可见几座金矿。来过此地的任艳艳丈夫说，别看这里山高林密的，河也不算大，但金子的产量还是很高的。前几年，还有人在河里淘到狗头金，还是一斤以上的。再走两个小时，日光明显转暗，也逐渐抬高到半山腰的位置。

大岔牧场果然在谷底，一面河沟，三面高山。半山腰上移动的不仅有羊群，还有牦牛和马匹。在逐渐西斜的落日余晖之中，这一切都显得古典和简朴，游牧意味浓郁，给我的感觉像是一首宽阔、安静、自在、旷远的诗歌，就连山根下细小的水流、折断的白桦树、不规则陈列的巨石，也是其中的生动部分，当然还有山上浩荡的青草、头顶幽蓝深邃的巨大天空。呼吉雅早早站在路边，还有她一个姐姐。一下车，就有煮羊肉的味道扑面而来。妻子和任艳艳上去抱了抱呼吉雅，和她姐姐握手。

呼吉雅说，这是他们的夏牧场，还有冬牧场。我知道，牧人的冬牧场叫作乌拉金，意思是冬天的牧场或者居留地。关于裕固族，我从史料上看到，他们可能是唐后期甘州回鹘的后裔，其风俗与蒙古相同。我也知道，回鹘即回纥，唐后期分成四部分，一在今内蒙古的额济纳旗，二在现在的肃南，三在今新疆且末、鄯善一带，四在天山南麓和帕米尔高原一带。众说纷纭的喀喇汗王朝（黑汗）是回鹘人建立的最后一个强大游牧汗国。

呼吉雅的爷爷有着漂亮的白胡子，身穿蒙古服装；她祖母脸膛黑红，皱纹深刻。问及她的父母，呼吉雅说，阿爸阿妈都在冬牧场，一家人几个月才团聚一回。羊肉上来了，酒倒上了，呼吉雅的爷爷端起银碗，用裕固族语唱起了歌，曲调高亢而忧伤。虽然听不懂，但我也觉得了一种火焰一样的热情，还有无可名状的苍凉与哀愁。我和任艳艳爱人一饮而尽，连续三碗。我知道，在游牧人家喝酒，不能偷奸耍滑，必须要实诚；因为你面对的是真情，不是官场酒场应酬。我惊异地发现，呼吉雅奶奶尽管老了，但歌喉却依旧富有穿透力。呼吉雅姐姐唱的是未经改编过的《草原上升起不落的太阳》。呼吉雅说，这歌词没有一点政治色彩，但现在会唱的人很少了。

夜深，酒醉。我和任艳艳丈夫睡在同一个帐篷，几个女的睡在另外一顶。半夜，我被渴醒，借着星光，看到小茶几上放着几瓶饮用水，还有两碗酸奶，拧开，张口灌下，又喝了一碗酸奶，还晕眩，原本想躺下再睡，却有点内急。走出帐篷，冷风如雪覆身，星斗满天，三面山上传来或远或近的狼嚎声。站在旷野中撒尿，只觉得天地深旷，万物安静。旁边的羊圈和马圈里不断传出牲畜们的叫声与踢打声。转身回帐篷的时候，却发现有一个蜷缩的人，坐在羊圈上方，若不是有烟斗明灭，与一块岩石无异。

这一次之后，又很久没和呼吉雅联系。2013年春天的一天早上，我收到呼吉雅一封短信，她告诉我说，她已经嫁人了，丈夫是一个勇敢的牧人，现在已经有一个三个月大的男孩子了。呼吉雅还说，如果我不嫌弃他们一家卑微无用的话，就让他们的孩子认我和妻子做干爸干妈。当然还有任艳艳夫妇。我与妻子商议，妻子说这是好事。又与任艳艳夫妇通了电话。他们也说可以。几个月后，我们两家再次去到大岔牧场，在呼吉雅的帐篷里，举行了一个简单的认亲仪式。次年春天的一天，呼吉雅打来电话说，丈夫奇亚鲁在放牧时候遇到雪崩去世了。我震惊异常，想说些好话安慰她，但又觉得不妥。呼吉雅说，奇亚鲁虽然去到了长生天身边，可他有自己的孩子了，再过一些年，就又是一个勇敢奇亚鲁。我赶紧迎合说，是这样的，你爱人，他是一个勇敢的男人！

同年夏天，在我们和任艳艳夫妇的努力下，呼吉雅带着她和奇亚鲁两岁多一点的阿龙东芝来到酒泉，开了一家肃南特产店，以售卖鹿血酒、鹿茸、风干牛肉和当归、松茸、藏红花、大黄等药材维持生活。其中的大黄，就是传说中的胭脂花，史前时期的匈奴妇女就是用它们来染红指甲、涂脸蛋的。这种花还有一个名字，叫红蓝。直到现在，每每想起呼吉雅母子，也很快会想到这种古老而又传奇的花，好像呼吉雅就是胭脂花，胭脂花就是呼吉雅一样。

沙漠爱情故事

　　她叫张丽丽，二十一岁。朱秀秀开始说是她小姨妈的女儿，自己的表妹。交往后，张丽丽告诉我，她妈妈和朱秀秀妈妈是结拜的干姐妹。家也在三墩乡。张丽丽还告诉我，听她们村里人说，朱秀秀确实有几年不知道在兰州干啥，每次回家都包车，带回的钱都是一打一打的大红现金；穿得也很时尚，在她记忆当中，好像朱秀秀是第一个穿超短裤的，还有那种胸露得很多的短袖衫。她还听说，朱秀秀的丈夫，是我的同乡张安斌，是我们单位一个领导给他俩做的媒。

　　这使得我浮想联翩，觉得这里面大有蹊跷。有一次和安志勇说起来，安志勇哼了一声说，俺以前说的没错吧？你还不信，现在呢？我说，没有亲眼看到的事情，最好别轻易下结论。安志勇又哼了一声，说，除非你是公安局的！在一边的张丽丽也附和我说，俺姐压根不是那样的人！

　　张丽丽明显在附和我，同时也在维护朱秀秀的声誉。

　　附和我，因为张丽丽和我已经确立了恋爱关系；维护朱秀秀，对于张丽丽来说，也是情理之中，当然也含有间接维护自己的意思在内。

而这时候，安志勇却和白珍珍分手了。

我不知道安志勇到底想要什么样儿的女子做老婆。一个周末，他电话我，让我跟他去白珍珍家。我开始不想去，安志勇语气沉重地说，我一个人去不好说，你是最近、关系最好的老乡，不找你找谁？我一听这话，立马答应了。

白珍珍的家距离我们单位不远，出了大门，骑自行车也就是二十分钟的时间。村子名叫双城，远离公路，很偏僻，一色的土石公路。路上，安志勇说，他想了很久，决定和白珍珍分手，理由是，他父母在老家给他找了一个对象，女方家在县城，爹在政府文教卫当领导。我一听，气不打一处来，大声呵斥他说，你这个人，就是没良心，和人家交往了那么长时间，说一脚踹开就一脚踹开，这个不是男人干的事儿！安志勇举着他那颗硕大的脑袋，看着前面的湛蓝天空，语气坚决地说，人往高处走，水往低处流，找一个当官的老丈人，再想法调回去转干，过人上人的生活；和一个乡村女子结婚，一辈子留在西北，这两者相比，我当然选前面一个了！

我无语，把自行车骑得飞快。

白珍珍在家，他父母也在。我没想到的是，白珍珍父母特别开明，对我和安志勇说，他们听自己闺女说了，尽管觉得很遗憾，但人各有志，特别是婚姻的事儿；两人都愿意啥都好，有一个不愿意，即使勉强了，以后也过不好，不如早散了。我很受感动，连声夸白珍珍的父母为人好，说的是真理儿！安志勇一进门就埋着头抽烟，听了白珍珍父母的话，然后站起来，从裤兜里掏出一沓子钱，看着白珍珍父母说，叔叔，婶子，家里爹娘的安排俺确实不敢违抗，辜负你们二老了，也辜负了珍珍，这点钱，算是我的一点心意，愿你们身体好，珍珍找个好对象！说完，就把钱放在了桌子上。

谁要你的钱！

只见门帘一阵翻卷，一个红色影子冲进来，一把抓住桌子上的钱，朝着安志勇脸上急速甩去。

白珍珍确实很伤心，两只眼睛肿得好像被蜜蜂蜇了，尤其是她抓起钱摔在安志勇脸上的动作，好像是一只暴怒的麋鹿。气氛尴尬、紧张起来。我正在想该怎么办，只见白珍珍妈妈一下子从炕沿上站起，顺手抄起一把扫帚，劈头盖脸地朝白珍珍身上打去，一边打还一边骂说，你就缺这一个男人吗？死妮子！你就盯着一个窝儿到死吗，死妮子。你给俺丢人还不够？

我快步上去，拦住白珍珍妈妈，夺了她手里的扫帚，拉她坐回原位。

　　白珍珍蹲在地上嗡嗡嘤嘤地哭。

　　这伤该有多深啊！我心里想。还没来得及开口，白珍珍的父亲起身，不慌不忙，捡起地上的钱，转身塞在抱着脑袋一声不吭的安志勇怀里，然后声调沉稳地说，走，走，马上给我出去！安志勇站起身，任凭钱从身上飘落，低着脑袋朝门口走。正要掀门帘，忽听白珍珍父亲大声吼着，拿上你的臭钱，老子不缺你这勺娃子仨瓜俩枣！

　　回到单位，我就电话张丽丽，说了安志勇和白珍珍的事儿。语气激动而沉痛。张丽丽当然在自己家里——三墩乡古园村。春节前，我第一次去张丽丽家。从三墩乡政府所在地白水村下车，又租了一辆出租车，走了将近一个小时，才到张丽丽家。张丽丽父母对我都很客气，晚上还炒了菜，喝了酒，我开始说的还有板有眼，规规矩矩，酒一多，就管不住自己的嘴巴了。张丽丽一直坐在我旁边，我说的有点过了，她就悄悄地掐一下我的大腿或者胳膊。这点小动作，估计坐在对面的未来岳父岳母，还有哥哥嫂子肯定看到了。但在那一时刻，我觉得一种莫名的幸福，一个男人，被身边的女人用动作呵护和提醒，虽然疼了一点，但疼得有价值，舒服又安心，还有一种隐隐约约的暧昧气息和说不清楚的美感。

至此，我和张丽丽的恋爱关系正式定下来了。第二天，张丽丽带我去看了一个极其瘆人和恐惧的地方，那就是夹边沟。天津一个叫杨显惠的作家为此写过一本书，基本上实录了反右时候在这里饿死甚至吃人肉的死难的知识分子悲惨命运。其中有一个地窝子，是一个上海女人住过的，多少年过去了，被褥还在，埋在黄土之下，颜色依旧；万人坑附近的黑色戈壁滩上，散落着一些零星的白骨，好像是人的，也像是动物的。后来，我买了杨显惠的《夹边沟纪事》一书，仔细读下来，才觉得，张丽丽和朱秀秀的村子所承载的历史惨痛记忆，比无数王朝留在巴丹吉林沙漠弱水河、额济纳周边的痕迹还要触目惊心和深刻难忘。

这就像我和张丽丽的爱情。

第三天，我和张丽丽去了嘉峪关，说是买东西，实际上是耍小心眼，想单独和张丽丽一起。其中的隐秘，相信每个恋爱期的男女都感同身受。嘉峪关是河西走廊工业化程度最高、观念和风潮领先的城市，但人口极少。到嘉峪关，吃饭，买东西，剩下的事情就是找地方住下。登记房间时候，我征询性地看了看张丽丽，她把头扭向一边，看宾馆大堂里的一株水仙花。我毫不犹豫，甚至有些兴奋地只要了一个房间，拿到房卡，走到张丽丽的身边，小声说，好了，然后牵了她的手，上电梯，进房间。

这种情境，我平生第一次。一男一女以恋爱的名义，理直气壮地住在一起，有点天赋人权的意味。进房间，我的心跳就开始加速。坐下来，抽了一支烟。张丽丽洗了一下手脸之后，一直坐在床边，两只手交叉在小腹上，扭来扭去，像是一堆小蛇。我说，你洗澡吧？张丽丽抬头看着我，脸色绯红，眼神也有些紧张和惶惑，还有一些羞涩和好奇。我又说了一句洗澡吧。张丽丽嗯了一声，摇摇头，才说，你在俺咋洗？我呵呵笑了起来，看着她说，这个时候，你最可爱了！要不我出去待会，你洗完了我再回来？张丽丽上唇挤着下唇，嗯嗯地点点头。

朱秀秀不能生孩子！

这话还是安志勇给我说的。我睁大眼睛，看着脸色粗糙，但又因为马上调回去而有些自恃和骄傲的脸。

你想嘛，那事做多了，就不能再怀孕了；要是再加上堕过几次胎的话，这辈子都难有孩子了。安志勇又说。

我说，这怎么可能？

朱秀秀和咱们一个领导也有关系，对了，就是给张安斌朱秀秀当证婚人的那个。安志勇又说。

我说，这事我都不知道你咋知道？

咳，全单位人都心知肚明，就你这人不食人间烟火呗。

我摇摇头，还是不信。

说话间，安志勇就要调走了。我置酒为他送行。席间，我对安志勇说，你这事儿真是神奇，职工调动好像是见到的第一个，而且工种岗位都不同，所在省份也不同。我不得不佩服未来老丈人啊！安志勇嘿嘿笑了一下，说，这就是权力和关系的力量，这就叫朝中有人好做官，大树底下好乘凉。我也笑笑，心里滋味复杂。我很清楚，对于安志勇的自我选择，我一方面鄙夷，另一方面还有嫉妒和羡慕。在外的人，都想着距离老家近些，一来可以光宗耀祖，照顾家人，二来可以很快建立长期稳定的交际圈和关系网。这是我们老家人的一贯观念，几乎人人如此，我也不例外。

酒至半酣，我忽又想起白珍珍，便口无遮拦地对安志勇说，要不要再去珍珍家告个别啥的？安志勇咳了一声，点了一根香烟，说，还去啥呢？上次那就够了。我说，婚姻不成情意在。再说，人家白珍珍一家都对你不错。安志勇说，算了算了，这事儿已经过去八百年了，还提这个干吗？来，喝酒。说着，端起酒杯一饮而尽。

第二天早上，我把安志勇送到大门外，看着他上了班车，在骑自行车返回路上，想起昨晚安志勇说他没和白珍珍有过肉体关系，心里忽然无端觉得欣慰，也觉得，仅此一点，安志勇这个人还是可以的。

而我，却遭遇到了一件难以启齿、无法释怀的事情。那一晚上，我和张丽丽在嘉峪关有了第一次，这该是人生美事，却没想到，张丽丽不是处女，当我轻而易举地进入她身体之后，我才发觉，顿时懊恼泛起，悲哀莫名，不一会儿，就岩浆喷涌，萎缩如故了。张丽丽哭着解释说，是小时候爬树导致的；我不吭声，也下意识知道，这肯定不是真的。张丽丽见我不信，趴在我怀里哭着说，这是真的，不骗你。我还是不吭声，但在那时候，我却不想推开张丽丽，因为，张丽丽也是真心对我的。

两人沉默到半夜，张丽丽才语气坦诚地告诉我说，去年，她在一个单位的办事处当服务员时，所长对她挺好，和她有了第一次。然后说，俺已经说了，也知道说了就不会再留住你，从现在开始，你可以自由选择，觉得可以接受俺，我这辈子都会给你当牛做马，不可以接受，你就另再找，我不反对。至于父母那里，俺自己来解释。

就此一点，张丽丽让我喜爱，起码真心实意，敢于承担责任和错误后果；这样的女子是我喜欢的，也是钦佩的；我也相信，假若我和张丽丽结婚之后，她一定会尽心尽责，做一个好妻子。但张丽丽和那个所长的事情，却也像噩梦，时时缠绕着我，有时候半夜忽然惊叫而醒；有时候梦见张丽丽又和一个陌生男人在一起……甚至还想到，即使婚后，张丽丽还会和那个所长有往来。

这一切，都是我无法接受的。

夏天时候，我又去了一次张丽丽家，给她和她父母送了很多吃的用的，他们一家都留我吃饭，我借口说领导在酒泉等我，就匆匆上了车。从车窗上，我看到张丽丽一直站在自家门口路边，朝载我走的车子张望。她可能知道，这一次之后，我再也不会到她们家里来了，两个人自然开始的爱情也从此戛然而止了。其实，离开的时候，我心里也非常的难受，眼泪止不住地流。为了防止被司机看到，我一上车就坐在后座，然后装作很累的样子，把头仰在后座上，不让其他人看到我的眼泪，看到我因为痛苦而一定会扭曲变形的脸。

　　没了张丽丽，我又开始了凌乱不堪的单身生活。在巴丹吉林沙漠的单位，很多同乡都成了家，老婆不是在本地找的，就是从老家带来的，也很快有了孩子，只有我还是孑然一身。隔一段时间，张安斌会喊我去他家吃饭。每次看到朱秀秀，我也是滋味复杂。张安斌虽然和我同乡，关系还可以，但这事儿是万万不能给他说的。老家人说，宁拆十座庙，不坏一门亲。两口子，两个人，只要人家自己的日子过得好，感情融洽，外人说什么话都是不对的。有几次，在张安斌家喝多了，也差点说了出来，难忍的时候，就连告辞也不说，拉开他家房门就奔了出去。再后来，为了防止哪一次喝多了冷不防说出来，张安斌再喊吃饭时，我都找理由拒绝。

　　就这样，我在沙漠的时光形单影只，像一匹狼，在月光的夜晚尤其哀伤，看到他人带着老婆孩子嬉闹、散步、购物的情景就躲开了。到三十一岁，我时常觉得自己老得像一块风化岩石了，稍微一碰，身上就簌簌掉渣子。对我的婚事，老家的父母也是急得吃饭不香睡觉不安，到处托人给我找媳妇。可我这年龄，小的不行，差不多的都嫁了不说还都当了妈妈。父亲说，你这个儿子，俺算是白养了；母亲说，人家谁谁谁都俩孙子了，俺一个也没抱过！

每次到酒泉和兰州出差，路过三墩乡，我都是会一片惆怅，心疼、不安、想象，还有一点后悔。总是想，张丽丽该是嫁人了吧？要是没嫁人，我是不是可以再把她作为自己的妻子呢？还想，她父母都还好吗？虽然和张丽丽相处时间很短，但她们一家人都对我不错。人都是有心的。可一想起张丽丽和那个所长做过爱，我就使劲摇头，咬着牙，果断地把头别过来。

大约六年后，朱秀秀给张安斌破天荒地生了一个大胖儿子。庆生时候我去了，看孩子相貌，和张安斌很相像。有一年春节回老家，却听说，安志勇和县里的媳妇离婚了，俩人也没孩子；而且，安志勇也没在任何单位上班，而是又回到了村里，盖了一座新房子，花五千块从人贩子手里买了一个女子做媳妇。正月初八，我趁去给舅舅拜年的时机，拐到安志勇所在的村子。安志勇一看到我，就一蹦三跳地跑回屋关上了门。我站在他家院子里抽了几根香烟，然后骑上摩托车，怅然若失地离开了。

图书在版编目（CIP）数据

河西走廊北 151 公里 ／ 杨献平著 . －－ 成都 ：成都时代出版社，2017.8

ISBN 978－7－5464－1917－6

Ⅰ．①河… Ⅱ．①杨… Ⅲ．①散文集－中国－当代 Ⅳ．① I267

中国版本图书馆 CIP 数据核字（2017）第 197043 号

河西走廊北 151 公里
HEXIZOULANGBEI 151 GONGLI　　杨献平 / 著

出 品 人　石碧川
责任编辑　龚爱萍
责任校对　张　巧
装帧设计　上房堂
　　　　　028-86089658
责任印制　干燕飞

出版发行　成都时代出版社
电　　话　（028）86742352（编辑部）
　　　　　（028）86615250（发行部）
网　　址　www.chengdusd.com
印　　刷　成都翔川印务有限责任公司
规　　格　130mm×205mm
印　　张　10
字　　数　180 千
版　　次　2017 年 10 月第 1 版
印　　次　2017 年 10 月第 1 次
书　　号　ISBN 978－7－5464－1917－6
定　　价　38.00 元